Le XXᵉ siècle

de 1914 à nos jours

René Rémond

Introduction à l'histoire de notre temps

3

Le XXe siècle
de 1914 à nos jours

Édition revue et mise à jour

Éditions du Seuil

Avertissement de l'éditeur

Ce volume, qui constitue le troisième tome de l'*Introduction à l'histoire de notre temps*, a pour origine « un cours professé à l'Institut d'études politiques de Paris et qui s'adressait aux étudiants de première année, dite année préparatoire ». (Voir l'avertissement de M. René Rémond dans le premier tome.) Le parti a été pris par l'auteur et par l'éditeur de « laisser à ce cours ses traits d'origine ».

ISBN 978-2-7578-4007-8
(ISBN 978-2-02-010656-6, 2e publication poche
ISBN 978-2-02-000659-0, 1re publication poche
ISBN 2-02-005364-0, édition complète)

© Éditions du Seuil, 1974, 1989,
et 2002 pour la nouvelle édition augmentée

Introduction
1914-1989-2001

Depuis le 31 décembre de l'an 2000 de l'ère chrétienne qui fait partir la chronologie la plus universelle de la date présumée de la naissance de Jésus, le XXe siècle a rejoint la longue succession des siècles révolus. Il est donc désormais possible d'en retracer le cours comme des siècles précédents. Mais on sait que les siècles, tels que les historiens, suivant à cet égard le sens commun, les délimitent ne coïncident jamais tout à fait avec les siècles millésimés, ces séries de cent années censées débuter le 1er janvier des années 01 et expirer le 31 décembre des années 00 : ainsi considère-t-on généralement que le XVIIIe siècle a pris fin avec la réunion des États généraux en France au printemps 1789. De même, on s'accorde à penser que le XXe a commencé avec le conflit qui a éclaté en Europe aux premiers jours d'août 1914 : entre le XIXe siècle et lui, la ligne de démarcation aurait été tracée par cette guerre à laquelle a été récemment restituée l'appellation de Grande Guerre qui lui avait été attribuée par les contemporains. Les historiens ont eu parfois quelque répugnance à faire ainsi d'un événement essentiellement militaire et subsidiairement diplomatique avec les traités qui suivirent la fin des combats, le critère déterminant du découpage de la durée. N'était-ce pas sacrifier à une conception surannée de l'histoire et succomber à la tentation de l'histoire-batailles, à l'encontre de l'orientation historiographique qui depuis deux générations tend à reporter l'attention sur des faits plus significatifs de civilisation ? C'est l'ampleur de ces conséquences, qui apparaît plus nettement encore aujourd'hui, qui justifie que nous fassions dater du déclenchement de la Première Guerre mondiale l'entrée dans le XXe siècle. Tantôt de plein fouet, tantôt indirectement, cette guerre a transformé profondément les peuples qui y ont participé, les autres aussi. Elle a renversé, ou altéré, les régimes, bousculé les économies, bouleversé les sociétés, remanié de fond en comble le système des relations internationales, modifié celui des forces politiques. Elle a eu des effets sur le mouvement des idées, des répercussions considérables dans l'histoire des idéologies. Il n'est pas interdit de penser qu'elle est pour quelque chose dans l'émergence des régimes totalitaires et le succès des idéologies dont ils se réclamaient. Sans pour autant exonérer Hitler, le national-socialisme et le IIIe Reich de leur responsabilité criminelle à l'origine de la Seconde Guerre, il est évident que celle-ci est sortie de la première. Août 1914 porte en germe les grandes tragédies qui ont fait du siècle vingtième un siècle de fer. Il n'est donc pas, au vu de ces conséquences, déraisonnable de persister dans la conviction que la date de 1914 a bien tracé une coupure décisive.

A quelle date conviendrons-nous que le XXe siècle a pris fin, indépendamment du moment imposé par l'arithmétique ? Il y a dix ans, la réponse ne faisait de doute pour personne : le 9 novembre 1989. Ce jour-là, l'opinion unanime dans le monde entier a eu le sentiment de vivre un événement historique et la certitude que se fermait un cycle : image plus juste que celle, trop souvent utilisée, de la parenthèse. En histoire il n'y a pas de parenthèse qui se referme comme si ce qui s'est passé dans l'intervalle pouvait être effacé et qu'on puisse reprendre le cours des choses à son point de départ. Tout laisse des traces dans les institutions, les comportements, les mentalités, la mémoire ou l'inconscient collectif. Ce cycle, qui prenait fin brusquement avec la chute du mur de Berlin, quand donc avait-il commencé ? Au moins quarante ans plus tôt avec les prodromes de la guerre froide et la division de l'Europe entre les deux blocs, consommée en 1947-1948. Mais la réunification de l'Allemagne dès 1990, c'est l'effacement de l'une des conséquences de l'ambition du IIIe Reich et de sa défaite, comme la sécession des États baltes qui recouvrent leur indépendance à la faveur de ce grand bouleversement annule le brigandage perpétré par Staline à l'occasion de la défaite de la France : nous voilà donc remontant de 1947 à 1939. Mais dans les années 1990 resurgissent les questions qui tourmentaient l'Europe de l'entre-deux-guerres : les revendications de la Hongrie et de la Roumanie se disputant la Transylvanie comme la séparation des Tchèques et des Slovaques, et plus encore les déchirements de l'ancienne Fédération yougoslave entre Serbes, Croates, Slovènes, Bosniaques, Albanais font remonter à la surface les conflits ancestraux que les régimes communistes s'étaient flatté d'avoir définitivement éradiqués et qui réapparaissent avec d'autant plus de force et de férocité qu'ils avaient été longtemps maintenus sous le boisseau. Quant à la condamnation du communisme en Russie, à la dislocation de l'Union des Républiques socialistes soviétiques, ce n'était rien moins que la fermeture du cycle ouvert par la révolution d'Octobre et la ruine de l'espoir qui l'inspirait d'inaugurer une ère nouvelle de l'histoire de l'humanité. Ainsi, remontant de proche en proche de 1989 à 1947, 1939, 1917, nous voici ramenés à notre point de départ, à cette Première Guerre qui marque l'entrée de l'Europe dans le XXe siècle.

Ainsi de l'été 1914 à l'automne 1989, le XXe siècle historique aurait donc duré très exactement trois quarts de siècle : une durée inférieure à celle d'un siècle millésimé, plus courte aussi que celle du XIXe siècle, mais dont la brièveté a été, si ce rapprochement a un sens, compensée, et au-delà, par la succession des rebondissements, la densité des expériences et l'ampleur des mutations. Telle était la perspective historique dans laquelle depuis 1989 s'inscrivait le récit de ce siècle dans les précédentes éditions de ce troisième volume.

Depuis, un événement inouï est venu bouleverser la perspective et remettre en question jusqu'à cette définition du vingtième siècle : les attentats du 11 septembre 2001 auxquels l'opinion mondiale octroya d'emblée une importance historique au moins aussi grande qu'au 9 novembre 1989, relativisant *ipso facto* la portée de celui-là. On a tant dit alors que rien ne serait plus après comme avant, tant assuré que le 11 septembre avait tracé dans l'histoire une césure absolue, qu'on était bien forcé d'en rabattre sur la portée qu'on avait cru pouvoir attribuer à 1989. De surcroît, le crime du 11 septembre ne s'inscrivait-il pas à l'encontre de la signification qu'on avait donnée à 1989 ? La soudaineté avec laquelle s'était effondré l'empire soviétique sans opposer de résistance avait autorisé une confiance apparemment raisonnable

dans le triomphe par toute la terre de la démocratie et l'avènement d'un ordre international où le droit l'emporterait
désormais sur la force avec le consentement des peuples.
Vision optimiste que l'action criminelle du 11 septembre
reléguait brutalement au rayon des utopies. Mais alors, si le
monde n'est effectivement entré dans le XXIe siècle qu'en
2001, que devient cette période intermédiaire de treize
années qui sépare la chute du mur de l'effondrement des
tours de Manhattan ? Un temps vide ? Fait-il encore partie du
XXe siècle ? : on mesure sur ce cas la part d'arbitraire qui
accompagne inéluctablement toute tentative de ce genre pour
introduire un certain ordre dans le désordre des événements,
à plus forte raison quand on s'évertue à découper des
séquences qui aient une certaine unité. L'exercice cependant
n'est pas vain : il met en évidence la complexité de l'histoire
et fait prendre conscience que plusieurs processus sont
presque toujours à l'œuvre simultanément. En l'occurrence,
avec la prudence qui s'impose à l'historien pour juger d'une
période qui n'est pas révolue et dont l'interprétation est en
conséquence suspendue à la suite qui nous est elle-même
dérobée, nous persistons à penser que 1989 a bien marqué la
fin d'une époque qui restera pour la postérité identique au
XXe siècle. Quelque chose d'autre a commencé alors, que
l'événement du 11 septembre est venu perturber, interrompre
peut-être mais sans pour autant en prononcer la clôture. Il
serait tout à fait prématuré de définir ce que sera l'apport de
ce vingt et unième siècle. S'il fallait cependant lui donner un
nom qui désigne quelque chose de sa spécificité, nous n'hé-
siterions pas à dire la mondialisation. Certes celle-ci n'a pas
commencé en 1989 ; le phénomène est ancien : il a précisément commencé avec les grandes découvertes quand, pour
la première fois, des hommes ont fait le tour de la planète et
que les fractions de l'humanité qui vivaient jusque-là dans
l'ignorance les unes des autres se sont reconnues mutuelle-
ment. Depuis, la mondialisation n'a cessé de siècle en siècle
de s'approfondir et de se resserrer. Reste que dans la toute
dernière décennie le phénomène a doublé le pas : changeant
de rythme, il a changé de nature ; supprimant l'espace, faisant vivre tous les hommes dans la simultanéité, il a pour
la première fois réalisé l'unité du genre humain et fait de la

terre un ensemble relativement unifié. Les attentats du 11 septembre ne sont pas sans rapport avec le phénomène : la mondialisation les a rendus possibles ; elles les a aussi suscités d'une certaine manière : en rapprochant les diverses parties de l'humanité, en les entraînant dans un même mouvement, elle leur a aussi fait prendre conscience de leurs différences, exaspéré leurs divergences. Les attentats proclamaient le refus de la mondialisation. Nous sommes bien entrés dans une autre époque. Elle serait cependant incompréhensible si nous ignorions sa dépendance du siècle qui l'a précédée, dont elle a recueilli l'héritage.

I

D'une guerre à l'autre
1914-1939

La Première Guerre mondiale

1. Les origines de la guerre

C'est un cas particulier d'un problème que nous avons déjà rencontré plus d'une fois, celui des causes des grands événements. Que ce soient des révolutions, ou des guerres, méthodologiquement et philosophiquement, le problème est le même : comment du nouveau peut-il sortir de l'ancien ? Comment passe-t-on d'un état de choses à un autre, d'un régime à une révolution, d'un état de paix internationale à un conflit ?

Les origines sont multiples.

Certaines causes sont circonstancielles et immédiates. Ce sont celles qu'une analyse proprement chronologique met en lumière. La conflagration d'août 1914 sort de la crise diplomatique qui a éclaté le 28 juin 1914, avec l'attentat de Sarajevo. Et c'est une première façon de répondre à la question que de reconstituer l'enchaînement des faits qui conduisit de l'assassinat de l'archiduc François-Ferdinand aux déclarations de guerre. C'est la crise de l'été 1914 : crise militaire et diplomatique.

Mais ce n'est qu'une réponse provisoire, car si l'accident du 28 juin 1914 a développé pareilles conséquences, c'est parce qu'il a surgi dans un contexte qui portait en lui des virtualités de guerre. A d'autres moments, le même accident aurait ému l'opinion, mais n'aurait pas eu de conséquences aussi graves. Il est venu s'ajouter à une somme de facteurs antérieurs. Ce sont les causes préexistantes, ce sont les rouages, les mécanismes de cette machine infernale qu'il faut démonter.

A cette question, qui nous renvoie un peu plus loin dans le passé, plusieurs réponses sont proposées.

L'une est juridique et morale ; elle a pour elle l'avantage de la simplicité et elle a eu longtemps aussi l'autorité de la chose jugée. C'est celle que cautionne le traité de Versailles, en son article 231, qui attribue la responsabilité de la guerre aux puissances centrales et singulièrement à l'Allemagne. Explication simple. Pourquoi chercher ailleurs ? La cause de la guerre aurait résidé dans la volonté de guerre d'une ou de plusieurs puissances qui désiraient instaurer leur hégémonie.

C'est cet article qui légitimait les revendications des Alliés. C'est parce que l'Allemagne était responsable de la guerre qu'elle devait assumer ses responsabilités jusqu'au bout et dédommager les vainqueurs des pertes de tous ordres que la guerre leur avait occasionnées. L'opinion allemande n'a pas accepté ce jugement qui a valu au traité de Versailles le nom de *Diktat*.

Plus personne aujourd'hui ne songerait à reprendre, tel quel, l'article 231 et à soutenir que la Première Guerre est sortie exclusivement de la volonté de guerre du gouvernement allemand. Cela ne diminue pas sa culpabilité, mais d'autres ont eu leur part de responsabilité. Il faut donc s'orienter vers d'autres éléments d'explication. De toute façon, il reste à établir pourquoi l'Allemagne aurait voulu la guerre. De fil en aiguille, à remonter des effets aux causes, la crise de l'été 1914 nous oblige ainsi à remonter le cours du temps. La responsabilité, présumée ou acceptée, de l'Allemagne conduit à se demander : pourquoi l'Allemagne a-t-elle, ou aurait-elle, voulu la guerre ?

La seconde explication est d'ordre économique : la guerre serait sortie de la conjoncture et de l'inadéquation des structures. Le schéma est classique, et on va voir comment il s'applique à l'Allemagne. L'économie allemande était en pleine expansion. Un développement continu était pour elle une nécessité vitale. Ses énormes investissements devaient être amortis. Leur rentabilité exigeait que l'Allemagne trouvât des débouchés nouveaux. Sa politique commerciale était tout orientée vers la conquête des marchés extérieurs. A preuve ses pratiques commerciales, notamment le dumping. Cette politique commerciale la fait entrer en compétition

avec la Grande-Bretagne principalement, la France accessoi-
rement. La rivalité économique entre les vieilles puissances
coloniales et l'Allemagne provoque toutes sortes de conflits,
depuis la Chine jusqu'au Maroc.

En même temps que l'Allemagne cherche à s'ouvrir des
marchés, elle-même se ferme au commerce extérieur. C'est
la différence avec la Grande-Bretagne. L'économie britannique ne portait pas en elle de germe de guerre parce qu'elle
reposait sur le libéralisme et la réciprocité des échanges.
L'Angleterre a renoncé au protectionnisme en 1846 et aboli
en 1849 l'Acte de navigation. L'Allemagne, au contraire,
conjugue une politique d'exportation analogue à celle de la
Grande-Bretagne et une politique de fermeture de son marché intérieur ; elle associe le monopole du marché national
et la conquête de l'extérieur ; politique grosse de contradictions qui l'amène à entrer en conflit avec d'autres puissances. Dans les années qui précèdent 1914, l'opinion a le
sentiment d'être encerclée et d'étouffer. La tentation est
grande de briser la concurrence par la force et de s'ouvrir par
la guerre les territoires qui se ferment. La guerre de 1914
serait donc directement issue de l'impérialisme économique,
ce qui illustrerait la thèse classique du marxisme-léninisme
pour qui c'est le stade ultime du capitalisme acculé à la
guerre pour survivre.

Que vaut ce schéma d'explication ?

Tous les travaux des historiens et, notamment, ceux de
l'historien français qui est le meilleur connaisseur de la
période, P. Renouvin, en réduisent la portée. Il est trop systématique : l'économie allemande n'était pas en difficulté, rien
ne rendait inéluctable le recours à la guerre. D'autres possibilités s'offraient à elle. Il n'est pas vrai que l'économie allemande était acculée à la guerre.

Force est donc de faire entrer en ligne de compte un
ensemble de facteurs différents, politiques, militaires et psychologiques. Je vais énumérer, sans chercher pour l'instant à
établir entre eux une hiérarchie par ordre d'importance, des
éléments que nous connaissons déjà et qui constituent
comme autant de composantes d'une situation objectivement
belliqueuse.

Les difficultés intérieures des États.

Plusieurs États européens sont aux prises avec des difficultés sérieuses, et la tentation de chercher des dérivatifs et de se consolider par des succès extérieurs est grande : en 1914, on raisonne par référence aux guerres du XIXe siècle où les risques étaient limités.

Tel est le cas pour deux grands États de l'Europe de 1914 : la Russie aux prises avec une agitation révolutionnaire depuis la révolution de 1905 et qui ne s'est pas remise de sa défaite de 1905 devant le Japon ; et l'Autriche-Hongrie déchirée par les revendications des nationalités. Au reste, le calcul n'était pas entièrement déraisonnable. Si la guerre n'avait pas duré aussi longtemps, elle aurait produit les effets escomptés. Cela ne veut pas dire que les gouvernements russe et austro-hongrois l'aient voulue, mais certains responsables n'en écartaient pas l'éventualité. De fait, la guerre a d'abord renforcé la cohésion nationale. Dans un premier temps, un élan d'unanimité balaie les querelles, efface les dissensions. Même les nationalités serrent les rangs autour du gouvernement des Habsbourg. En Russie, toutes les nuances de l'opinion se regroupent derrière le gouvernement. La formule de l'union sacrée, lancée en France par le président Poincaré, pourrait s'appliquer, au moins dans les premiers mois, à presque tous les belligérants.

Les difficultés extérieures.

A côté des difficultés intérieures, les difficultés extérieures : entre les deux, il y a parfois interférences. Les difficultés que suscitent à l'Autriche-Hongrie ses nationalités trouvent un aliment au-delà des frontières ; elle peut espérer régler du même coup ses difficultés internes et celles que lui suscitent ses voisins. Une défaite de la Serbie supprimerait le pôle d'attraction que le mythe d'une grande Serbie exerce sur les nationalités croate, serbe, slovène, bosniaque, herzégovienne.

Autant d'aspects d'un phénomène qui a été une cause déterminante du conflit : le mouvement des nationalités, l'aspiration à l'indépendance nationale, la revendication de l'unité, ou du séparatisme selon les situations. Les nationalismes ont eu une part à la naissance du conflit. Dès 1905, la fièvre monte, les passions s'exaspèrent jusqu'à tout emporter en 1914. De ce point de vue, la guerre de 1914 est bien l'aboutissement des mouvements que nous avons vu surgir et s'entrecroiser au XIXe siècle.

Ces éléments sont encore aggravés par l'expansion outre-mer et la course aux rares territoires encore disponibles. Presque toutes les terres sont appropriées, alors que le nombre des parties prenantes augmente. Les rêves d'hégémonie, les volontés de puissance s'étendent au monde entier, et non plus à l'Europe seule. Elles se projettent sur les autres continents. Pour l'Allemagne, c'est l'abandon de la politique bismarckienne, qui fut après 1871 une politique de paix : Bismarck était assez réaliste pour savoir que l'Europe ne tolérerait pas d'autres agrandissements. L'Allemagne, au centre de l'Europe, liée par des traités à l'Autriche, à l'Italie, à la Russie et qui entretient de bonnes relations avec l'Angleterre, est maîtresse de la paix. Mais après la démission de Bismarck et l'arrivée de Guillaume II, elle passe d'une politique d'équilibre européen à la *Weltpolitik*, qui est une politique d'expansion aventureuse, d'hégémonie, porteuse de germes de guerre.

La situation internationale se caractérise à partir de 1900 par ce qu'on appelle la paix armée. L'expression associe deux éléments caractéristiques : les systèmes d'alliances et la course aux armements.

D'une part, les systèmes d'alliances. La France est sortie de l'isolement depuis 1892, avec le rapprochement franco-russe, la politique de Delcassé qui détache l'Italie de la Triplice, le rapprochement avec l'Angleterre, l'Entente cordiale de 1904, le système triangulaire où se fondent l'alliance franco-russe et l'Entente cordiale (1907). Il y a désormais un autre système d'alliances en face de celui de la Triplice.

D'autre part, la course aux armements, le vote de lois militaires engageant chaque année des crédits plus considérables, allongeant la durée du service militaire, renforçant l'armement, construisant des matériels toujours plus performants.

La conjonction des deux phénomènes crée une situation explosive et dispose le mécanisme de la généralisation du conflit à partir d'une rivalité limitée. Là est l'originalité de la Première Guerre mondiale. Il y avait eu des guerres depuis 1815, mais toujours limitées : celle de 1914 s'est étendue à l'Europe et au monde à cause de la paix armée.

On ne sous-estimera pas le rôle des facteurs proprement psychologiques : crainte de l'encerclement, volonté d'action préventive, amour-propre national, fierté patriotique, qui donnent la clé de l'acquiescement ou de la résignation à la guerre.

Depuis 1905, les crises se sont succédé presque chaque année. L'Europe est entrée dans des eaux dangereuses : Tanger en 1905, la Bosnie-Herzégovine en 1908, le Maroc derechef en 1911, les Balkans en 1912-1913. La guerre menace. Une partie de l'opinion s'y résigne et s'y prépare. L'Europe, à la veille de l'été 1914, est à la merci d'un accident qui mettra brusquement en rapport tous ces éléments dont l'accumulation fait de la situation diplomatique, politique et militaire de l'Europe, à la veille de 1914, une machine infernale.

2. Les caractères de la guerre

Trois caractères contribuent à singulariser la Première Guerre par rapport aux conflits précédents : sa durée, son extension dans l'espace, certaines formes nouvelles et inédites.

La durée.

Elle est inhabituelle. Il fallait remonter jusqu'aux guerres napoléoniennes pour trouver des conflits qui durent ainsi plusieurs années. Les seules guerres longues que l'Europe a connues depuis lors étaient des guerres qu'elle livrait outre-mer, telle la guerre des Boers qui opposa pendant trois années le corps expéditionnaire britannique au peuple boer défendant son indépendance.

A la vérité, il y a bien une guerre au XIXᵉ siècle qui a duré aussi longtemps que va durer la Première Guerre mondiale, mais c'était une guerre civile et hors d'Europe : la guerre dite de Sécession, tout juste quatre années, d'avril 1861 à avril 1865. Les guerres longues correspondent à des formes de conflit déterminées, conflits coloniaux livrés à des milliers de kilomètres des métropoles, ou conflits internes.

Aussi tout le monde pense-t-il, au début de l'été 1914, que la guerre ne durera que quelques semaines, au pis quelques mois. La stratégie des belligérants repose sur le postulat d'une guerre courte où la décision sera acquise dès les premières rencontres : c'est la guerre de mouvement. Cette stratégie inspire aussi bien le plan allemand d'enveloppement du front français par l'ouest que les espérances mises par les Alliés dans l'avance à l'est du « rouleau compresseur » russe.

Or la guerre va durer. Dans les premiers mois, aucun belligérant n'a réussi à s'assurer cet avantage décisif qui devait entraîner la victoire et la fin de la guerre : pas plus les Allemands en France après le redressement imprévu du début de septembre à la bataille de la Marne, que les Russes en Prusse-Orientale où ils sont battus à Tannenberg.

Voilà les belligérants obligés de réviser leurs plans, conduits par les événements dont les nécessités s'imposent à eux plus qu'ils ne les prévoient. On s'installe dans la guerre de part et d'autre, le front s'immobilise, on passe de la guerre de mouvement, suivie de la course à la mer, à une guerre de position, avec un front continu qui rend la percée irréalisable. La guerre revêt dès lors des traits inattendus. C'est le retour à la vieille guerre d'autrefois, la guerre de siège, mais une guerre de siège à la dimension des États modernes et qui, au lieu de se livrer autour de quelques places fortifiées, se déroule sur des centaines de kilomètres, de la mer du Nord à la frontière suisse, de la Baltique aux Carpates, et qui oppose des millions d'hommes.

Tel est le point de départ qui infléchit brusquement le cours des opérations militaires et imprime à ce conflit mondial un tour imprévu dont nous allons voir les conséquences.

L'extension géographique.

La durée va avoir, comme première conséquence, l'extension dans l'espace. C'est en partie parce que la guerre se prolonge et menace de s'éterniser que les deux systèmes diplomatiques et militaires adverses essaient d'attirer ceux qui restaient dans l'expectative : les neutres.

D'emblée, la guerre a pris des proportions insolites : conséquence directe du système de la paix armée. Le jeu des engagements, que comportent les alliances, entraîne dans les premières semaines de nombreux pays dans le conflit. Deux coalitions se constituent. D'un côté – en énumérant les pays dans l'ordre même où la guerre les aspire –, la Serbie, objet de l'ultimatum autrichien et de la déclaration de guerre, le petit royaume du Monténégro, la Russie, alliée de la Serbie et qui ne peut laisser écraser les frères slaves du Sud, la France, parce qu'elle est l'alliée de la Russie et que l'Allemagne la met en demeure de se prononcer clairement, puis la Belgique dès lors que le roi Albert a refusé de céder à l'ultimatum allemand, la Grande-Bretagne du fait de l'invasion belge et l'empire britannique, ainsi que les colonies françaises. Ces pays représentent en Europe 240 millions d'hommes approximativement. Dans l'autre camp, les deux empires centraux, Autriche-Hongrie et Allemagne, n'en alignent que 120.

Il y a donc, au départ, une grande inégalité numérique entre les deux coalitions. Mais la force militaire d'un pays n'est pas fonction du nombre seul : c'est la résultante de nombreux facteurs et, entre autres, de l'aptitude à mobiliser les hommes, du degré de puissance économique. Sous ce rapport, les 240 millions d'hommes qu'aligne l'Entente appartiennent à des sociétés très inégales. D'autre part, les empires centraux, en raison de leur position géographique, disposent d'un avantage stratégique considérable, la possibilité de reporter leurs forces d'un front sur l'autre, tandis que l'Entente est partagée entre deux fronts qui ne communiquent pas.

Ainsi dès les premiers jours d'août 1914, les cinq grandes puissances européennes – Allemagne, Autriche-Hongrie, Russie, France, Grande-Bretagne –, celles dont l'accord constituait ce que le langage diplomatique traditionnel appelait « le concert européen », sont réunies dans la guerre pour la première fois depuis 1815. Jusque-là, les conflits n'avaient jamais opposé que deux ou trois de ces pays les uns aux autres ; jamais tous ensemble. Dans la guerre de Crimée, la France et l'Angleterre étaient opposées à la Russie ; mais Prusse et Autriche étaient restées en dehors du conflit. En 1870, la France et la Prusse avaient été seules à se combattre, les autres pays étaient demeurés neutres. 1914 : c'est la première fois depuis la fin des guerres napoléoniennes que l'Europe presque entière est précipitée dans la guerre.

Les choses n'en resteront pas là ; le conflit va rapidement s'étendre, sous l'effet de plusieurs facteurs conjugués.

La pression de la diplomatie des belligérants

A mesure que la guerre se prolonge chacun des deux camps se livre auprès des neutres à une surenchère, pour les persuader d'entrer à leur tour dans la guerre, et renverser la balance des forces.

On multiplie les promesses pour les séduire ou pour maintenir dans la guerre ceux qui seraient tentés d'en sortir. La France et l'Angleterre font ainsi à l'Italie des promesses substantielles : si elle sort de la neutralité, elle récupérera les terres irrédentes. La Russie demande Constantinople pour prix de sa fidélité.

Ces buts de guerre sont souvent contradictoires : les exigences formulées ne sont pas toutes conciliables. C'est le germe de dissentiments qui éclateront au grand jour après l'armistice, lors de la conférence de la Paix, et qui amèneront, par exemple, l'Italie à bouder celle-ci quelques semaines.

Revendications des gouvernements neutres

Deuxième facteur qui pousse à l'élargissement du conflit : le désir de certains gouvernements neutres de s'assurer des avantages. Or les neutres seront tenus à l'écart de la conférence de la Paix : ils n'auront pas la possibilité de formuler leurs revendications. Le seul moyen est de passer de la neutralité à la belligérance. C'est le calcul qui avait inspiré un demi-siècle plus tôt la diplomatie de Cavour déclarant la guerre à la Russie. On s'était demandé à l'époque quel différend pouvait bien opposer le Piémont à la Russie : ce n'était que le moyen de poser, au Congrès de Paris, les revendications contre l'Autriche.

Pression des opinions publiques

Troisième facteur : dans certains pays, la poussée d'une partie de l'opinion publique qui fait pression sur le gouvernement pour l'entrée en guerre. Ainsi en Italie où un secteur se déclare en faveur de l'intervention, les patriotes de droite et la fraction socialiste qui suit Mussolini.

Tous ces facteurs entraînent un élargissement progressif du conflit. On peut distinguer comme des cercles concentriques autour du foyer initial de la guerre, l'Europe continentale. Le premier pays à sortir de la neutralité est l'Empire ottoman qui, en novembre 1914, rallie les empires centraux. Les liens étroits entre l'Empire ottoman et l'Allemagne le prédisposaient à se ranger aux côtés des empires centraux. L'Empire ottoman était, depuis longtemps déjà, une sorte de colonie de l'Allemagne : terrain d'expansion de l'impérialisme économique, et c'était sous la direction d'officiers allemands que l'armée et la marine turques avaient été réorganisées. Son entrée en guerre a de grandes conséquences stratégiques : la fermeture des détroits. Impossible désormais à la Russie d'entretenir des communications maritimes avec ses alliés de l'Ouest, d'en recevoir du matériel ; toutes les tentatives pour forcer les Dardanelles échoueront. Seconde conséquence : la guerre s'étend à l'Asie Mineure, l'Empire ottoman chevauchant l'Europe et le continent asiatique. Le Proche-Orient est entraîné dans la guerre aux côtés de l'Allemagne et de l'Autriche. Le bloc des empires centraux se dispose désormais sur une sorte de grand axe, grossièrement orienté du nord-ouest au sud-est, de la mer du Nord au golfe Persique.

Mai 1915 : c'est au tour de l'Italie d'entrer en guerre, mais aux côtés des Alliés. Un nouveau front est ouvert sur les Alpes orientales, et l'Autriche, qui n'avait à combattre qu'en direction de l'est la Russie et la Serbie, doit faire face à l'ouest, du Trentin à l'Adriatique.

A partir d'octobre 1915, c'est ensuite l'entrée en guerre de petits pays balkaniques par une série d'interventions en cascade. La Bulgarie d'abord. C'est le rebondissement des guerres qui, deux ans plus tôt, l'avaient mise aux prises avec ses alliés balkaniques, vainqueurs de la Turquie. En 1912 et 1913, deux guerres balkaniques s'étaient succédé : en 1912, la coalition de la Grèce, de la Serbie, de la Bulgarie, de la Roumanie, du Monténégro, avait obligé l'Empire ottoman à céder la quasi-totalité de ses territoires européens, à l'exception de la Thrace. L'année suivante, la Bulgarie, mécontente du règlement territorial, prend l'initiative des opérations. Mais elle est écrasée par la coalition des trois autres. C'est pour faire appel de ce résultat que la Bulgarie entre en guerre en octobre 1915 : elle espère prendre sa revanche sur la Roumanie et la Serbie. Août 1916 : la Roumanie rejoint le camp des Alliés. Juin 1917 : la Grèce est entraînée, à son corps défendant, dans la guerre par les Alliés. Ceux-ci, pour porter assistance à la Serbie et à la Roumanie, ont décidé d'ouvrir un second front dans les Balkans – c'est le camp retranché de Salonique – et forcent la main au gouvernement grec, déposent le roi Constantin, appuient Venizélos.

Rappelons la participation, depuis mars 1916, du Portugal qui a envoyé, à titre symbolique, une division sur le front de France.

Au total, quatorze pays d'Europe sont entrés dans le conflit. Il n'y a plus, en 1917, comme neutres en Europe que la Suisse au centre et, à la périphérie, de petits pays, Pays-Bas, royaumes scandinaves, et Espagne. Tous les autres ont été entraînés dans un conflit dont l'intensité ne cesse de croître.

Mais les dimensions du conflit ne se limitent pas au continent européen : il est étendu aux autres par un double processus. D'une part, en raison des liens qui assujettissent aux puissances européennes les territoires coloniaux. C'est le cas pour l'Afrique qui est, en 1914, aux neuf dixièmes possession coloniale. Les colonies suivent le destin des métropoles, prennent part à l'effort de guerre, fournissent des combattants, et servent même de théâtre d'opérations, les Franco-Britanniques occupant, l'une après l'autre, les colonies allemandes d'Afrique, le Cameroun, le Togo, le Sud-Ouest, l'Afrique orientale.

Un second facteur entraîne l'élargissement du conflit à d'autres continents que l'Europe : la détermination de quelques États pour des raisons semblables à celles qui ont dicté la belligérance de l'Italie. Tel est le calcul du Japon qui juge avoir plus d'avantages à entrer dans la guerre qu'à rester neutre ; dès le mois d'août 1914, le Japon a déclaré la guerre à l'Allemagne. Il le fait en vertu du traité qui l'unit à la Grande-Bretagne depuis 1902, et aussi parce que l'occasion lui paraît bonne de s'approprier les bases allemandes en Chine, notamment dans le Chan-tong. La Chine aussi, nominalement, entre dans la guerre pour ne pas être en reste avec le Japon.

Après l'Afrique et l'Asie, le continent américain. Au total, onze pays de l'hémisphère occidental entrent dans la guerre. De la plupart la participation reste symbolique et n'est pas de nature à modifier l'équilibre des forces. Il n'en va pas de même de l'intervention des États-Unis. C'est en avril 1917 que le président Wilson propose au Congrès d'entrer en guerre.

Au total, en comptant les dominions britanniques, quelque trente-cinq États ont participé au conflit. Tous les continents y sont entraînés : des centaines de millions d'hommes. C'est la première fois dans l'histoire qu'une conflagration prend une pareille ampleur et cet élargissement est la conséquence de la prolongation de la guerre. C'est parce que la guerre a duré si longtemps que de nombreux pays ont surmonté leurs hésitations, ou fini par céder aux pressions des premiers belligérants. L'objectif est toujours de rompre l'équilibre, ou de le rétablir s'il est menacé.

La prolongation anormale de la guerre, son extension insolite sont à l'origine des innovations de cette guerre, troisième aspect de sa singularité.

Les formes nouvelles.

Cette guerre, précisément parce que c'est une guerre de positions, appelle l'engagement de forces sans cesse croissantes. C'est la première expérience à propos de laquelle on puisse employer sans outrance l'expression de guerre totale.

Assurément, elle est moins totale – si l'on peut ainsi parler – que la Seconde Guerre mondiale ; mais elle présente déjà des traits si originaux qu'elle marque une mutation profonde, une rupture avec les habitudes traditionnelles.

Les effectifs

C'est d'abord la mobilisation des effectifs poussée à un degré jusqu'alors inconnu. Les guerres traditionnelles alignaient des effectifs qui ne dépassaient pas quelques centaines de milliers d'hommes. L'opinion avait été stupéfaite, en 1812, par la Grande Armée engagée en Russie : elle comptait quelque 600 000 hommes. Le chiffre paraît dérisoire au regard des millions, même des dizaines de millions d'hommes mobilisés quatre années durant. En France – le pays à avoir poussé le plus loin la mobilisation des effectifs –, près de 8,5 millions pour une population qui n'atteint pas alors 40 millions, soit plus d'un cinquième des habitants, se trouvent mobilisés, contre 14 millions d'Allemands. La Grande-Bretagne introduit, en 1916, la conscription. La Russie mobilise d'autant plus qu'elle manque de matériel.

La mobilisation des ressources

Ces millions d'hommes, il faut les approvisionner, assurer leur ravitaillement en munitions. La grande crainte des états-majors et des ministres de la Guerre à l'automne 1914, ce n'est pas tant la rupture du front, ni le manque d'hommes, que l'éventualité de la rupture des stocks de munitions : on n'avait pas compté avec une guerre qui durerait et les réserves sont épuisées à l'entrée de l'automne. Il a donc fallu forger de toutes pièces une industrie de guerre, créer des usines d'armement, recruter une main-d'œuvre de remplacement, en grande partie féminine, qui prend la relève des hommes envoyés au front. On a fait aussi revenir des spécialistes qui ont fait l'objet d'affectations spéciales.

Il a fallu mettre en œuvre une direction de l'économie : l'État doit réglementer, contrôler, organiser, rationner des ressources qui s'épuisent et qui ne sont pas proportionnées aux besoins de l'industrie de guerre ou du ravitaillement de la population. Nous reverrons la portée lointaine et les conséquences institutionnelles, administratives, psychologiques, de cette intervention croissante de la puissance publique et du contrôle exercé sur toutes les activités économiques et sociales.

Les armes nouvelles

En troisième lieu, la guerre met en jeu des armes nouvelles. La guerre proprement militaire se double d'une guerre économique qui vise à atteindre l'adversaire dans son appareil de production, à paralyser son activité, en tarissant l'arrivée des matières premières. Les Alliés mettent les empires centraux en état de blocus. Disposant de la maîtrise des mers, adossés à l'usine américaine, ils tentent de les isoler et espèrent les contraindre à capituler par l'asphyxie. L'Allemagne riposte avec la guerre sous-marine : à son tour de déclarer en état de blocus les îles Britanniques, et de bonne prise tous les navires marchands, même ceux battant pavillon neutre, qui transportent, à destination de la France ou de la Grande-Bretagne, du matériel de guerre, ou simplement des produits destinés à approvisionner la population ou l'industrie. Ainsi on s'achemine vers la pratique d'une guerre effectivement totale.

Guerre économique, mobilisation de la population civile : autant d'étapes du glissement de la guerre vers des formes radicales. Au XIXe siècle, la vie civile se poursuivait en marge. Il n'en va plus ainsi depuis 1914.

La guerre psychologique

Ne pouvant percer le front, on cherche à le tourner en atteignant le moral. C'est l'objectif des bombardements des capitales et des villes ouvertes. C'est aussi la raison d'être de la propagande. L'importance du facteur moral croît à mesure que la guerre se prolonge. Il apparaît de plus en plus clairement qu'aucun des camps n'a les moyens de remporter un avantage stratégique ; c'est donc la lassitude, l'usure du moral qui les départageront.

Or, en 1917, les deux camps approchent, l'un et l'autre, du point de rupture. D'où l'importance capitale de cette année 1917. C'est l'année au cours de laquelle la guerre aurait pu prendre un autre tour, peut-être même finir : elle dure déjà depuis trois ans. Surtout, 1917 succède à l'année de Verdun et de la Somme, 1916, où Allemagne, Grande-Bretagne et France se sont épuisées sans remporter d'avantage. En 1917, plusieurs pays approchent du point critique, où tout devient possible, la capitulation, la paix blanche. C'est vrai de la Russie en premier lieu, mais ce l'est aussi de la France. C'est le tournant de la guerre.

La révolution russe modifie brusquement le rapport des forces au détriment des Alliés, bien que le premier gouvernement russe ait déclaré son intention de poursuivre la guerre et de rester fidèle aux engagements internationaux de la Russie. Mais la révolution désorganise bientôt la machine de guerre, affaiblit la volonté de se battre. Il est normal que la Russie ait cédé la première : c'est le pays qui avait payé le plus lourd tribut en hommes, subi les plus lourdes pertes. La Russie était mal préparée à la guerre. Elle n'avait pas tiré les leçons de sa défaite devant le Japon en 1905. Son organisation est défectueuse, le matériel fait défaut, l'intendance est au-dessous de tout ; pendant trois ans, les soldats russes ont pallié ces manques tant bien que mal à force de courage ; mais le découragement finit par l'emporter.

La révolution russe, en février-mars, suivie de la seconde, en octobre-novembre 1917, entraîne deux ordres de conséquences pour l'histoire de la guerre.

Ce sont d'abord des conséquences militaires. Avec la paix séparée de Brest-Litovsk, la fameuse rupture de l'équilibre que les états-majors cherchaient depuis trois années s'est produite à l'avantage de l'Allemagne. Un des principaux belligérants est hors jeu et le Grand État-Major allemand libre de reporter vers l'ouest la quasi-totalité de ses forces ; les divisions de l'Est traversent l'Allemagne et sont transférées sur le front occidental. Or Français et Anglais arrivaient tout juste à contenir la poussée allemande. Sans doute, l'entrée en guerre des États-Unis, en avril 1917, laisse espérer le rétablissement de l'équilibre, et même son renversement, à l'avantage de l'Ouest. Mais ce renversement ne peut se produire qu'au bout d'un an ou dix-huit mois, car les États-Unis n'ont aucune force militaire. Ils doivent improviser à partir de rien une armée, une industrie de guerre. Les premières unités arrivent à l'automne 1917 et ce n'est qu'à l'été 1918 que les unités américaines commenceront à être engagées de façon massive. Il y a donc un hiatus de près d'une année : tiendra-t-on jusque-là ?

Ce sont ensuite des conséquences politiques. La révolution russe ranime des sentiments jusque-là contenus par l'union sacrée, et entame la volonté de faire la guerre jusqu'au bout. C'est un exemple à suivre pour certains. Le socialisme de gauche connaît un regain de vitalité : le défaitisme révolutionnaire se réveille et rejoint le désir de la paix. En France, en Italie surtout où une partie de l'opinion n'était entrée dans la guerre qu'à reculons (socialistes, syndicalistes, catholiques), se réactivent les ferments de division. L'action de ces forces centrifuges, conjuguée avec l'usure physique et nerveuse, explique que l'année 1917 soit l'année trouble, l'année difficile : grèves dans les usines d'armement en France, mutineries qui gagnent les unités sur le front. Certains hommes politiques préconisent l'ouverture de pourparlers pour une paix blanche. Le défaitisme va-t-il l'emporter et les empires centraux gagner la guerre ?

Mais un retournement de situation en novembre 1917 fait qu'en France – la France est la pièce maîtresse de la coalition – le jusqu'au-boutisme l'emporte : l'arrivée de Clemenceau à la présidence du Conseil, la formation d'un cabinet qui a pour programme de faire la guerre jusqu'au bout coupent court aux négociations, brisent le défaitisme ; on traduit en Haute Cour les hommes politiques suspects de rêver d'une paix blanche. En 1918, la situation se renverse. Le redressement du moral, la nomination d'un commandant suprême interallié, Foch, qui coordonne l'ensemble des forces militaires de l'Ouest, l'intervention des Américains : et c'est, au terme, la victoire, l'armistice du 11 novembre 1918.

2

Les conséquences
de la guerre

La guerre et la victoire des Alliés ont eu des conséquences multiples et décisives. Elles ne laissent à peu près rien en l'état où la guerre avait trouvé l'Europe en juillet 1914. La figure de l'Europe et la physionomie du monde sortent profondément transformées de ces quatre années. Nous prendrons la situation en 1920, après la conférence de la Paix et la signature des différents traités qui portent règlement du conflit.

1. Les transformations territoriales

Les conséquences les plus apparentes, et qui découlent directement des opérations militaires, sont les transformations territoriales. Elles sont considérables. La carte de l'Europe sort profondément remaniée : il n'est pas sans intérêt de se reporter à un atlas pour regarder en parallèle la carte de l'Europe d'avant-guerre et celle de l'après-guerre.

La conférence de la Paix s'ouvre à Paris, en janvier 1919. Vingt-sept pays y sont représentés. C'est trop pour permettre une négociation efficace et rapide. Aussi se constitua un organisme plus restreint appelé le conseil des Dix – les dix pays qui ont pris la part la plus importante à la guerre. Au-dessus de ce conseil des Dix, le conseil des Quatre : États-Unis, Angleterre, France, Italie, réduits un moment à trois par la bouderie du président du Conseil italien Orlando : le président des États-Unis, Wilson, le Premier ministre britannique, Lloyd George, le président du Conseil français,

Georges Clemenceau. C'est le conseil des Quatre qui a pris
les décisions capitales, arbitré les différends entre prétentions rivales.

Le traité de Versailles est le plus connu, mais il n'est pas le
seul : il est suivi par un cortège de traités qui mettent fin à
la guerre avec les alliés de l'Allemagne, les héritiers de
l'Autriche-Hongrie, les États balkaniques. Ces traités portent
tous le nom de châteaux ou de résidences royales de la ban-
lieue parisienne : le traité de Sèvres avec l'Empire ottoman,
de Trianon avec la Hongrie, de Saint-Germain avec l'Autriche, de Neuilly avec la Bulgarie. Ces traités sont signés en
1919-1920. C'est la raison pour laquelle je prends l'année
1920 comme date repère : c'est le moment où tous ces traités
entrent en application.

Ces traités consacrent la défaite des grands empires.
Quatre empires disparaissent ou sont substantiellement
amputés : c'est un changement de première grandeur. Il faut
remonter au congrès de Vienne ou à la paix de Westphalie
pour trouver un équivalent au bouleversement territorial de
1919-1920.

L'Autriche-Hongrie cesse d'exister. Autriche et Hongrie,
jusque-là réunies par un lien dynastique, sont disjointes. Les
deux têtes de l'aigle sont désormais séparées. Les nationalités sujettes constituent autant d'États nationaux. C'est, en
même temps que la fin du dualisme, la désintégration de
l'empire des Habsbourg. Les forces centrifuges l'emportent
sur l'héritage unitaire de l'histoire : la série de traités
consacre l'émancipation des nationalités.

La Roumanie sort agrandie : les provinces de Moldavie et
de Valachie qui avaient obtenu leur indépendance au congrès
de Paris (1856), s'étaient unies, puis étaient devenues un
royaume de Roumanie. Celui-ci s'agrandit en direction de
l'ouest, de la Transylvanie, au-delà des Carpates, au détriment de la Hongrie, en direction du nord-est de la province
de Bessarabie détachée de la Russie et en direction du sud,
de la Dobroudja qu'elle disputait à la Bulgarie. La Roumanie
est une des grandes bénéficiaires de la paix.

Une grande Serbie voit le jour, qui réunit le royaume de
Serbie, le royaume de Monténégro, la Bosnie et l'Herzégo-
vine qui étaient depuis 1878 une sorte de mandat autrichien,

la Macédoine, la Croatie, la Slovénie, pour constituer la You-goslavie.

Au nord, c'est la naissance de l'État tchécoslovaque réunissant l'ancien royaume de Bohême, la Slovaquie et la Ruthénie subcarpatique.

Trois États considérablement agrandis ou même créés de toutes pièces, à côté d'une Autriche réduite à l'ombre d'elle-même et d'une Hongrie amputée de minorités passées sous la domination des Slaves. C'est le morcellement de l'Europe danubienne.

C'est aussi la fin de l'Empire ottoman : l'événement est peut-être plus considérable encore que la disparition de l'empire des Habsbourg. Ce n'est pas seulement le règlement de la question d'Orient, c'est la fin d'un millénaire d'histoire. La disparition de l'Empire ottoman clôt une histoire commencée au XIe siècle, avec l'arrivée des Turcs en Anatolie, et continuée par la prise de Constantinople en 1453. Le traité de Sèvres complète le bilan des guerres balkaniques. En 1912, l'Empire ottoman avait dû renoncer à presque toutes ses possessions européennes ; en 1920, il perd les trois quarts de ses possessions asiatiques. La Turquie – nom que prend l'ex-Empire ottoman – se réduit au plateau anatolien. Après avoir reculé devant l'Europe, la voilà en Asie obligée de céder aux revendications des nationalités de l'Asie antérieure. De nouveaux États surgissent sur les ruines de l'Empire ottoman : Irak, Syrie, Liban, Palestine, Transjordanie. L'Empire ottoman disparaît comme force politique. Le califat sera aboli quelques mois plus tard.

Les deux autres empires sont moins éprouvés : ils ne disparaissent pas complètement. Si l'Autriche-Hongrie se désintègre et si l'Empire ottoman disparaît, la Russie et l'Allemagne subsistent, mais subissent des amputations considérables.

La Russie perd toutes ses conquêtes des deux derniers siècles. La façade occidentale, laborieusement constituée par Pierre le Grand et Catherine, s'écroule d'un coup. Une grande Pologne se reconstitue qui s'étend en direction de l'est, au détriment d'une partie de la Russie blanche et de l'Ukraine La Finlande reconquiert son indépendance. Trois États baltes se forment à partir des provinces conquises jadis sur les Suédois : Estonie, Lettonie, Lituanie. Enfin, nous l'avons vu, la Russie a dû céder la Bessarabie à la Roumanie. C'est un recul considérable vers l'est. Voilà la Russie rejetée sur toute la ligne. En 1920, les frontières, du reste, ne sont pas encore fixées : ce n'est pas la date de 1920 qu'il faut prendre dans ce cas comme point de repère, mais 1922 : en 1920, la guerre bat son plein entre la Russie et la Pologne, et les cavaliers de Boudienny arrivent aux portes de Varsovie. C'est en 1922 que la Russie reconnaît ses pertes territoriales et fait la paix avec la Pologne et les États baltes.

Des quatre grands empires, le moins touché c'est finalement l'Allemagne : elle perd environ un septième de son territoire européen et toutes ses colonies. C'était des quatre la seule puissance coloniale ; elle doit céder toutes ses colonies que se partagent la France, l'Angleterre, le Japon, l'Afrique du Sud. En Europe, à l'ouest, elle rétrocède à la France l'Alsace et la partie annexée de la Lorraine, à la Belgique, ce qu'on appelle les cantons rédimés : Eupen et Malmédy. Le territoire de la Sarre est pour quinze ans soumis à un statut provisoire, en attendant un règlement définitif en 1935. C'est à l'est que l'Allemagne subit les mutilations les plus sensibles : c'est en partie à ses dépens que se reconstitue la Pologne. La Posnanie, la Haute-Silésie sont perdues, Dantzig est détachée, érigée en ville libre. Un couloir sépare désormais la Prusse-Orientale du Brandebourg et de la Poméranie. Le Schleswig du Nord est abandonné aux Danois. La rive gauche du Rhin, ainsi qu'un certain nombre de têtes de pont sur la rive droite font l'objet d'une occupation militaire qui doit durer jusqu'en 1935.

Ainsi, sur le plan territorial et sans anticiper sur les autres changements, politiques, économiques ou sociaux, la guerre, sanctionnée par les traités de 1919-1920, entraîne la dislocation de deux grands ensembles historiques – Autriche et Empire ottoman – et la multiplication des États – puisque sont créés ou reconstitués la Pologne, la Tchécoslovaquie, la Finlande, les États baltes – sans compter ceux qui s'agrandissent, Roumanie, Serbie d'hier.

Si on examine les principes auxquels ont obéi les négociateurs, et qui sont exprimés noir sur blanc dans les traités, c'est le triomphe du mouvement des nationalités. C'est le couronnement de la série de poussées qui en 1830, 1848, 1860 avaient peu à peu affranchi les populations opprimées et unifié des nationalités séparées. L'Italie recouvre les terres irrédentes, les nationalités slaves s'émancipent, des plébiscites permettent aux peuples de se prononcer librement.

Sans doute subsistent encore des minorités, mais moins nombreuses qu'avant 1914, et ce sont maintenant les nationalités dominatrices d'hier qui sont assujetties à leurs anciens vassaux : les minorités hongroises, en Tchécoslovaquie, dans la Transylvanie roumaine ou en Yougoslavie.

Si, du cadre de l'État-nation, nous passons à des ensembles plus vastes, le règlement territorial marque le recul du germanisme et le progrès des Slaves. La plupart des nouveaux États sont des États slaves : Pologne, Tchécoslovaquie, Yougoslavie. L'équilibre des forces et des blocs ethniques en est modifié profondément à l'intérieur de l'Europe.

Si nous cherchons à dégager la résultante à l'égard de l'hégémonie politique et militaire, tout concourt à la primauté de la France. C'est la France qui a gagné la guerre. Le souvenir de Verdun éclipse toutes les autres batailles. L'armée française s'est imposée comme la première d'Europe et du monde. Ce sont les institutions de la France que copient la plupart des nouveaux États : la Tchécoslovaquie, la Pologne, d'autres pays encore se donnent des Constitutions inspirées du modèle politique de la France. La plupart de ces États sont ses alliés et ses clients. Pour maintenir la pérennité du traité de Versailles, la France prend appui sur les nouveaux États, Pologne, Tchécoslovaquie, Yougoslavie, pour reconstituer une barrière orientale qui prenne à revers les pays vaincus : Allemagne, Autriche, Hongrie. Tous ces pays doivent leur renaissance à l'armée et à la diplomatie françaises.

2. Le triomphe de la démocratie

La variété des formes politiques dont nous avons suivi le développement depuis le XVIIIe siècle a subi de notables altérations en 1920.

La victoire des Alliés est aussi la victoire des démocraties et de la démocratie. Elle est interprétée comme le triomphe de la démocratie sur l'Ancien Régime, les empires autocratiques, les régimes autoritaires. L'identification des vainqueurs aux principes de la démocratie est complète depuis qu'en 1917 la Russie tsariste est sortie de la guerre et y a été remplacée par la grande démocratie américaine : il n'y a plus d'anomalie, le chassé-croisé Russie-États-Unis achevant d'identifier l'un des camps aux principes et aux valeurs de la démocratie.

C'est la disparition des empires historiques, fondés sur le principe de légitimité. Les dynasties séculaires sont détrônées : les Romanov, d'abord, en 1917, en Russie, puis à la fin de 1918, les Habsbourg et les Hohenzollern ; c'est bientôt aussi la déposition du sultan et l'abolition du califat. Partout, les révolutions entraînent la chute des trônes. C'est une sorte de rebondissement de 1789 ou de 1848. Aux contemporains, la victoire de la France, de l'Angleterre et des États-Unis apparaît comme l'aboutissement de plus d'un siècle de luttes, la revanche sur le congrès de Vienne, la consécration de la démocratie.

Sur les ruines de ces régimes aristocratiques, monarchiques, absolutistes, s'installe la démocratie. La République est proclamée en Allemagne, en Autriche. Des assemblées constituantes adoptent des Constitutions démocratiques. En Allemagne, le Parlement réuni à Weimar étend le suffrage universel aux femmes, décide l'élection du président de la République au suffrage universel. C'est au lendemain de la guerre que la Grande-Bretagne achève l'évolution commencée dès 1832 en supprimant les dernières exceptions au suffrage universel. C'est aussi au lendemain de la guerre qu'entrent en vigueur les modalités énoncées par la loi électorale de 1912 en Italie, les délais qu'elle prévoyait étant abrégés ou annulés. En France, le régime électoral est modifié pour introduire un peu de représentation proportionnelle, réputée plus démocratique.

La démocratisation s'étend au-delà des formes politiques : à l'organisation sociale, au règlement des problèmes du travail. Le gouvernement Clemenceau fait voter la journée de huit heures en France, en 1919. Le traité de Versailles est le premier à comporter un chapitre qui intéresse l'organisation des relations sociales : c'est l'institution du Bureau international du travail qui doit préparer la codification des législations sociales, l'élaboration d'une charte internationale du travail et des relations entre les employeurs et les salariés.

La démocratie s'étend enfin aux relations internationales elles-mêmes. C'est la fin de la diplomatie secrète tenue pour responsable du déclenchement du conflit. C'est une thèse alors très répandue que la guerre est sortie des transactions officieuses des chancelleries. Si la diplomatie s'étalait sur la place publique, les peuples veilleraient à ce qu'elle ne nourrisse pas de nouveaux conflits. On croit que la substitution d'une diplomatie ouverte à la diplomatie secrète supprimera les germes de conflit.

La Société des Nations étend aux relations internationales des principes et des pratiques qui se sont peu à peu généralisés à l'intérieur des États : discussion publique, délibération parlementaire, règlement des questions pendantes à la majorité des suffrages. La Société des Nations, c'est l'universalisation du régime parlementaire et, apparemment, le triomphe du droit sur la force, l'instauration d'un ordre juridique qui détrône les solutions de violence.

Ainsi, tant dans les remaniements territoriaux inspirés du principe du droit des peuples à disposer d'eux-mêmes, que dans la nouvelle organisation politique, sociale, internationale, l'ordre nouveau de l'Europe de 1920 s'inspire de la démocratie. Les contemporains ont pu, dans la détente consécutive à l'armistice, à la faveur de l'euphorie propice aux illusions, s'imaginer que c'était la fin de l'histoire : l'Europe – et le monde à sa suite – touchait au terme de ses inquiétudes, de ses misères. C'était la victoire du droit et le triomphe de la démocratie couronnant la marche de l'humanité vers une société plus humaine, plus libre et plus juste.

3. L'envers du tableau

Cet aspect ne constitue, malgré tout, qu'une part de la réalité : la plus visible ; mais le recul du temps et une vue rétros-

pective mettent en lumière un autre aspect, moins immédiatement perceptible, moins riant aussi et dont les traits se
révéleront peu à peu. En effet, la fin des hostilités et le règlement des conflits n'ont pas *ipso facto* supprimé un certain
nombre de problèmes, les uns nés de la guerre, les autres
antérieurs mais que la guerre n'avait pas résolus.

La guerre, par sa durée, son extension et ses caractéristiques, a entraîné toutes sortes de changements dont certains
ont produit à leur tour des effets irréversibles. La guerre est
au principe de multiples bouleversements intéressant l'économie, la société, les mœurs, les idées aussi et les mentalités.
De ces bouleversements, les effets ne se feront sentir que
graduellement, et ils ne seront pas aussi marqués dans tous
les pays. Ceux-ci ont été inégalement touchés. La profondeur
des bouleversements dépend de deux choses : de l'étendue
de leur participation à la guerre, leur ampleur étant proportionnelle à l'intensité de l'effort de guerre – il est évident que
la France est, sous ce rapport, plus touchée que le Portugal – ;
le second facteur est la position des belligérants à la fin du
conflit selon qu'ils se trouvent dans le camp des vainqueurs
ou des vaincus. Cette donnée est déterminante. Pour les
vaincus, s'ajoutent aux destructions de la guerre, qui ont
atteint presque tous les pays indistinctement, les misères
de la défaite, l'occupation, plus ou moins prolongée (pour
l'Allemagne jusqu'en 1930 et encore l'évacuation devan-
cera-t-elle de plusieurs années la date initialement prévue), le
poids des réparations imposées par les traités de paix, les
conséquences de l'effondrement des régimes, et l'instabilité
qui s'ensuit, enfin les traumatismes causés par l'amputation
territoriale qui désorganise l'économie et laisse une blessure
morale durable. Voilà quelle conjonction de charges et de
souffrances s'ajoute pour les pays vaincus, Autriche-Hongrie ou
Allemagne, au lot des conséquences ordinaires de la guerre.

Les conséquences démographiques.

Les pertes humaines ont été considérables du fait de la
durée de la guerre et de l'ampleur des effectifs engagés :
environ 9 millions de morts, presque tous européens. Pour la

France seule, 1 400 000; c'est moins, en chiffres absolus, que pour l'Allemagne (1 700 000); mais, relativement, cette hémorragie affecte plus durement la population française, moins nombreuse que celle de l'Allemagne – 39 millions en 1914 contre 66 millions – et dont le renouvellement s'assure plus difficilement, la France étant entrée depuis longtemps dans la voie de la limitation des naissances. Pour le Royaume-Uni, plus de 700 000 morts. A ces pertes il faut ajouter les millions de mutilés, et toutes les conséquences à retardement.

Ces pertes, frappant les classes mobilisables, entre vingt et quarante ans, entraînent sur plusieurs générations une diminution de la natalité. La pyramide des âges est durablement échancrée : aujourd'hui encore, on peut y lire la conséquence de la Première Guerre mondiale. Le phénomène se répercutera sur la génération suivante : ce qu'on appellera après 1930 les classes creuses. Les classes qui arrivent alors à l'âge de la mobilisation sont moins nombreuses et obligeront la France à porter à deux ans la durée du service militaire en mars 1935. Le phénomène des classes creuses retentira à son tour sur la seconde génération.

Cette perte de substance n'affecte pas seulement l'aspect démographique. Par ses incidences, elle atteint l'économie qu'elle prive de producteurs et de consommateurs, la défense nationale ; elle retentit sur l'activité intellectuelle du pays : il suffit de songer à la longue liste d'écrivains morts à la guerre. De façon plus diffuse, elle est une composante du sentiment de vieillissement qui s'impose à l'Europe des années 20. L'absence des pères a désorganisé les familles. On voit se multiplier des situations familiales anormales : veuves de guerre, pupilles de la nation. En Russie, la guerre civile et la famine brochent sur la guerre étrangère : des bandes d'enfants errent à l'abandon, scènes qu'illustrera le cinéma soviétique.

Les destructions économiques.

Le bilan additionne à la fois les ruines accumulées par les combats, la destruction de richesses, la perte de substance,

notamment dans les pays occupés et ceux qui ont été le
théâtre d'opérations de guerre : de ce point de vue, la France
est plus gravement touchée que l'Allemagne. Environ 3 millions d'hectares dévastés par la guerre, ponts détruits, le
réseau ferroviaire désorganisé, bâtiments rasés, les mines
inondées par les Allemands au moment d'évacuer le Pas-de-
Calais.

Le bilan associe paradoxalement aux ruines une économie
tournée vers la guerre, suréquipée et dont la reconversion
fait question. En quatre années, les belligérants ont englouti,
gaspillé, en dépenses improductives, une somme considérable de travail, de ressources et de capitaux, qui est à l'origine du déficit budgétaire. Pour faire face à ces dépenses
extraordinaires, tous les gouvernements ont emprunté et le
poids de la dette s'est alourdi dans des proportions considérables. La dette publique de la France est passée, entre 1914
et la fin de la guerre, de 33,5 milliards de franc-or à 219.
Dette intérieure, dette extérieure aussi : le problème des
dettes interalliées pèsera sur les relations entre les Européens et les États-Unis : on verra à la fin de 1932 un gouvernement français renversé par le Parlement parce qu'il enten-
dait honorer l'engagement de ses prédécesseurs et verser
aux États-Unis la fraction du remboursement de la dette qui
venait à échéance. En même temps qu'ils empruntaient, les
gouvernements ont recouru à l'émission de papier, et cela a
entraîné une inflation dont le XIXe siècle n'avait pas connu
l'équivalent.

La guerre laisse en plus le fardeau des créances sur l'État
des victimes de guerre. Les gouvernements adoptent le principe que les victimes de la guerre ont droit à la solidarité de
la nation. C'est la formule fameuse à propos des anciens
combattants : « Ils ont des droits sur nous ! » Ces droits sont
bientôt matérialisés par la carte d'ancien combattant, l'établissement de pensions, sous des formes qui varient d'un
pays à l'autre : aux États-Unis, c'est ce qu'on appelle le
bonus, en France, la retraite des anciens combattants. Les
victimes de guerre sont très nombreuses. Leur administration
appelle la constitution d'un département ministériel spécial.
La plupart des pays ex-belligérants ont désormais un minis-
tère des Pensions, des Anciens Combattants ou des Victimes

de la guerre. Chaque année, une part appréciable du budget public est affectée au règlement des pensions de guerre.

A ces charges ordinaires qui pèsent sur tous les anciens belligérants s'ajoutent pour les vaincus celle des réparations. Les Alliés ont tenu à faire inscrire dans le traité de Versailles la reconnaissance par l'Allemagne de sa culpabilité : c'est sur cet article qu'ils se fondent pour légitimer leurs exigences en la matière. C'est la phrase bien connue du ministre français des Finances Klotz : « L'Allemagne paiera. » En fait, l'Allemagne fera défaut et mettra en difficulté la trésorerie des vainqueurs qui comptaient sur les réparations pour éteindre leur dette et qui avaient contracté des dépenses dont la charge retombe sur la trésorerie française ou britannique. C'est une des origines des graves crises financières qui vont ébranler la stabilité des monnaies européennes, entraîner leur dépréciation et la hausse des prix en Allemagne (1923), en France (1924-1926).

Les bouleversements sociaux.

La guerre a eu sur l'ordre social et les rapports entre groupes sociaux des conséquences incalculables et qui ne seront pas épuisées en 1939.

La guerre a d'abord créé un type social nouveau : celui de l'ancien combattant. Des dizaines de millions d'hommes rentrent dans leurs foyers, marqués par quatre années de guerre ; et, entre eux, s'est nouée une solidarité de sentiments et d'intérêts. Il y a désormais une mentalité « ancien combattant », faite de fierté, de fidélité au souvenir des morts, d'attachement à l'unité (unis comme au front) et d'hostilité instinctive à l'égard des divisions partisanes, du personnel politique et des institutions parlementaires. C'est aussi un groupe de pression puissant, voire en certains cas une force politique, si le malentendu entre le régime et les anciens combattants atteint un certain degré de gravité.

Du social nous passons alors au politique. En France, plusieurs ligues recrutent parmi les anciens combattants : c'est le cas, par exemple, des Croix-de-Feu. En Allemagne, le Casque d'acier, les anciens combattants des corps francs, qui après 1919 ont poursuivi une lutte sans espoir contre les Polonais ou dans les pays Baltes, le parti national-socialiste jouent sur cette solidarité d'anciens combattants. En Italie aussi le fascisme recrutera largement dans la clientèle des anciens combattants.

A côté de cette conséquence directe, la guerre et l'inflation conjuguées ont précipité certaines évolutions, accentué des inégalités ou des disparités dans l'échelle sociale, avantagé certains groupes, défavorisé d'autres, accusé les discordances et envenimé les relations.

La guerre a enrichi les producteurs et les intermédiaires, les fabricants de guerre, les marchands. C'est le phénomène, qui tient une si grande place dans la presse et la littérature d'après-guerre, des nouveaux riches ; toute une faune de mercantis qui se sont souvent improvisés fournisseurs de guerre, que rien ne préparait à fabriquer des grenades ou des brodequins pour l'armée, et qui sont les descendants des munitionnaires d'autrefois. Ils n'ont pas meilleure réputation que leurs ancêtres : on leur en veut d'avoir fait fortune au détriment de ceux qui se faisaient tuer. La réussite matérielle de cette catégorie d'industriels de guerre, de marchands qui ont spéculé, trafiqué, remet en cause les croyances tradition-nelles sur la supériorité du travail, la vertu de l'épargne, ébranle la confiance dans les valeurs qui constituaient le décalogue de la morale libérale et bourgeoise du XIXe siècle.

Dans l'autre camp, celui des appauvris, des victimes de la guerre et de l'inflation, figurent tous ceux qui, ayant des revenus fixes, n'ont pu les réévaluer et ont subi le contre-coup de la dépréciation monétaire. C'est le cas des rentiers, si nombreux au XIXe siècle : en France, en Belgique, en Angleterre beaucoup de gens vivaient du seul revenu de leurs rentes. La mobilisation de l'épargne par le mécanisme de l'obligation boursière et des fonds d'État avait multiplié les rentiers. Atteints par les effets de la dépréciation moné-taire, ils sont aussi victimes de la banqueroute des États auxquels ils avaient fait confiance et prêté leur épargne. La révolution russe dilapide les milliards que la France a engloutis en Russie depuis 1890 et qui étaient la contrepartie de l'alliance militaire franco-russe. La Caisse ottomane n'est plus en mesure d'assurer les paiements. En Hongrie, en

Bulgarie, la dislocation des États, la chute des régimes ruinent des millions de petits épargnants. On évalue en France à
près de deux millions les porteurs de fonds étrangers. Ceux
aussi qui avaient, au début de la guerre, dans un élan de
patriotisme, apporté leur or à l'État pour gager les emprunts,
et qui en avaient reçu en contrepartie du papier, sont désormais dépouillés de leurs ressources.

Dans les pays vaincus, la situation de ces catégories
sociales est encore aggravée par la révolution politique : le
cas extrême est celui de la Russie où elles sont privées juri-
diquement de leur emploi et de leurs revenus. Bon nombre
sont réduits à émigrer : le phénomène de l'émigration sociale
et politique prend une grande ampleur. Les Russes blancs,
par dizaines de milliers, viennent se fixer dans les pays de
l'Europe occidentale qui accueille une population flottante
d'apatrides, déchus de leur nationalité, qui n'ont pas, ni ne
demandent celle du pays d'accueil, et pour lesquels il faut
imaginer une formule juridique neuve : celle du passeport
Nansen qui leur restitue un état civil.

Le monde rural n'est pas épargné : dans l'ensemble l'agriculture a été une des victimes de la guerre et de l'inflation.
Les prix des produits agricoles, contrairement à ce qui se
produira pendant la Seconde Guerre mondiale caractérisée
par la pénurie et le marché noir, ne suivent pas le rythme de
l'inflation ; les prix des céréales et des autres produits de la
terre restent loin derrière ceux des produits industriels. La
guerre a accéléré l'exode rural. Les besoins de l'industrie de
guerre, des manufactures d'armement, ont créé un appel
de main-d'œuvre : toute une population déracinée, arrachée à
son mode de vie habituel, à son village, est en quête de travail et de logement.

L'Europe de l'après-guerre connaît une grave crise de
logement, surtout dans les pays où la défaite accentue le phénomène, le cas le plus typique étant celui de l'Autriche où la
capitale, Vienne, compte à elle seule près du quart de la
population totale du pays.

La guerre a dissocié les structures traditionnelles. Elle a
entraîné l'extension du travail des femmes, ou plus exactement, car la proportion n'a pas tellement changé, une modification de secteurs : la main-d'œuvre féminine jusque-là

principalement employée à des tâches domestiques commence à travailler dans les usines.

Tous ces bouleversements expliquent que la fin de la guerre ait relancé une très vive poussée d'agitation sociale. Les années 1919 à 1921, ou 1922 selon les pays, sont marquées, même chez les vainqueurs, par une effervescence de caractère révolutionnaire. Le mécontentement proprement social est attisé par l'exemple de la révolution russe, elle-même relayée par les révolutions qui affectent l'Europe centrale, la Hongrie, la poussée spartakiste en Allemagne, les journées d'insurrection de Berlin, de Munich. La vague de grèves qui déferle sur l'Europe n'épargne aucun pays, la France vit en 1920 une situation de grève presque générale où les transports et les grands secteurs industriels sont paralysés ; l'Italie connaît en outre une agitation agraire.

A la faveur de cette agitation, la classe ouvrière arrache, dans un premier temps, quelques conquêtes sociales, telle la journée de huit heures en France (1919). Mais le mouvement avorte bientôt. Il a suscité la très vive inquiétude des possédants et des classes moyennes qui redoutent la bolchevisation de l'Europe. Partout on craint de voir les pays tomber aux mains des communistes. Aussi cette agitation déclenche-t-elle un phénomène de réaction contraire.

4. Des changements durables

Sur le plan politique, la guerre a modifié le rôle de l'État : si 1918 est la victoire de la démocratie politique, c'est aussi la crise du libéralisme. Quatre années de guerre ont davantage transformé les rapports entre le pouvoir et les individus et les relations entre les pouvoirs publics eux-mêmes que tout le siècle écoulé depuis la défaite de Napoléon.

Les rapports entre le pouvoir et les individus

Entre les pouvoirs publics et l'initiative privée, individuelle ou collective, les maximes traditionnelles de l'État libéral, jusque-là reconnues et respectées, ont cessé d'être viables pendant la guerre. La philosophie libérale cantonnait l'État dans un domaine très restreint : maintien de l'ordre, exercice de la justice, relations extérieures, défense nationale. Pour le reste, la puissance publique devait s'abstenir de s'immiscer dans un domaine qui relevait de l'initiative privée. La guerre a partout obligé l'État à sortir de ce rôle, à mobiliser non pas seulement les hommes mais aussi les ressources matérielles. La nécessité en est imposée par l'efficacité, le désir de gagner la guerre, mais aussi par le souci de justice et l'obligation du minimum d'équité indispensable à la cohésion morale de la nation.

L'État a donc dû prendre en main la direction de l'économie, réglementer les activités, mobiliser toutes les ressources. Il est devenu producteur, commanditaire, employeur, client : le gouvernement fixe les priorités, passe commande, construit des usines, oriente la recherche, répartit la pénurie. Il étend son intervention aux relations entre les groupes sociaux : en accord avec les syndicats, l'État réglemente le niveau des salaires, la durée du travail. Il bloque les loyers et intervient dans les relations entre propriétaires et locataires.

De ces innovations, bon nombre survivront aux circonstances qui les ont imposées. Pour diverses raisons, dont certaines sont des données de fait, la situation continuant d'exiger l'intervention de l'État. La fin de la guerre n'a pas remis la société et l'économie dans leur état antérieur. Il faut assurer la démobilisation progressive de l'énorme machine de guerre et préparer sa reconversion. La pénurie persiste : il faudra plusieurs années avant de retrouver un niveau de production capable de satisfaire la demande sans contrôle ni rationnement.

En outre, les habitudes prises demeurent : la guerre a durablement affecté les relations entre puissance publique et initiative privée. Elle laisse des traces dans la structure même des gouvernements ; les administrations créées entre 1914 et 1918 se survivent ; le nombre des fonctionnaires s'est enflé, le budget a gonflé.

Les rapports entre les pouvoirs publics

Ce système de rapports avait aussi subi de profondes altérations : le renforcement du rôle de l'État, l'extension des
attributions de la puissance publique ne se sont pas effectués
au bénéfice de tous les pouvoirs indistinctement. L'évolution
s'est faite au détriment des assemblées et au bénéfice principalement de l'exécutif.

L'exécutif était en effet mieux armé : plus que jamais, en
temps de guerre, la politique exige décision rapide, continuité
dans l'exécution, efficacité. Seul l'exécutif peut satisfaire à
ces exigences. Les assemblées, au contraire, s'adaptent mal
aux nécessités de la guerre : elles sont trop nombreuses pour
une décision rapide. Les exigences du secret empêchent que le
gouvernement les informe complètement de l'état des problèmes comme de ses intentions.

Sans doute improvise-t-on des procédures de rechange,
tels les comités secrets : les Chambres siègent à huis clos et
aucune publicité n'est donnée à leurs débats. Malgré tout, les
ministres hésitent à divulguer devant six cents parlementaires tout ce qu'ils savent. Le budget qui a beaucoup enflé
ne se prête plus aussi bien qu'avant 1914 à un examen
approfondi. Les Chambres sont tenues de faire au gouvernement une confiance globale et souvent aveugle. La décision
leur échappe, leur contrôle se relâche. Le contraste est saisissant entre le triomphe apparent de la démocratie et, dans
la pratique, l'inadaptation grandissante du régime parlementaire aux conditions nouvelles de l'exercice du pouvoir, aux
besoins objectifs de la situation comme aux dispositions des
esprits. Dans ce contraste entre l'apparence et la réalité, entre
les principes déclarés et les possibilités pratiques, réside un
des germes de la crise que la démocratie parlementaire va
traverser dans l'entre-deux-guerres.

Les effets sur les esprits.

La guerre, ses problèmes, ses séquelles ont eu aussi des
effets sur l'esprit public, des conséquences d'ordre intellectuel, moral, psychologique, idéologique. Ce sont peut-être

même les plus profondes et les plus durables ; certaines se feront encore sentir à la veille du second conflit mondial. Il suffit de reprendre, en les complétant, quelques-unes des indications suggérées à propos des bouleversements sociaux ou politiques.

La guerre a ébranlé le respect des valeurs traditionnelles. L'Europe libérale, l'Europe démocratique, reposait sur un petit nombre de postulats fondamentaux universellement admis. Ceux-ci ont été brusquement remis en question. Le spectacle de cette tuerie prolongée et généralisée jette une ombre sur l'optimisme du XIXe siècle, sur la confiance des générations précédentes dans l'instauration prochaine d'une société meilleure, plus libre et plus juste.

En second lieu, les sacrifices supportés, la tension imposée, l'effort de guerre provoquent une réaction de compensation, le désir de rattraper les années perdues, de prendre une revanche sur tant de souffrances. C'est cet appétit de jouissance que les écrivains s'accordent à décrire comme caractéristique des années 1920. Mais ne soyons pas dupes de témoignages partiels ou gardons-nous de généraliser indûment. On a souvent tendance à extrapoler à partir de situations très localisées : c'est la même erreur qui représente toute la France du Directoire comme livrée aux plaisirs des merveilleuses et des muscadins, ou l'Europe d'après 1945 embrassant l'existentialisme de Saint-Germain-des-Prés. La description ne vaut ni pour les villages ni pour les bourgs. Mais cet appétit de jouissance, cette recherche du plaisir et du luxe qui s'étalent dans les capitales ont contribué par contrecoup à la démoralisation du pays.

L'épreuve de la guerre développe des effets de sens contraires. On le constate sur deux exemples : la religion et le patriotisme.

L'épreuve avait souvent réveillé le sentiment religieux ou l'inquiétude métaphysique sur le sens de la destinée humaine ; la guerre a été au principe de nombreux retours à la pratique, d'une vague de conversions. Mais, dans le même temps, la guerre, par le scandale qu'elle constitue, le démenti permanent à la fraternité de l'Évangile et le fait que les Églises se soient laissé, dans chaque pays, enrôler dans l'effort de guerre, a détaché quantité d'esprits de la foi.

Pour l'idée nationale, même dualité de conséquences psychologiques et idéologiques. D'une part, la guerre et ses ravages ont stimulé le pacifisme : une partie de l'opinion en garde une horreur instinctive, insurmontable ; la littérature de l'après-guerre est une littérature pacifiste en réaction contre le bourrage de crâne et la propagande de guerre et qui décrit les horreurs, les atrocités, ou la monotonie des tranchées. La guerre a stimulé l'internationalisme : pour en prévenir le retour, on est prêt à toutes les expériences, à toutes les solutions. L'exemple donné par les bolcheviques, le défaitisme révolutionnaire communiquent à l'antimilitarisme, au pacifisme, à l'internationalisme traditionnel, une intensité sans précédent. L'aspiration à la paix est peut-être la disposition fondamentale de l'Europe d'après-guerre : elle explique les négociations pour le désarmement, la confiance dans les institutions internationales, la sympathie pour la Société des Nations, le pacte Briand-Kellogg qui, en 1928, mettra la guerre hors la loi, et ce que le nom de Briand symbolisera pour l'opinion publique française.

Mais, par ailleurs, les souvenirs de guerre, la déception engendrée par la défaite, ou chez les vainqueurs par des résultats jugés inférieurs aux sacrifices consentis, exaspèrent l'amour-propre et l'orgueil national. C'est une des composantes de l'esprit « ancien combattant » : les régimes autoritaires en procéderont. Un des griefs que le fascisme en Italie, le national-socialisme en Allemagne et les régimes apparentés articulent contre la démocratie est de sacrifier l'honneur et l'intérêt national, d'avoir laissé dilapider le bénéfice de l'effort de guerre ou même d'avoir, dans le cas de l'Allemagne, poignardé l'armée dans le dos.

Partout la guerre engendre des réactions contradictoires : aspiration au dépassement des particularismes nationaux et exaspération de ces mêmes particularismes. Aux États-Unis, un regain d'isolationnisme amène en 1920 un républicain à la Maison-Blanche. Le Congrès met en vigueur une législation neutraliste et adopte des lois restrictives à l'émigration.

L'Europe dans le monde
et les relations entre les continents.

La guerre a aussi modifié les positions relatives à la surface du globe. L'Europe détenait en 1914 une prépondérance incontestée, universelle. La guerre a ébranlé les fondements de cette prépondérance. L'Europe en est dépossédée, à terme : pas immédiatement ; les conséquences de la guerre n'apparaissent pas toutes sur-le-champ.

Les années de guerre ont permis une ascension rapide des autres continents. Les pays neufs ont été amenés à s'industrialiser, obligés de se passer des approvisionnements européens, ou sollicités par l'Europe de contribuer à son effort de guerre. La balance des comptes s'est renversée : de créancière qu'elle était, voici l'Europe devenue débitrice. Les États-Unis détiennent la moitié du stock d'or mondial, alors que jusque-là l'Europe était détentrice de toutes les richesses du monde. L'américanisation du goût conduit l'Europe à s'ouvrir à d'autres civilisations en même temps qu'elle se prend à douter d'elle-même, de la légitimité de sa domination, de la supériorité de sa civilisation et de son avenir.

L'Europe découvre sa fragilité. C'est dans les années qui suivent la fin de la guerre que paraissent plusieurs écrits qui, pour la première fois, expriment cette incertitude. Le géographe Demangeon publie un ouvrage intitulé *Le Déclin de l'Europe*, titre qui eût été impensable avant 1914. C'est alors que Valéry écrit l'article fameux : « Nous autres civilisations, nous savons maintenant que nous sommes mortelles... »

Gardons-nous cependant de forcer le trait. Il n'y a pas eu révolte des colonies : elles sont demeurées loyales pendant la guerre. Mais il y a déjà des signes avant-coureurs d'un renversement de tendance et d'un déclin relatif de l'Europe par rapport au reste du monde.

Voilà un tableau succinct des séquelles de la guerre et des éléments de la crise qui va éprouver l'Europe dans les années 1919-1925. La crise sera plus ou moins grave, selon les pays ; elle se résorbera plus rapidement dans certains. En 1925-1926, l'Europe a le sentiment que la crise est surmontée. L'économie s'est rétablie ; elle entre dans l'ère dite de la

prospérité. La paix paraît consolidée. C'est la belle période
de la SDN qui a donné des preuves de son efficacité. L'Allemagne vaincue semble accepter sa défaite avec la signature
du pacte de Locarno (1925) ; les nouveaux États se stabili-
sent, le monde se reprend à vivre. On a le sentiment que
l'après-guerre est fini.

En fait, les problèmes ne sont pas résolus ; les déficiences
ne tarderont pas à reparaître et d'autres différends achemine-
ront de nouveau l'Europe vers la guerre. Tout le sens de la
période 1919-1939 pourrait tenir dans le passage de l'après-
guerre à un autre avant-guerre.

3

L'après-guerre
1919-1929

La période de vingt ans qui sépare le premier conflit du second peut se subdiviser en plusieurs chapitres : dans un premier temps, les difficultés l'ont emporté sur les facteurs positifs ; puis, à partir de 1925-1926, on a pu avoir l'impression que, les difficultés étant surmontées, l'Europe entrait dans une période de stabilité et d'équilibre. Avant que la grande crise économique, à partir de 1929, conjuguée avec la crise que traversent les institutions de la démocratie parlementaire, remette progressivement en cause cette stabilité.

L'étude des années 1919-1929 se divisera donc en deux parties : la première ayant pour objet les années 1919-1925, celles où les difficultés l'emportent, et la seconde, à partir de 1925, où les choses paraissent rentrer dans l'ordre.

1. Les séquelles de la guerre
1919-1925

Les difficultés internationales.

Ni la signature des armistices à l'automne 1918 ni non plus la ratification des traités de paix en 1919-1920 n'avaient résolu tous les problèmes nés de la guerre ou hérités de l'avant-guerre. Elles les ont même souvent aggravés et les diplomates se trouvent d'emblée aux prises avec tout un ensemble de difficultés internationales.

Des frontières contestées

Les frontières restent indécises et contestées, même lorsqu'elles ont été définies par des traités. Une certaine instabilité, au moins dans l'Europe orientale, continue de les affecter. Dans l'Europe de l'Est, où les nationalités sont enchevêtrées, où de petits États s'édifient sur les ruines des grandes constructions historiques, Slaves et Germains, Polonais et Allemands s'affrontent. En Haute-Silésie, des corps francs allemands s'opposent aux Polonais et combattent pour le rattachement à l'Allemagne de cette province disputée. Au nord-est, dans les pays Baltes issus de l'empire des Tsars, c'est l'épopée du Baltikum, un corps franc composé de volontaires venus d'Allemagne.

Certains États refusent de reconnaître les dispositions territoriales : ainsi la Turquie ne ratifie-t-elle pas le traité de Sèvres qui signifiait son démembrement. Un soulèvement militaire porte au pouvoir un général, Mustafa Kemal, et dépose le sultan. Kemal engage contre les Grecs une offensive victorieuse et écrase, en 1922, l'armée grecque.

Aux confins de la Russie, la guerre entre la Pologne et l'Union soviétique fait alterner victoires et défaites. Les Polonais arrivent jusque devant Kiev, la vieille capitale ukrainienne ; quelques mois plus tard, c'est au tour des Russes d'être sous les murs de Varsovie et de mettre en péril l'indépendance de la Pologne reconstituée.

En Russie même, la guerre civile fait rage, de 1918 à 1920, entre la jeune révolution et les armées blanches soutenues par un corps tchécoslovaque, la France, la Grande-Bretagne, le Japon. Il s'en faut donc que la fin officielle des hostilités ait mis un terme définitif aux affrontements.

Difficultés entre les vainqueurs

Des rivalités opposent les vainqueurs entre eux. Un des cas les plus nets est celui du conflit entre l'Italie et la Yougoslavie en Adriatique. L'Italie convoitait les rives de la Dalmatie. Gabriele D'Annunzio opère avec les *arditi* un coup de main contre Fiume, attribuée par les traités à la Yougoslavie, et s'empare de la ville en septembre 1919. Le conflit entre les deux pays, qui sont tous les deux du côté des vainqueurs, ne sera réglé qu'en novembre 1920.

La Grande-Bretagne est aux prises avec une recrudescence du nationalisme irlandais. En pleine guerre, il y a eu un soulèvement à Dublin à Pâques 1916, pour constituer un gouvernement indépendant ; à la fin de la guerre, l'association nationaliste des *Sinnfeiners* reprend la lutte et proclame l'indépendance de l'Irlande. De 1919 à 1923, la Grande-Bretagne doit faire face à une insurrection qui immobilise en Irlande une partie de ses troupes.

Les vainqueurs, même les grands, ceux qui, à la conférence de la Paix, avaient disposé du sort de l'Europe et arbitré les dissentiments entre nations secondaires, sont désunis. Les États-Unis se sont retirés. La Constitution de 1787 stipule que les traités doivent être ratifiés par le Sénat, à la majorité des deux tiers, ce qui requiert l'accord d'éléments appartenant aux deux partis. Wilson a négligé de rallier à ses vues les leaders de l'opposition républicaine et le Sénat rejette le traité de Versailles, refusant de confirmer les engagements pris par le président à l'égard de la France et de la Grande-Bretagne. Les États-Unis laissent donc l'Europe à elle-même et à ses difficultés. L'Amérique retourne à l'isolationnisme et à la neutralité traditionnels, se conformant à la recommandation plus que séculaire de Washington de ne pas se mêler des affaires de l'Europe. C'est, en 1920, la défaite des démocrates qui occupaient la Maison-Blanche depuis huit années. Les républicains arrivent à la présidence ; pendant douze années, les présidents qui se succéderont pratiqueront tous une politique de stricte neutralité et d'isolationnisme : Harding, Coolidge, Herbert Hoover, élu en 1928.

Les divergences s'accentuent, tournent à l'aigre entre la France et la Grande-Bretagne laissées en tête à tête par le retrait des États-Unis. La France, qui sort meurtrie de la guerre, est avide de sécurité. Résolue à faire payer l'Allemagne, elle entend appliquer le traité de Versailles à la lettre. C'est la politique dite d'exécution, celle que Raymond Poincaré, revenu à la présidence du Conseil en 1922, va appliquer jusqu'en 1924.

La Grande-Bretagne est fidèle à sa politique traditionnelle d'équilibre continental en Europe. L'Allemagne est vaincue, la France victorieuse : il est conforme à la physique des relations internationales que le gouvernement et l'opinion britanniques se défient plus de la France que de l'Allemagne. A tort ou à raison, les hommes politiques et les économistes britanniques redoutent que la France ne profite de la situation pour instaurer une hégémonie continentale : ils inclinent donc à adoucir la rigueur des exigences et à aider l'Allemagne à se relever. La City consent à l'industrie allemande des prêts qui lui permettent de reprendre son essor. Tout est alors dominé par le problème des réparations : il commande les relations internationales, et c'est à son propos que le désaccord éclate entre le Quai d'Orsay et la diplomatie britannique. Autant la Grande-Bretagne est disposée à laisser à l'Allemagne de grandes facilités de paiement et à lui consentir des délais, autant le gouvernement français est pressé d'exiger le paiement des réparations.

La France se heurte au mauvais vouloir de l'Allemagne qui invoque des empêchements matériels. Elle se décide, en janvier 1923, à occuper la Ruhr. Puisque l'Allemagne refuse d'honorer ses engagements, la France occupe la région la plus productive ; elle se saisit d'un gage. C'est un peu l'équivalent de ce que les grandes puissances européennes avaient pratiqué jadis au détriment de l'Égypte, de l'Empire ottoman ou de la Chine. Quand ces pays s'étaient révélés incapables de payer leurs dettes, la France, la Grande-Bretagne avaient institué un contrôle international : les fonctionnaires européens prélevaient sur les ressources de ces pays de quoi rembourser la dette à l'Europe. C'est appliquer à une grande puissance européenne, vaincue d'hier, le procédé dont l'Europe avait usé jadis à l'encontre de pays qui n'étaient pas européens. La France fait cavalier seul. A l'exception de la Belgique qui participe à l'occupation de la Ruhr, la Grande-Bretagne la désapprouve, les États-Unis aussi ; le Saint-Siège lui-même estime qu'il s'agit d'une mesure d'inspiration belliqueuse qui n'est pas propre à rétablir un climat pacifique dans les relations internationales.

L'occupation de la Ruhr se heurte à de grandes difficultés : elle rencontre la résistance passive du gouvernement, des industriels, de la population de l'Allemagne. Cependant, la France réussit, après quelques mois, à remettre en activité le bassin de la Ruhr, à briser la résistance. A l'automne de 1923, le gouvernement allemand en tire les conséquences et se déclare prêt à renouer les négociations et à payer les réparations.

Voilà un bref aperçu des difficultés et des dissentiments qui empoisonnent les relations internationales.

La révolution soviétique.

Un second fait est plus important encore : la menace la plus grave n'est pas liée à la suspicion à l'égard de l'hégémonie française ou à la crainte de l'éventualité du réarmement allemand. Dans l'immédiat après-guerre, le principal facteur de trouble est la révolution soviétique.

La vague révolutionnaire

La révolution bolchevique constitue, en effet, un double péril, à la fois extérieur et intérieur.

Péril extérieur pour ses voisins immédiats : les jeunes nations qui viennent d'accéder à l'indépendance ou de la recouvrer, Pologne, États baltes, Finlande, Roumanie – agrandie de la Bessarabie au détriment de la Russie – craignent une revanche qui rétablirait la domination de la nation russe sur les peuples allogènes.

Le péril intérieur ne se limite pas aux voisins immédiats. Il menace l'existence de tous les régimes politiques et de l'ordre social. Cette révolution, synonyme de subversion, effraie gouvernements et classes dirigeantes.

Cela tient à la nature même de la révolution russe et aux circonstances dans lesquelles elle s'est produite. Elle ne pouvait pas être un fait purement russe, n'intéressant que l'histoire nationale de la Russie : c'est en Russie que triomphe un phénomène international par un concours fortuit de circonstances – la guerre, la défaite, la mauvaise organisation militaire, l'absence de traditions démocratiques. Mais elle aurait pu tout aussi bien commencer ailleurs. C'est une révolution qui se veut universelle. D'emblée, la révolution russe et son avenir sont solidaires du reste de l'Europe. Réciproquement, en butte à l'hostilité des Alliés, le gouvernement bolchevique cherche à se donner de l'air en provoquant des révolutions qui fassent diversion. Les communistes russes ont la conviction de proposer au monde un exemple de portée universelle. Une partie des masses ouvrières a les yeux tournés vers ce qui se passe en Russie. C'est une expérience grosse d'espérances. Ces « dix jours qui ébranlèrent le monde » provoquent ailleurs des répercussions et des contrecoups. La révolution russe apparaît à l'opinion démocratique ou socialiste de l'Occident comme l'héritière des révolutions de 1789 et de 1848. Le mythe de la révolution soviétique cristallise les aspirations au renouveau, à la paix, à l'internationalisme. La fascination exercée par l'exemple soviétique est d'autant plus pressante que les masses ouvrières, la clientèle des partis socialistes, ont subi une déception grave. Le socialisme a mal résisté à l'épreuve de la guerre. Le fait national s'est montré plus fort que le fait de classe. Sommés de choisir entre la solidarité patriotique à l'intérieur d'une communauté nationale et la solidarité internationale qui lie les travailleurs, la première l'a généralement emporté. Les partis socialistes ont participé presque partout à l'Union sacrée, collaboré avec les gouvernements bourgeois, voté les crédits militaires, pris une part active à l'effort de guerre.

Seule une minorité défaitiste révolutionnaire s'y est refusée, qui a salué dans le comportement des bolcheviques et la paix blanche de Brest-Litovsk un exemple à imiter. Une fraction de l'opinion de gauche rompt avec la IIᵉ Internationale, les partis sociaux-démocrates, le syndicalisme traditionnel, et cherche du côté de l'Union soviétique une force authentiquement révolutionnaire, pacifiste et internationaliste.

La révolution bolchevique survient donc dans une crise grave de la gauche européenne. Les éléments les plus durs, les fractions intransigeantes sont attirés par Moscou, et Moscou va opposer aux organisations vieillies, embourgeoisées, de la gauche socialiste, de nouvelles organisations plus révolutionnaires. C'est, en mars 1919, la fondation de la IIIᵉ Internationale, destinée à faire pièce à la IIᵉ. C'est aussi

la constitution d'une Internationale syndicale révolutionnaire, l'ISR, rivale de la Fédération syndicale internationale,
dont faisait partie la CGT.

Il y a donc désormais Internationale contre Internationale,
la politique et la syndicale. Dans chaque pays, cette rivalité
engendre des scissions : les militants sont appelés à choisir
entre l'Internationale d'hier et celle de demain, entre la
social-démocratie que les bolcheviques appellent social-
chauvinisme, et le communisme réputé fidèle à l'inspiration
initiale du marxisme. En France, au congrès de Tours, à la
Noël 1920, la majorité du parti socialiste décide de constituer le parti communiste. Les scissions syndicales redoublent
les scissions politiques : en 1921-1922, c'est la rupture entre
la CGT et une CGT dite unitaire, pour quinze ans, jusqu'à la
réunification de 1936.

En Allemagne, la minorité de gauche spartakiste, qui
blâme le comportement des dirigeants sociaux-démocrates et
entend s'aligner sur l'exemple donné par les bolcheviques,
déclenche en janvier 1919 des journées révolutionnaires à
Berlin. En Italie, les communistes encouragent une agitation
de type révolutionnaire qui atteint son paroxysme en 1920.
La conjoncture économique s'y prête ainsi que l'état des
forces sociales. Après quatre années de guerre qui ont engendré lassitude, déceptions, amertume, les masses populaires
sont prêtes à entendre les appels révolutionnaires. La diminution du pouvoir d'achat entraînée par l'inflation et la
dépréciation monétaire ont ranimé l'aspiration à un nouvel
ordre de choses. Or ces aspirations se heurtent presque partout à une fin de non-recevoir des gouvernements conservateurs. En France, les élections du 16 novembre 1919 ont
envoyé au Palais-Bourbon une majorité axée à droite. C'est
la première fois dans l'histoire de la Troisième République
que la droite fait partie de la majorité : c'est la Chambre du
Bloc national.

Les conflits entre le refus de concessions des gouvernements et des majorités conservatrices et les revendications
ouvrières se traduisent par une agitation chronique, des
poussées de grèves et de violence : les journées du 1er mai en
1919 et en 1920, dans la plupart des pays d'Europe occidentale, s'accompagnent de collisions avec les forces de l'ordre

et entraînent mort d'hommes. En Angleterre, la flotte même se mutine. En Italie, l'agitation prend des formes agraires autant qu'ouvrières et industrielles.

Une vague révolutionnaire déferle sur l'Europe centrale. Les États vaincus subissent les contrecoups les plus forts. Secoués par la défaite, ils sont moins capables que les vainqueurs de contenir ces ferments d'agitation. Les pays vaincus offrent ainsi un terrain de choix à l'agitation révolutionnaire et aux entreprises de bolchevisation encouragées par la IIIe Internationale.

En Allemagne, se sont constitués, au moment de la défaite, des soviets de soldats, de marins, d'ouvriers. C'est l'appel à l'insurrection spartakiste aux derniers jours de 1918 ; au début de 1919, en Bavière, se constitue une république des conseils ; en Hongrie, à partir de mars 1919, se forme un gouvernement communiste, dirigé par Bela Kun. Berlin, la Bavière, la Hongrie, ces pays qui viennent d'être vaincus, où les cadres politiques et sociaux ont craqué, dessinent une zone de faiblesse affectée par une poussée révolutionnaire.

L'opinion européenne s'en effraie : elle ne s'était jamais trouvée en présence d'un mouvement dont les ambitions fussent aussi radicales. S'il y eut quelque chose d'analogue en 1848, la portée révolutionnaire va, cette fois, beaucoup plus loin : il ne s'agit plus seulement de contester le régime politique ; c'est aussi l'ordre social et le régime de la propriété qui sont menacés par la vague révolutionnaire.

Tel est le second fait qui contribue, avec les difficultés internationales, à faire de cet immédiat après-guerre une période de troubles et d'inquiétudes.

Reflux et stabilisation

La réaction est prompte. Les gouvernements se ressaisissent.

En Allemagne, le gouvernement, où les socialistes sont majoritaires, et l'armée écrasent de concert les spartakistes. Il y a accord étroit entre le ministre de la Guerre, le socialiste Noske, et le Grand État-Major. Les deux personnalités marquantes du socialisme d'extrême gauche en Allemagne, Karl Liebknecht et Rosa Luxemburg, sont assassinées. En

Hongrie, la tentative de gouvernement révolutionnaire ne dure que cent jours ; elle est écrasée par l'intervention de forces étrangères, notamment de l'armée roumaine qui marche sur Budapest et aide l'amiral Horthy à rétablir l'ordre. La régence de l'amiral Horthy durera jusqu'à la fin de la Seconde Guerre mondiale. En quelques mois, toutes les révolutions ont été écrasées, en Prusse, en Bavière, en Hongrie.

En France, en Grande-Bretagne, en Italie, où le mouvement révolutionnaire ne s'est pas traduit par une tentative de conquête de pouvoir ou par une guerre de rues, les mouvements de grève échouent à leur tour. C'est que, contrairement à ce qu'estimaient les animateurs de ces mouvements, la situation n'était sans doute pas objectivement révolutionnaire. Il y avait une part d'illusion à croire qu'en 1919 la situation était mûre pour l'accomplissement révolutionnaire des projets communistes. Le mouvement ouvrier est affaibli par sa division interne, la gauche politique désunie. Nous venons de voir qu'en Allemagne la social-démocratie avait préféré s'allier au Grand État-Major plutôt que de faire cause commune avec la gauche spartakiste. En France, le gouvernement n'hésite pas à recourir à la force armée. Des volontaires s'enrôlent dans les Unions civiques, associations où entrent des cadres, des ingénieurs, des élèves des grandes écoles, pour briser les grèves. Ainsi le service du métro est-il assuré par les ingénieurs assistés de polytechniciens et d'élèves de Centrale. Le gouvernement procède à de nombreuses arrestations, fait opérer des perquisitions, et obtient même du tribunal de la Seine la dissolution de la CGT. Les effectifs des organisations syndicales s'effondrent rapidement. A la fin de 1920, le mouvement reflue.

Écartée de l'Europe occidentale, écrasée en Europe centrale, la révolution a été refoulée dans son foyer, en son centre : la Russie. En Russie même, la lutte dure plusieurs années, opposant l'Armée rouge et les contre-révolutionnaires, aidés par la France en mer Noire, par la Grande-Bretagne au nord, du côté d'Arkhangelsk et de Mourmansk, et par un corps tchèque et les Japonais en Sibérie. Le gouvernement bolchevique fait un effort surhumain pour tenir tête, met sur pied seize armées. C'est la période dite du communisme de guerre que caractérisent la centralisation politique, l'instauration de la terreur policière, la stricte subordination de tout autre objectif à l'intérêt de la révolution. La Russie vit alors une expérience assez comparable à celle que la France avait connue un siècle et quart plus tôt avec le gouvernement révolutionnaire, en 1793. Le recours à ces moyens permet à l'Union soviétique de venir à bout de ses adversaires. A partir de 1920, les armées blanches sont écrasées ou rejetées à l'extérieur. C'est en 1920 aussi que les cavaliers du maréchal Boudienny repoussent les envahisseurs polonais jusque devant Varsovie. La lutte se ralentit, on s'achemine vers une stabilisation. Après quatre années de fluctuations, l'Union soviétique signe des traités avec ses voisins. Le gouvernement soviétique reconnaît l'indépendance des nationalités allogènes, de la Finlande, des pays Baltes, de la Pologne (traité de Riga en 1921). Ces traités fixent les frontières et consacrent de substantielles amputations territoriales : la Russie a perdu 700 000 km^2.

Les Alliés se rendent à l'évidence : ils n'ont pas réussi à écraser la révolution dans son nid, ils se borneront désormais à l'isoler (politique du cordon sanitaire). On traite la Russie en pestiférée ; il s'agit de prévenir la contagion, la propagation des microbes dans l'organisme européen.

De son côté, le gouvernement soviétique abandonne la politique d'expansion révolutionnaire par la force, de la révolution immédiate et totale. Quelques années plus tard, la victoire de Staline sur Trotsky signifie le repli à l'intérieur des frontières. La Russie entreprend de construire le socialisme dans un seul pays. La renonciation s'accomplit dans toutes les directions. Dans les années 1920-1924, l'Union soviétique avait été présente sur tous les fronts. Elle portait assistance aux nationalistes chinois en lutte contre l'impérialisme occidental. Quand elle renonce sur le front européen, elle sacrifie aussi le Parti communiste chinois. C'est aussi dans ces années que les dirigeants soviétiques laissent Kemal liquider le Parti communiste turc. Le gouvernement soviétique renonce à propager la révolution. A l'intérieur, s'amorce le retour à une situation plus normale : au communisme de guerre succède la NEP, la nouvelle politique économique.

L'une après l'autre, les grandes puissances, tenant compte de la durée de ce gouvernement, consentent à le reconnaître. Dès 1922, des conversations s'engagent entre la république de Weimar et le gouvernement soviétique : c'est le fameux accord passé à Rapallo. L'Italie de Mussolini est la première puissance à reconnaître la Russie soviétique. La France attendra la victoire électorale du Cartel des gauches et le gouvernement Herriot en 1924. La même année, le gouvernement travailliste reconnaît *de jure* l'Union soviétique. Les États-Unis attendront 1933 et la présidence de Roosevelt.

2. La stabilisation et la détente
1925-1929

Annoncée par la fixation des frontières et l'amorce de relations entre la Russie soviétique et l'Europe, c'est une période de stabilisation et de détente.

Les relations internationales.

Dans l'ordre des relations internationales, la guerre entre la Turquie et la Grèce prend fin avec la signature du traité de Lausanne (1923) qui accorde à la Turquie de bien meilleures conditions que le traité de Sèvres : la Grèce renonce à la Grèce d'Asie et les deux pays conviennent de régler définitivement leur différend territorial en procédant à un échange de populations. La population grecque d'Asie est refoulée dans la Grèce d'Europe. C'est la première fois que deux pays opèrent sur une large échelle des transferts de population : l'initiative fera école.

C'est aussi en 1923 qu'un règlement met fin en Irlande à la guerre qui opposait, depuis 1919, les patriotes irlandais aux occupants anglais. L'accord ne satisfait pas tous les Irlandais car il comporte une « partition » de l'île : le nord-est, l'Ulster, reste uni à la Couronne britannique. Aussi la fraction la plus intransigeante refuse-t-elle de reconnaître ce compromis et poursuivra-t-elle jusqu'à nos jours une agitation terroriste endémique.

La France, après les élections du 11 mai 1924 et la victoire d'une majorité de gauche, radicale et socialiste, renonce à la politique d'exécution du traité que personnifiait Poincaré. Un esprit nouveau préside à la diplomatie française. Plutôt que de s'appuyer sur les alliances traditionnelles, les accords bilatéraux et les armements, la France met sa confiance dans l'action des institutions internationales : la Société des Nations, l'organisation d'une sécurité collective et le recours à des procédures d'arbitrage ouvrant la porte à un désarmement contrôlé et généralisé. En gage de bonne volonté, elle liquide l'occupation de la Ruhr. Le point de vue de la France se rapproche ainsi de celui de la Grande-Bretagne. La politique étrangère d'Herriot, prolongée par Briand, est une politique de paix, qui va faciliter le rapprochement entre vainqueurs et vaincus.

Deux plans successifs, qui portent les noms d'experts américains, tendent à régler le litigieux problème des réparations : le plan Dawes, en application duquel la France évacue la Ruhr, et, quelques années plus tard, le plan Young.

Le texte capital de cette période est le pacte de Locarno (octobre 1925), du nom de la petite ville suisse où les diplomates se sont rencontrés. Il marque le passage d'une situation de force à un régime contractuel. Jusque-là, l'Allemagne a subi les conséquences de sa défaite, elle avait signé, contrainte et forcée, le traité de Versailles. En 1925, c'est librement qu'elle adhère à ces dispositions territoriales. On passe donc d'une paix dictée à un accord consenti. Le pacte de Locarno semble écarter définitivement tout risque de revanche et tout germe de guerre. L'année suivante, l'Allemagne sollicite et obtient son admission à la Société des Nations. Jusqu'alors, la Société des Nations était restée tributaire des circonstances de sa création : elle demeurait le syndicat des vainqueurs de 1918. Avec l'entrée de l'Allemagne, elle devient une effective Société des Nations.

Les années 1925-1930 constituent la belle période de l'histoire de l'institution de Genève. Elle jouit alors d'un prestige que rien n'est encore venu ternir. En plus d'une circonstance, la Société des Nations exerce un arbitrage ; elle met fin à des conflits, ou prévient leur généralisation. Pour la première fois, une instance internationale dit le droit et a assez d'autorité morale pour faire respecter ses décisions. C'est la grande période des conférences internationales. A Genève, se rencontre une génération de grands Européens : Briand et Paul-Boncour pour la France ; MacDonald et Austen Chamberlain pour l'Angleterre ; Beneš, Titulescu, d'autres encore qui reconstituent le concert européen.

1928 est une autre date symbolique : signature du pacte Briand-Kellogg, du nom du ministre français des Affaires étrangères et du secrétaire d'État américain. Par ce pacte, auquel vont adhérer soixante nations, les signataires renoncent formellement à recourir à la violence dans les différends internationaux. Le pacte Briand-Kellogg met la guerre hors la loi. Dix ans après la fin des hostilités, l'avenir de la paix paraît durablement assuré puisque toutes les grandes puissances acceptent de soumettre leurs désaccords à la SDN et s'en remettent à elle pour trancher leurs différends. En 1930, Briand propose une Organisation fédérale européenne et, en juin de la même année, France, Grande-Bretagne, Belgique évacuent par anticipation la Rhénanie : les clauses militaires du traité de Versailles prévoyaient que les Alliés pourraient maintenir des contingents d'occupation jusqu'en 1935. Mais, compte tenu de la détente internationale et de l'acceptation par l'Allemagne des clauses du traité, de son entrée dans la Société des Nations, pourquoi prolonger davantage un état de choses directement issu de la guerre ?

La plupart des pays ont réduit leurs forces militaires à un niveau très bas : la Grande-Bretagne se contente de quelques dizaines de milliers de soldats de métier ; la France a ramené, en 1928, la durée du service militaire à douze mois.

Le climat est à la détente internationale. L'Europe semble avoir liquidé les séquelles de la guerre et envisage l'avenir avec confiance.

L'ordre intérieur.

La situation intérieure, si tendue, si dramatique à certains moments, dans les années 1919-1920, s'est peu à peu apaisée ; les rivalités de partis se circonscrivent aux questions classiques et prennent un tour rassurant par leur banalité. Les principales puissances ont surmonté leurs difficultés économiques, financières, sociales et sont presque toutes sorties de la crise de l'après-guerre.

La France, après une instabilité ministérielle accélérée entre 1924 et 1926, liée à la crise du franc qui a entraîné une poussée momentanée d'antiparlementarisme, est entrée, depuis juillet 1926, dans des eaux plus calmes. Le retour à la présidence du Conseil de Poincaré, ancien président de la République, a rétabli la confiance et rassuré les épargnants. Poincaré s'appuie sur une large majorité dite d'Union nationale qui va de la droite aux radicaux inclus. Les élections de 1928 confirment sa position et sa politique. Il a arrêté la débâcle financière ; il définit la nouvelle valeur du franc en 1928. A l'instabilité fiévreuse de 1924-1926, succède la stabilité de la monnaie et du pouvoir. Briand est immuable aux Affaires étrangères comme Poincaré aux Finances. La reconstruction est pratiquement achevée autour de 1929-1930. L'économie atteint des indices d'activité supérieurs à ceux de 1913, l'année la plus prospère de l'avant-guerre.

L'Allemagne a suivi une évolution dont l'orientation générale est identique, bien qu'elle comporte des accidents plus prononcés : l'Allemagne aussi était tombée plus bas. En 1923, elle a connu une inflation vertigineuse où le mark se dépréciait d'heure en heure, obligeant les commerçants à modifier les prix de leurs denrées plusieurs fois dans la même journée. Vous avez peut-être vu de ces timbres-poste plusieurs fois surchargés et dont la dernière valeur montait à 10, 100 ou 200 millions de marks. Cette poussée d'inflation liée à l'occupation de la Ruhr, partiellement entretenue par le gouvernement de façon que l'Allemagne soit hors d'état de payer, eut des conséquences sociales et politiques graves. Elle a ruiné toute une classe de rentiers et d'épargnants. Elle a aussi favorisé la concentration, les industriels étant poussés à investir : les grosses entreprises ont absorbé les petites. Sur le plan psychologique et politique, cette crise a entraîné une agitation qui se traduit par la renaissance d'un terrorisme d'extrême droite et l'activité des corps francs. Des hommes politiques tombent sous les balles des terroristes. En quelques mois, près de deux cents personnalités ont été victimes d'attentats. Un obscur agitateur, Adolf Hitler, déclenche à Munich un putsch, qui échoue, le 8 novembre 1923.

La situation se stabilise peu à peu. Le Dr Schacht, aux Finances, crée une nouvelle monnaie. Les bases de la prospérité économique n'ont pas été atteintes ; au contraire, la concentration facilite l'expansion. A partir de 1925, la république de Weimar paraît consolidée. Les institutions fonctionnent normalement, la démocratie s'établit. En 1925, les Allemands, qui désignent au suffrage universel le président de la République, portent leur choix sur le vieux maréchal Hindenburg dont la présence est un gage d'ordre et de conservation sociale et politique. On peut donc penser que l'Allemagne est, elle aussi, sortie de la phase difficile et qu'elle a surmonté la défaite et ses conséquences.

La Grande-Bretagne n'a pas été épargnée. L'adoption du suffrage universel conjuguée avec la montée du parti travailliste a déréglé l'alternance traditionnelle entre deux partis. Il y en a trois maintenant, dont il est difficile qu'un seul ait la majorité absolue. En 1924, l'arrivée au pouvoir des travaillistes est suivie d'une phase d'agitation, de grandes grèves, mais dès 1925 les conservateurs ressaisissent la direction des affaires, et l'Angleterre retrouve une certaine stabilité.

Les États-Unis sont restés à l'écart de ces vicissitudes. Entrés plus tard dans la guerre, moins touchés par elle, ils ont échappé aux remous de la défaite, ou de la victoire, et de l'après-guerre. Depuis 1920, le parti républicain détient le pouvoir avec continuité. La période se caractérise par une prospérité croissante et un isolationnisme rigide. Prospérité : la priorité est à l'économique. On ne s'intéresse qu'aux affaires. C'est une période de libéralisme absolu : le gouvernement fédéral renonce de son plein gré à nombre des attributions dont la guerre l'avait investi. L'isolationnisme, quant à lui, triomphe sur tous les plans – et pas seulement dans les relations de gouvernement à gouvernement – avec le rejet du traité de Versailles et le refus d'entrer à la SDN. A partir de 1920, la grande république américaine se ferme à l'immigration. Le Congrès adopte à deux reprises, en 1921 et en 1924, des lois restrictives qui visent à faire des États-Unis une chasse gardée, réservée aux immigrants d'autrefois et à leur

descendance. C'est une politique de strict américanisme, de
défiance à l'égard de tout ce qui vient de l'étranger, produits,
idées, hommes. C'est la période de la prohibition, du régime
sec, de l'interdiction des importations d'alcool. C'est aussi
la belle époque du gangstérisme à Chicago.

L'Union soviétique est dans une situation toute différente
du fait de l'originalité de son régime et de l'état de ses rapports avec le reste du monde. Et pourtant, il y a quelques ressemblances entre la courbe de son évolution et celle des
autres pays. Repliée sur elle-même, elle refait ses forces,
reconstitue son économie. Après les rigueurs du communisme de guerre, c'est la nouvelle politique économique
(NEP). C'est aussi l'appel aux concours extérieurs : l'Union
soviétique engage à prix d'or des spécialistes étrangers pour
l'aider à remettre son économie en route. 1928 marque un
tournant : c'est l'amorce des plans quinquennaux, ce sera
bientôt la collectivisation de l'agriculture et la dékoulakisation, dans l'hiver 1929-1930, dont on ne découvrira que
beaucoup plus tard le prix effroyable.

Ainsi, à quelques exceptions près, dix années après la fin de
la guerre, les espérances des peuples paraissent sur le point de
s'accomplir. La paix semble solidement établie, les différends
réglés. Après le règlement de la question des réparations, le
désarmement est à l'ordre du jour des conférences internationales. Dans la plupart des pays, les institutions démocratiques
ont surmonté victorieusement leurs difficultés. La liberté
règne en Angleterre, en France, en Allemagne. Même en Italie où la démocratie parlementaire a été balayée en 1922 par le
fascisme, le régime s'assagit : il règle la question romaine pen-
dante depuis 1870 et Mussolini signe les accords du Latran
(1929). Presque partout, la situation est florissante, l'économie
prospère. A l'extérieur, l'Europe a reconquis son prestige et
son autorité, ses empires coloniaux ont fait preuve de loya-
lisme. Il n'y a guère que la Grande-Bretagne qui ait des difficultés aux Indes. L'Europe reste le centre du monde. Elle l'est
d'autant plus que la Russie vit à l'écart et que les États-Unis
ont choisi l'isolement. Paris, Londres, Genève sont les capitales politiques, économiques, intellectuelles du monde.

Dix ans plus tard, ce sera la Seconde Guerre mondiale.

4

La crise
des démocraties libérales

Avant de retracer le processus par lequel l'Europe a été précipitée dans un nouveau conflit, au sortir d'une paix précaire et instable, il faut revenir un peu en arrière et examiner l'une après l'autre les composantes de la crise qui culminera avec l'entrée en guerre en 1939. Nous verrons ainsi tour à tour : la crise de la démocratie parlementaire classique ; la crise économique à laquelle le monde doit faire face à partir de 1929 et dont les répercussions affectent tous les aspects de la vie en société, la montée des doctrines fascistes et des régimes autoritaires ; le problème posé par l'existence d'un régime communiste en Union soviétique. Nous aboutirons enfin au déroulement des crises internationales qui ont conduit à la déclaration de guerre du 1er septembre 1939.

La crise des démocraties trouve sa raison d'être dans la conjonction des assauts qui lui sont livrés de l'extérieur par le fascisme et le communisme et des défectuosités d'ordre interne. C'est cette conjonction précisément qui en fait la gravité. Si la démocratie n'avait eu que des difficultés internes, l'opinion en aurait pris son parti et la démocratie en aurait triomphé. De même, si elle n'avait eu à repousser que des attaques extérieures, sans trouver à l'intérieur de connivences. Mais il y a concomitance des signes de faiblesse et des assauts que lui donnent des ennemis irréductibles qui s'en prennent à ses fondements mêmes. Le communisme et le fascisme apparaissent comme plus dynamiques, plus modernes, davantage adaptés, ils se prévalent d'une efficacité réputée supérieure, prennent argument des déficiences internes de la démocratie et prétendent, en face du formalisme de la démocratie bourgeoise, instaurer un ordre plus juste et plus égalitaire. Laissons pour l'instant les critiques des adversaires pour nous attacher aux défectuosités internes.

La démocratie donne divers signes de faiblesse qu'il faut relever pour en scruter les causes. La crise de la démocratie tient dans le sentiment, exact ou erroné, de l'inadéquation des principes et des institutions de la démocratie classique, c'est-à-dire libérale et parlementaire, aux circonstances, aux problèmes et aux dispositions de l'esprit public.

C'est là l'élément commun à tous les pays, qu'il s'agisse des États anciens ou des jeunes États surgis des décombres de l'Empire austro-hongrois. Les situations peuvent grandement différer, mais partout le sentiment est le même que la démocratie n'est plus adaptée.

On peut grossièrement ramener la diversité des cas à deux types distincts.

D'une part, les vieilles démocraties, c'est-à-dire les pays où la démocratie est, depuis longtemps, la forme du gouvernement, où elle est enracinée dans les habitudes et les institutions, où elle est devenue, elle aussi, une tradition. C'est le cas pour l'Europe occidentale.

Dans ces pays, c'est précisément d'être devenue une tradition, que souffre la démocratie. C'est son ancienneté qu'on lui reproche. Elle apparaît comme désuète, anachronique. Elle porte le poids de son âge, elle devient synonyme d'un passé désormais périmé. L'attrait de la nouveauté joue en faveur de ses ennemis.

D'autre part, dans les pays qui viennent d'accéder à l'existence, la Pologne ressuscitée, la Hongrie ou la Yougoslavie, c'est l'inverse : la démocratie ne peut pas apparaître – et pour cause – comme accablée par son passé ; elle apparaît au contraire comme prématurée, l'opinion et la société ne sont pas prêtes à l'accueillir. C'est une mécanique trop compliquée, un système trop délicat pour des sociétés politiquement frustes. Ainsi, dans le même temps, la démocratie se voit reprocher, à l'ouest de l'Europe, d'être une survivance anachronique et, à l'est de l'Europe, une anticipation inassimilable.

C'est à analyser d'une façon un peu plus détaillée ces deux branches de la crise de la démocratie classique que sera consacré le présent chapitre.

1. Une anticipation mal adaptée pour les jeunes États

Dans les pays où elle est toute neuve, la démocratie paraît mal adaptée aux circonstances et aux problèmes.

Dans les nouveaux États qui viennent de se constituer à la faveur du démembrement de l'empire des Habsbourg, ou de se détacher de l'empire des Tsars, la forme démocratique s'est imposée sans discussion : ces jeunes nations ont adopté d'enthousiasme les institutions des vainqueurs auxquels elles devaient leur indépendance et leur renaissance.

Mais les conditions élémentaires pour que fonctionne correctement un régime parlementaire n'étaient pas remplies. Précisément parce qu'elles avaient été longtemps soumises à une domination étrangère, et privées de leur personnalité nationale, aucune tradition n'avait eu le temps ni l'occasion de se constituer ; elles n'avaient pu faire l'apprentissage progressif d'une vie politique élargie.

Les structures sociales ne s'y prêtaient pas non plus : cette partie de l'Europe n'a pas l'équivalent de la bourgeoisie occidentale. Y manquent ces catégories intermédiaires entre les grands propriétaires fonciers et la paysannerie serve, où l'administration et les partis politiques recrutent naturellement leurs cadres. L'instruction de base n'est guère répandue. La paysannerie est illettrée. Ajoutons les rivalités ethniques qui subsistent à l'intérieur : en Pologne entre Polonais et Ukrainiens, le problème des minorités hongroises dans les pays de la Petite Entente. Partout l'expérience des institutions démocratiques est défectueuse. La démocratie parlementaire fonctionne mal, elle trouve peu de soutiens dans un esprit public qui n'existe guère encore. Elle apparaît impuissante à fonder un État stable, une nation unifiée.

Rapidement, les institutions parlementaires sont balayées par des coups de force qui leur substituent des régimes autoritaires.

L'Italie avait donné l'exemple avec la « marche sur Rome » et l'établissement du fascisme (octobre 1922). Le modèle est imité : d'autres pays s'engagent dans la même voie dans la décennie 1920-1930.

En Pologne, le maréchal Pilsudsky, le libérateur de la Pologne, le restaurateur de son indépendance, prend appui sur l'armée et aussi sur les syndicats : ces régimes autoritaires s'appuient souvent sur des forces populaires. Ils sont généralement moins réactionnaires que les grands propriétaires fonciers. Pilsudsky s'empare du pouvoir ; il maintient bien la façade de la Constitution révisée et le pluralisme des partis, mais détient en fait la réalité du pouvoir. Ce régime de dictature lui survivra : Pilsudsky meurt en 1935 ; après lui, c'est le gouvernement dit des colonels. Le ministre des Affaires étrangères, le colonel Beck, appartient à cette équipe de militaires.

La Turquie offre un cas comparable, à cette différence près que la Pologne est du côté des vainqueurs, la Turquie du côté des vaincus ; mais dans les deux pays, un chef militaire en qui s'incarne la volonté d'indépendance devient le maître incontesté du pouvoir : Mustafa Kemal, qui a sauvé le pays de la défaite et de la ruine, qui a battu les Grecs, cumule toutes les fonctions. Il est à la fois le président de la nouvelle République (le sultan ayant été déposé, le califat aboli) et le président de la Grande Assemblée. Mustafa Kemal mourra en 1938 mais le kémalisme lui survivra, qui est un despotisme éclairé adapté à la Turquie du XXe siècle : il s'agit de moderniser l'État, de le rendre efficace et de consolider l'unité nationale par des méthodes autoritaires.

En Grèce, quelques années plus tard, le général Metaxâs établit un régime de dictature.

En Yougoslavie, c'est le roi Alexandre Ier qui, pour maintenir la cohésion du jeune État multinational travaillé par des forces centrifuges, où Croates et Slovènes acceptent difficilement la prédominance des Serbes, établit une sorte de dictature royale. Son exemple sera suivi par le roi Carol de Roumanie.

En Hongrie, depuis que la dictature communiste de Bela Kun a été écrasée, l'amiral Horthy exerce la régence : la Hongrie maintient fictivement la forme monarchique, mais le trône demeure vide, les grandes puissances s'opposant à ce qu'un Habsbourg règne sur la Hongrie.

L'Autriche, sous l'impulsion de Mgr Seipel et du chancelier Dollfuss, s'est aussi orientée vers un régime autoritaire d'un type un peu particulier, chrétien social et corporatif qui prétend appliquer la doctrine sociale de l'Église.

L'énumération de ces pays est par elle-même assez significative : Pologne, Hongrie, Roumanie, Yougoslavie, Grèce, Turquie ; c'est toute l'Europe orientale, danubienne et balkanique, cette partie de l'Europe qui a toujours été en retard politiquement, intellectuellement, économiquement sur l'Europe occidentale, la même Europe que celle du despotisme éclairé, et qui, deux siècles plus tard, recourt à des formes de gouvernement illustrant sa postérité.

Dans cette région, un seul pays fait exception, qui mérite d'être mentionnée, car les exceptions ont souvent une vertu éclairante : c'est la Tchécoslovaquie, qui demeure fidèle aux institutions démocratiques jusqu'à Munich ; jusqu'à la disparition de l'État tchécoslovaque, la démocratie restera la forme du gouvernement. Pourquoi cette enclave démocratique au sein d'une région toute gagnée aux régimes autoritaires ?

On discerne à l'origine plusieurs causes. Il en est d'historiques : la Bohême était dans l'empire des Habsbourg une des provinces les plus occidentalisées. Elle comptait déjà une bourgeoisie libérale nombreuse, active, éclairée. Ce fut une des premières régions à s'industrialiser. On y trouve une classe ouvrière nombreuse, un syndicalisme, une social-démocratie. Autant de facteurs favorables. On trouve en Tchécoslovaquie ce qu'avait l'Europe occidentale et qui manquait au reste de l'Europe orientale, une société complexe et différenciée, une économie déjà partiellement industrielle, des traditions politiques, des habitudes de discussion, une instruction élémentaire assez largement diffusée. A ces causes, il faudrait ajouter l'action des forces politiques, le rôle des Jeunes Tchèques, du mouvement des Sokols, la personnalité d'hommes d'État, en premier lieu du président Masaryk, fondateur de la Tchécoslovaquie indépendante.

La contagion autoritaire ne se limite pas à l'Europe orientale. Il convient d'ajouter à cette liste de pays, qui avaient en commun d'être ou des vaincus d'hier ou de nouveaux États, le cas des pays méditerranéens ; l'Italie depuis la « marche sur Rome », avec la dictature fasciste ; en Espagne avec l'accord du souverain, le roi Alphonse XIII, le maréchal Primo de Rivera devient en 1923 un Premier ministre autoritaire et cette dictature militaire et royale se prolonge jusqu'en 1931. Au lendemain des élections municipales d'avril 1931 qui donnent la majorité aux candidats républicains, le roi abdique et la république se substitue à la monarchie. Mais l'expérience sera brève. On peut rattacher l'Espagne à la famille des pays où la démocratie s'adapte mal. Les cinq années 1931-1936 ont été des années de troubles qui préludèrent à la grande guerre civile de 1936 à 1939, qui déchirera l'Espagne, inquiétera le reste de l'Europe et amènera l'instauration de la dictature franquiste.

Au Portugal, en 1926, après une quinzaine d'années, le régime républicain, déchiré, combattu par les factions, est renversé par l'armée, qui installe au pouvoir le général Carmona sous le couvert de qui gouvernera Salazar : dictature technique, discrète ; l'État nouveau durera près d'un demi-siècle, jusqu'à son renversement par les militaires, en avril 1974.

Ainsi, par toute l'Europe, entre 1920 et 1930, la démocratie classique, caractérisée par l'attachement aux principes libéraux, cède le pas à des régimes autoritaires : la liberté recule devant l'autorité. On peut parler d'une épidémie de dictatures. Pour prendre une vue complète du phénomène, il faudrait y rattacher l'Union soviétique et la dictature stalinienne et, à l'extérieur de l'Europe, les régimes autoritaires parents, en Amérique latine, au Brésil avec Vargas, ou au Japon avec la caste militaire.

Ainsi, en de nombreux pays, la démocratie ne réussit pas à plonger des racines durables. Elle apparaît comme un régime précaire, inadapté aux conditions, aux possibilités et aux besoins de ces jeunes États.

2. Une survivance anachronique dans les vieilles démocraties ?

Dans le même temps – ou un peu plus tard –, les institutions de la démocratie libérale connaissent aussi des difficultés dans les pays qui étaient leur berceau et leur fief atti-tré. Les pays situés au nord et à l'ouest de l'Europe : monar-chies scandinaves, Pays-Bas, Belgique, Angleterre, France, échapperont à la contagion des dictatures, mais ils ne sont pas entièrement prémunis contre les germes. La tentation les gagne. La plupart de ces pays ont aussi leurs mouve-ments d'agitation ; des ambitieux rêvent de renverser la démocratie parlementaire et de lui substituer un régime auto-ritaire.

Si, en Angleterre, Oswald Mosley n'a jamais rallié autour de lui que quelques milliers d'adeptes, en Belgique Léon Degrelle et les rexistes connaissent une audience beaucoup plus étendue autour de 1935 : jeune leader dynamique venu de l'Action catholique belge, il fonde un mouvement qui se pro-pose, contre une démocratie jugée sénile ou molle, d'instaurer un régime plus musclé. En France, les régimes autoritaires étrangers exercent une incontestable séduction sur des frac-tions plus ou moins larges de l'opinion publique. Il y a à la fois l'attrait sur la gauche du modèle soviétique, et, sur l'opi-nion conservatrice, l'admiration pour l'ordre que Mussolini a rétabli en Italie. La montée de l'antiparlementarisme, la mul-tiplication des ligues illustrent le phénomène.

Si même dans ces pays, où la démocratie peut se réclamer d'une longue pratique, elle est ainsi en butte aux critiques et aux assauts, c'est qu'elle paraît fonctionner mal. Dans les jeunes États, la démocratie semblait prématurée : dans les vieux États, elle apparaît dépassée. Au XIXe siècle, l'opinion démocratique voyait en elle la formule de l'avenir : on la juge désormais inadéquate, inadaptée.

La crise des institutions représentatives.

La démocratie classique donne des signes multiples de désordre dans le fonctionnement des institutions : l'équilibre des pouvoirs est menacé ou rompu.

D'une part, les gouvernements tombent dans la dépen-dance étroite des Chambres, et la succession rapprochée des crises ministérielles, la longueur de certaines d'entre elles indiquent assez que quelque chose laisse à désirer dans les relations entre les pouvoirs. Il en va ainsi en plusieurs pays et pas seulement en France : la Grande-Bretagne donne aussi des signes de dérèglement des pouvoirs. L'exécutif semble impuissant à concevoir une politique à long terme et plus encore à la mettre en application.

De cette situation, les inconvénients seraient mineurs si l'exécutif n'avait que des attributions restreintes, ou encore en période calme. Au XIX⁽ᵉ⁾ siècle, les institutions libérales étaient-elles plus efficaces ? L'instabilité ministérielle ne le cédait guère à ce qu'elle est devenue après 1918. Mais on vivait dans un régime effectivement libéral : il y avait accord entre les principes et la pratique. L'État se gardant d'intervenir en beaucoup de domaines, peu importait qu'il y eût un État ou qu'il n'y en eût pas.

Or, après 1918, le rapport est profondément modifié entre l'initiative privée et le rôle de l'État ; la guerre a étendu considérablement le champ d'action de la puissance publique amenée à prendre en main la direction de l'économie, ainsi qu'à réglementer les rapports sociaux. Les choses ne peuvent redevenir ce qu'elles étaient avant 1914. Avec les séquelles de la guerre qui obligent à conserver les institutions et les mécanismes improvisés pour la durée du conflit, et bientôt la crise économique qui sonne le glas du libéralisme économique, et aussi, par voie de conséquence, du libéralisme politique, les gouvernements sont obligés d'intervenir, même s'ils n'en ont pas envie, quand les chômeurs se comptent par millions et que l'économie tout entière est gagnée par une paralysie progressive. La montée des périls internationaux constitue un motif supplémentaire de désirer un État fort.

Déséquilibre des pouvoirs par omnipotence des Chambres, mais aussi en sens inverse. On voit les gouvernements demander aux Chambres, et souvent obtenir d'elles, une délégation du pouvoir législatif. C'est la confusion entre les pouvoirs traditionnellement distingués. Il y a là, par rapport à la tradition démocratique, une hérésie, une aberration. Pour un Parlement, consentir de pleins pouvoirs au gouvernement, c'est accepter sa propre démission. C'est à quoi tend en France la procédure des décrets-lois ; le caractère hybride du vocable trahit la confusion des pouvoirs, puisque la même expression se trouve réunir deux termes traditionnellement opposés : loi et décret.

C'est à l'avantage du gouvernement Poincaré qu'a été consentie en 1924 la première délégation à l'exécutif. A son tour, le cabinet Doumergue, au lendemain du 6 février 1934, sollicite une délégation de ce genre et l'obtient. La procédure des décrets-lois entre dans les mœurs et devient une manière habituelle de gouverner. Notez que ces décrets-lois ne signifient pas la mise en quarantaine du Parlement, moins encore l'avènement d'une dictature. Ce ne sont pas des pleins pouvoirs généraux, ni une délégation inconditionnelle. Ils sont limités dans leur objet : les pleins pouvoirs sont accordés au gouvernement par exemple en matière économique ou financière, pour rétablir la monnaie ou conjurer la crise. En second lieu, ils sont toujours concédés pour une durée limitée : rarement plus de trois ou six mois. Enfin, ils sont révocables, car ils restent soumis à l'approbation *a posteriori* du Parlement.

Il n'y en a pas moins altération du mécanisme traditionnel de la démocratie parlementaire. Un nouveau type de rapports s'établit entre l'exécutif et le législatif, tantôt à l'avantage de l'un, tantôt à l'avantage de l'autre ; il n'y a plus à proprement parler équilibre, mais confusion.

Aux États-Unis, le problème est différent : la démocratie américaine n'a jamais été une démocratie parlementaire, et la séparation des pouvoirs, poussée plus loin qu'en Angleterre et en France, excluait la responsabilité de l'exécutif devant le Congrès. La modification s'opère d'une autre façon. A partir de l'arrivée à la présidence, en 1933, de Franklin Roosevelt, investi par le peuple américain d'un mandat implicite pour conjurer la crise, une mutation s'opère dans le régime américain. Le trait le plus caractéristique en est la rupture de l'équilibre traditionnel entre l'État fédéral – l'administration sise à Washington – et les différents États. La Constitution de 1787 avait veillé à ce que l'État fédéral ne puisse prendre le pas sur les États. C'étaient même les États qui détenaient le plus de pouvoirs. Après 1933, c'est l'inverse. Les nécessités du moment, la gravité de la situation économique investissent l'administration fédérale de pouvoirs considérables : il y a gonflement du budget fédéral, accroissement du nombre des fonctionnaires, intervention accrue de la puissance fédérale jusque dans l'activité des États. Cette manière de révolution silencieuse provoque des controverses politiques et même des conflits constitutionnels dont est saisie la Cour suprême qui, dans la seconde présidence de Roosevelt, après sa réélection en 1936, annulera une partie de la législation du *New Deal* comme contraire à l'interprétation traditionnelle de la Constitution.

Voilà un premier ensemble de signes et de facteurs du dérèglement de la démocratie classique dans les pays où elle était la forme de gouvernement traditionnelle : déséquilibre des pouvoirs, en relation avec la gravité de la situation, les séquelles de la guerre et les nouveaux problèmes.

Les nouvelles forces politiques.

Un second ordre de causes et d'indices a trait aux forces politiques. L'entre-deux-guerres est marqué par l'apparition, ou le renforcement, de forces qui remettent en cause le système sur lequel reposait le fonctionnement harmonieux de la démocratie classique.

Entre 1848 et 1918, la pratique régulière du suffrage universel, dans les quelques pays qui l'avaient adopté, avait maintenu au pouvoir une classe de notables : notre attention a déjà relevé le paradoxe des effets conservateurs du suffrage universel. En France, en 1848, et derechef en 1871, le pays consulté a renouvelé les mandats que les notables détenaient. Le suffrage universel n'avait pas bouleversé les conditions d'exercice du pouvoir, n'avait pas opéré de transfert brutal d'une classe à l'autre ; l'évolution s'était faite par adaptation graduelle des partis traditionnels.

Mais, avec la guerre, certaines transformations amorcées antérieurement se précipitent. D'une part, de profonds changements marquent le passage d'une société de type individualiste à une société de groupes. Le phénomène est spécialement manifeste en France. La société issue de la Révolution se caractérisait par la suppression de tous les groupements intermédiaires. Elle ne laissait en face l'un de l'autre que le pouvoir et le citoyen et rien entre eux. L'individualisme était le principe et la règle. Mais les groupes ont peu à peu conquis droit de cité. En 1884, la loi Waldeck-Rousseau a reconnu la liberté des groupements syndicaux. C'est ensuite, en 1901, la grande loi sur les associations. Dans tous les secteurs, une poussée se dessine pour constituer des groupements de défense et de revendication. Le phénomène est général. Aucun pays de l'Europe occidentale n'y échappe. C'est la montée des trade-unions et d'un nouveau syndicalisme en Angleterre à la fin du XIXe siècle ; de même en Allemagne et dans les pays du Nord. L'État doit compter désormais avec de nouveaux interlocuteurs. Il ne trouve plus seulement en face de lui une poussière d'individualités, mais des forces organisées, syndicats, groupements professionnels, qui ont leurs exigences, ont pris conscience de leurs intérêts et exercent sur la puissance publique une pression par les moyens les plus appropriés.

La position de l'État est ainsi profondément modifiée : investi de responsabilités et d'attributions nouvelles, mais encerclé par les forces sociales. Divisé à l'intérieur de lui-même entre pouvoirs qui se combattent, il est assiégé par les groupements. Le rapport de forces est modifié à son désavantage : la démocratie en paie le prix.

C'est aussi l'apparition d'un nouveau type de parti politique. Nous retrouvons un aspect de la démocratisation de la vie politique. Aux partis de type traditionnel qui n'étaient guère que des cercles ou des clubs mondains, se substituent des partis proprement démocratiques qui recrutent largement, comptent leurs adhérents par centaines de mille et se donnent des structures rigides, une discipline plus contraignante. Ces nouveaux partis modifient le fonctionnement de la démocratie.

Ce sont surtout les partis ouvriers, socialistes d'abord, puis, au lendemain de la guerre, communistes. On passe d'une démocratie de notables, caractérisée par des partis de cadres, à une démocratie de masse, caractérisée par des partis d'un nouveau style.

Même en Grande-Bretagne la crise politique devient chronique : le bipartisme est ébranlé, la règle de l'alternance qui passait pour presque aussi fondamentale que les principes du parlementarisme est faussée par l'existence depuis le début du siècle d'un troisième parti : le parti travailliste, constitué à l'initiative des trade-unions. Il a pour la première fois conquis quelques dizaines de sièges aux élections de 1906 ; de consultation en consultation, il étend sa base électorale et renforce sa représentation parlementaire. La présence d'un troisième parti, en tiers entre les conservateurs et les libéraux, désorganise le jeu parlementaire. Le scrutin à l'anglaise, où la majorité relative équivaut à la majorité absolue, ne fonctionne plus aussi bien. Aucun parti ne détient la majorité absolue. Il n'y a plus que des majorités de coalition, et la vie politique anglaise se caractérise, au moins jusqu'à la constitution du cabinet d'union nationale (1931), par une instabilité presque comparable à celle du continent.

Sur le continent, en France ou en Belgique, le multipartisme étant classique, là n'est donc pas la nouveauté. Le fait nouveau qui affecte le fonctionnement du régime, c'est la constitution de ligues, l'apparition de forces politiques qui ne jouent pas le jeu classique, qui s'abstiennent de présenter des candidats aux élections, ne sont pas représentées dans les Chambres par des groupes parlementaires, mais qui n'en comptent pas moins dans la vie politique, exerçant sur une partie de l'opinion la séduction de l'action, de la force, de l'efficacité, gênant les partis classiques et paralysant souvent l'action des gouvernements. Ces forces nouvelles, dont certaines hostiles à la démocratie – c'est le cas des ligues –, font le procès du régime parlementaire et concourent à en affaiblir le crédit.

Pour son malheur, la démocratie libérale est identifiée au capitalisme libéral. Elle est desservie par cette confusion entre l'économie et la politique. La grande crise qui va venir ébranler les structures du libéralisme capitaliste ne manquera pas de retentir sur les structures politiques.

Ainsi la démocratie classique, même dans les pays qui constituaient son bastion, subit des assauts répétés de l'intérieur et de l'extérieur.

3. La crise de 1929 et la grande dépression

Il faut, pour achever de décrire la situation et en mesurer la gravité, dire un mot de la grande crise économique qui ébranle, à partir de 1929, les structures économiques, sociales, intellectuelles, politiques de la démocratie occidentale.

Les années 1925-1930 apparaissent comme une période heureuse, prospère en Europe, mais la tendance ne tarde pas à se renverser. C'est sur le plan de l'activité économique, de la production, des échanges, que le renversement de tendance est le plus spectaculaire et le plus brutal. Il est inattendu. Ordinairement, les renversements de la tendance économique sont lents, graduels, leurs débuts passent parfois même presque inaperçus des contemporains. C'est dans l'ordre politique qu'on est accoutumé à relever des solutions de continuité. Or, dans l'entre-deux-guerres, un bouleversement économique s'est produit qu'on peut dater avec une extrême précision : de la seconde quinzaine d'octobre 1929.

En quoi consiste l'événement de 1929 ?

Ce n'est pas une révolution industrielle. Il ne trouve pas son principe dans une innovation technique. C'est une crise. Ce n'est pas la première, puisque les crises économiques s'étaient reproduites au XIXe siècle à un rythme presque régulier, au point que leur caractère récurrent apparut comme constitutif du régime capitaliste : le retour périodique de ces accidents et le spectacle de leurs conséquences eurent une part déterminante à la naissance de la pensée socialiste : elles semblaient en quelque sorte la contrepartie des lois naturelles et de la concurrence. Mais la crise de 1929 est différente des précédentes, surtout par ses répercussions.

Elle éclate aux États-Unis, en octobre 1929, en pleine prospérité. La période qui précède reste désignée, dans l'histoire américaine, comme l'ère de la prospérité, inaugurée au lendemain de la guerre.

C'est d'abord une crise financière qui éclate à la Bourse de New York, à Wall Street, une défaillance, que l'on croit momentanée, du mécanisme du crédit. Le fameux « jeudi noir », le 24 octobre 1929, des titres offerts ne trouvent pas preneur, dans une proportion inquiétante : quelque 70 millions de titres sont jetés sur le marché sans contrepartie. Les cours s'effondrent : la perte totale est évaluée à 18 milliards de dollars. Le phénomène se reproduit les jours suivants, s'amplifie par un processus cumulatif qui ébranle la confiance, ressort du crédit dans l'économie libérale. La parenté des deux termes confiance et crédit souligne la solidarité des deux aspects.

Cette crise de crédit révèle la surévaluation des valeurs : la plupart étaient cotées à un cours très supérieur à leur valeur réelle et commercialisable. La crise sanctionne donc une spéculation excessive, une inflation de crédit. L'avis des spécialistes est qu'il s'agit d'un accident technique propre à assainir le marché et à permettre une remise en ordre, et le président des États-Unis, le républicain Hoover, qui est à la Maison-Blanche depuis quelques mois seulement, assure à ses compatriotes que la fin de la crise est proche et la prospérité au coin de la rue, il le répétera pendant quatre ans.

Mais contrairement à l'attente générale, des techniciens, du président et des électeurs qui avaient voté pour lui, la crise s'installe : elle dure et gagne les autres secteurs de l'économie américaine, d'autres pays aussi.

Elle s'étend de secteur en secteur par un mécanisme d'interdépendance. Les disponibilités se réduisent et font bientôt défaut aux entreprises. C'est comme une sorte d'arrêt du cœur. Quantité d'entreprises sont bientôt en difficulté, obligées de suspendre leurs paiements, de ralentir leurs activités. La crise de confiance amplifie de semaine en semaine la gravité de la situation. La plupart des entreprises réduisent leurs horaires, licencient une partie de leur personnel, le chômage apparaît, total ou partiel, entraînant une réduction du pouvoir d'achat qui engendre à son tour une réduction de la demande. Les stocks s'accumulent sans trouver preneur. Toute la machine est grippée. Phénomène cumulatif classique mais qui n'avait jamais présenté une pareille ampleur. L'agriculture est atteinte à son tour : les consommateurs se restreignent, les excédents agricoles s'accumulent, les prix des produits agricoles s'effondrent, et les fermiers n'achètent plus.

La crise gagne bientôt d'autres pays. Cela aussi est relativement neuf. Traditionnellement, l'économie américaine vivait à part et ses crises n'avaient que peu de conséquences sur l'économie de l'Europe occidentale. Cette fois, la crise se communique à l'Europe en raison des liens établis depuis la guerre entre les États-Unis et les économies anglaise, allemande, autrichienne.

Quantité de facteurs, qui n'attendaient en quelque sorte que ce signal pour développer leurs effets, viennent se conjuguer avec la propagation de la crise américaine, notamment le suréquipement relatif du monde. Du fait de la guerre, les pays neufs, jusque-là clients de l'Europe, avaient dû s'industrialiser pour se suffire à eux-mêmes et pour faire face à la demande d'une Europe qui n'était plus en mesure d'assurer l'approvisionnement de ses populations et de ses armées. Depuis la fin de la guerre, l'Europe a reconstitué son potentiel économique. En 1929-1930, la reconstruction est achevée et les pays neufs entrent en compétition avec l'Europe industrielle : surproduction industrielle, surproduction agricole, la tendance générale de l'économie à la hausse depuis 1895 se renverse.

Partout se répètent les mêmes phénomènes qu'aux États-Unis : effondrement des cours, restriction de la production qui atteint de proche en proche toutes les branches et tous les pays. Entreprises industrielles et établissements bancaires font faillite. Parmi les faillites les plus spectaculaires et les plus lourdes de conséquences : celle d'un grand organisme bancaire autrichien – le Kreditanstalt de Vienne en mai 1931 –, du grand spéculateur suédois Ivar Krüger en mars 1932, en France de Citroën, la Compagnie générale transatlantique, la Banque nationale du commerce. L'État est obligé d'intervenir pour renflouer telle ou telle firme.

Les échanges se contractent, la flotte marchande est partiellement désarmée. C'est aussi la réduction des rentrées fiscales, et le ralentissement de l'économie prive le budget d'une partie de ses ressources. Les budgets étant en déficit, le réflexe des gouvernements est de comprimer les dépenses, de réduire les investissements, et ils accélèrent ainsi la paralysie de l'activité générale.

Les effets.

Les pays sont touchés plus ou moins rapidement, selon qu'ils sont plus ou moins associés à l'économie internationale. La Grande-Bretagne et l'Allemagne sont frappées d'abord ; la France plus tard, pas avant la fin de 1931 ou le début de 1932. Les conséquences sont d'une gravité inégale. La France n'est qu'à demi touchée parce qu'elle n'est pas encore engagée dans le cycle d'une économie hautement industrialisée ; mais l'Allemagne est très gravement atteinte, qui s'était suréquipée à la faveur de la crise de 1923 et, en Grande-Bretagne, la crise de conjoncture se surimpose à une crise de structure, celle du vieillissement de son équipement industriel.

La conséquence sociale la plus visible de toutes est le chômage. Des files de chômeurs s'alignent devant les soupes populaires, les bureaux d'assistance. Aux États-Unis, on évalue à 12 millions le nombre des chômeurs, à 3 millions en Angleterre, à 6 millions en Allemagne, à 1 million en Italie, à un demi-million en France, sans compter les chômeurs partiels. En 1932, il y a au bas mot 30 millions de travailleurs dans le monde qui ont perdu leur travail et leurs ressources et des dizaines de millions de chômeurs partiels. Au total, des centaines de millions d'hommes sont éprouvés par la crise.

Ces bouleversements qui affectent brusquement une économie qui paraissait avoir retrouvé le secret de la prospérité ont rapidement entraîné des conséquences proprement politiques que l'on peut ramener à deux types : les effets psychologiques sur l'opinion publique, les conséquences sur la structure du gouvernement et l'organisation des pouvoirs.

Conséquences psychologiques d'abord. L'opinion perd confiance dans les institutions démocratiques, qu'elle identifie au capitalisme, et dans l'inspiration libérale de la démocratie parlementaire. De larges secteurs de l'opinion publique en Europe deviennent disponibles pour les aventures et prêts à écouter les appels d'agitateurs. Il n'est pas douteux que le national-socialisme a trouvé dans les masses de chômeurs une partie de ses troupes. Ce n'est pas que le national-socialisme sorte directement de la crise économique : la chronologie s'inscrit en faux contre ce type d'explication, puisque la grande crise n'atteint l'Allemagne qu'en 1930, à un moment où Hitler est déjà en possession de son système, où il a déjà constitué son parti et compte des centaines de milliers d'adeptes. Le national-socialisme ne sort pas de la crise, pas plus que le fascisme. Mais la crise a certainement amplifié le phénomène en apportant au mouvement les gros bataillons indispensables dans un régime de suffrage universel pour accéder au pouvoir. Sans la crise, Hitler serait-il jamais arrivé, par la voie légale, à la Chancellerie ?

Quant aux conséquences objectives sur la politique des États et les structures du pouvoir, il est patent que la faillite du système libéral et la carence de l'initiative privée font une obligation à la puissance publique d'intervenir. Les gouvernements ne peuvent se dérober à l'attente d'une opinion prête à répudier les principes pourvu qu'on trouve le moyen de remettre l'économie en marche. Ils sont tous amenés à enfreindre les maximes libérales qui interdisaient à l'État d'intervenir dans le domaine laissé à l'initiative privée, individuelle ou collective. Le phénomène déjà constaté à l'occasion de la Grande Guerre se reproduit avec la grande crise. Les gouvernements prennent en main la direction de l'économie : ils engagent de grands travaux pour réamorcer les mécanismes. L'expression la plus complète de ce renversement de politique est sans doute la révolution que constitue au pays de la libre entreprise le *New Deal*. Les États interviennent aussi dans le domaine monétaire ; certains instituent le contrôle des changes.

Enfin, les relations extérieures sont affectées par la politique économique des gouvernements. Pour protéger leur production nationale contre la concurrence étrangère, les pays se ferment aux importations, relèvent leurs tarifs douaniers, établissent des contingentements. Le pays qui était le symbole du libéralisme économique, celui qui, le premier, avait renoncé au protectionnisme pour se convertir au libre-échange, la Grande-Bretagne, retourne au protectionnisme après quatre-vingts années d'expérience libre-échangiste (1846-1932) : en 1932, le gouvernement d'union nationale, formé par le travailliste MacDonald en septembre 1931, abandonne le libre-échange. L'événement a valeur de symbole. Partout, le nationalisme économique encourage un égoïsme sacré dans les relations commerciales. On invite les consommateurs à « acheter français », « anglais », « allemand ». Les échanges se raréfient et l'Allemagne commerce sur la base du troc avec les pays danubiens.

Ainsi, en l'espace de quelques années, entre 1929 et 1932, la grande dépression a entraîné l'abandon des principes libéraux, identifiés à la prospérité européenne, la faillite de l'économie libérale, le bouleversement des relations entre les groupes sociaux et même des rapports entre nations. La démocratie politique est atteinte par le contrecoup de l'épreuve qui affecte le libéralisme économique. C'est un argument de plus en faveur des doctrines autoritaires et des régimes totalitaires. Le fascisme italien ou le communisme soviétique ont beau jeu de prendre prétexte de la crise du libéralisme pour démontrer l'échec de la démocratie.

5

Le communisme
et l'Union soviétique

Il nous faut revenir un peu en arrière et remonter aux années 1920 pour évoquer les assauts que livrent à la démocratie les idéologies adverses. Tandis que la démocratie classique est acculée à la défensive, d'autres forces surgissent avec tout l'attrait de la nouveauté, l'expérience n'en ayant pas encore révélé les insuffisances ou les défauts. L'Europe est ainsi déchirée entre les tenants de la démocratie classique, les adeptes des nouveaux régimes autoritaires et les partisans de l'expérience soviétique.

1. La portée de la révolution soviétique

La révolution d'Octobre 1917 est le point de départ d'un mouvement historique dont les suites s'étendent jusqu'à nous et qui n'a peut-être pas encore épuisé toutes ses conséquences.

La révolution soviétique est, sur plusieurs points, assez comparable à la Révolution de 1789 et nombre de remarques inspirées par le processus de la Révolution française et ses conséquences pourraient s'y appliquer. Le parallèle s'impose tant par la durée de l'expérience que par l'ampleur dans l'espace.

Comme la Révolution de 1789, la révolution soviétique a modifié un pays ; elle en a transformé les structures, elle a établi un nouvel ordre politique et social. Comme la Révolution de 1789 aussi, la portée de l'événement dépasse de beaucoup le cadre national, de la France ou de la Russie.

Même dualité : signification nationale, dimension internationale.

Les analogies s'étendent aux relations entre le pays qui est le berceau de la révolution et ses voisins. Comme la Révolution française à partir de 1792, la révolution soviétique a été mise au ban de l'Europe civilisée. Les gouvernements occidentaux, les Alliés vainqueurs – France, Angleterre, d'autres encore – la tiennent à l'écart. Mais, comme la Révolution française, la Russie soviétique tient tête et sort finalement victorieuse de l'épreuve de force. Cette épreuve se traduit par un raidissement interne et le communisme de guerre est la réplique de ce qu'avait été, pour la Révolution française, l'expérience du gouvernement révolutionnaire : la Terreur soviétique des années 20 répond à la Terreur révolutionnaire de 1793-1794.

De même que la Révolution française avait éveillé dans tous les pays d'Europe des sympathies et suscité des aversions irréductibles, la révolution soviétique divise les pays étrangers, exerce une influence durable sur des fractions importantes de leur population et y recrute des adeptes.

L'histoire du communisme et de la Russie soviétique se développe donc simultanément sur deux plans que nous examinerons successivement.

A l'intérieur des limites de l'ancienne Russie – l'empire des Tsars, amputé en 1918-1922 –, devenue Union des républiques socialistes soviétiques, l'histoire de la lutte de la jeune révolution contre les forces contre-révolutionnaires et de ses efforts pour construire un État nouveau, édifier une société, transformer l'économie. C'est l'histoire d'une expérience singulière.

A l'extérieur, les relations, parfois cordiales, plus souvent hostiles : l'action de la diplomatie soviétique, la contagion du communisme et le rayonnement de l'expérience dans le monde.

Entre ces deux aspects, entre la face interne et la face externe, les liens sont nombreux, plus nombreux même qu'au temps de la Révolution française, car aux liens informels, nés de la sympathie spontanée, s'ajoutent, avec la Russie soviétique, des liens organiques avec la IIIᵉ Internationale, le Komintern, l'Internationale syndicale révolutionnaire, autant

de structures qui établissent entre l'Union soviétique et les
partis frères un réseau de liens durables et forts.

2. L'expérience soviétique,
   la révolution en Russie

Rappelons succinctement les circonstances dans lesquelles
le nouveau régime s'est établi, c'est-à-dire les péripéties qui
ont marqué l'année 1917. Cette révolution s'annonçait depuis
longtemps. Le malaise était ancien, le régime travaillé par des
forces multiples de désagrégation, oppositions politiques,
forces sociales, partis socialistes, minorités nationales des
allogènes regimbant contre la politique de russification. Les
réformes entreprises avaient plus ébranlé la stabilité de l'édifice que contribué à le régénérer. Les revers militaires de
la guerre russo-japonaise en 1904-1905 avaient affaibli le
régime. Une première révolution en 1905 avait tourné court
sans rénover l'empire.

Après 1914, si les premiers mois de la guerre ont d'abord
eu pour effet, comme dans tous les pays belligérants, de resserrer la cohésion interne en imposant silence aux oppositions, la continuation de la guerre a bientôt réveillé le
malaise et le mécontentement. Les échecs, les souffrances
imposées au peuple russe, sans commune mesure avec celles
supportées par les autres pays, l'organisation défectueuse du
commandement, du ravitaillement, de l'économie de guerre,
préparèrent l'explosion qui aboutit à l'abdication du tsar en
mars 1917. C'est la deuxième révolution russe.

S'établit alors, dans une république de fait, un gouvernement provisoire de la bourgeoisie libérale constitutionnelle.
Mais ce régime ne sera qu'une transition : il est sans autorité,
dépourvu d'appuis, sans personnel gouvernemental préparé
à faire face à une situation exceptionnelle. C'est une coalition
hétéroclite de forces qui n'ont en commun que leur opposition
au régime tsariste. Les forces centrifuges l'emportent bientôt
sur l'autorité du gouvernement central à qui la guerre pose un
problème quasiment insoluble. Il entend rester fidèle à ses

engagements envers ses alliés, mais le peuple veut la paix. Celui-ci s'est félicité du renversement du tsarisme, parce qu'il espérait du changement de régime la fin de la guerre. Le gouvernement provisoire n'est pas en mesure d'imposer au peuple la continuation d'un effort surhumain. Le pouvoir glisse peu à peu des libéraux aux démocrates, des démocrates aux socialistes : le gouvernement Kerensky.

Les bolcheviques restent dans une opposition irréductible et prennent appui sur un pouvoir de fait : les soviets. Les soviets sont un peu l'équivalent de ce qu'avaient été, sous la Révolution française, les sociétés populaires. Plusieurs tendances y coexistent : c'est une coalition où les bolcheviques eux-mêmes sont minoritaires, mais une minorité homogène, combative, qui sait ce qu'elle veut, conduite par un chef lucide et décidé, Lénine : elle l'emportera. Au début de novembre 1917 – novembre dans le calendrier occidental, octobre dans le calendrier russe vieux style –, les bolcheviques déclenchent une troisième révolution, la définitive, et s'emparent du pouvoir, presque sans coup férir par un coup d'État.

C'est le commencement d'une expérience qui a duré trois quarts de siècle, le début d'un chapitre absolument neuf de l'histoire du monde. Les non-bolcheviques sont rapidement évincés des soviets, écartés de l'appareil du pouvoir. Dans les premières années, Lénine et les siens ne disposent que d'un pouvoir limité et précaire ; leur situation est peu enviable.

On distingue classiquement trois moments.

Le premier, celui du communisme de guerre, va de la révolution d'Octobre à la fin de l'année 1921 et dure environ quatre années.

Le deuxième tire son nom de la NEP et court de 1922 à 1927-1928.

Le troisième est dominé par la personnalité de Staline et l'édification du socialisme dans un seul pays. Il nous conduira jusqu'en 1939.

La période du communisme de guerre.

Cette phase est dominée par la guerre, intérieure et extérieure, une guerre que les bolcheviques n'ont pas voulue, qui leur est imposée, qui est un héritage du régime déchu. Tout au contraire, ils ont opté pour la paix : le Conseil des commissaires du peuple décide de faire la paix avec l'Allemagne quel qu'en soit le prix : elle est chèrement achetée, par le traité de Brest-Litovsk au début de 1918. S'il met fin aux hostilités entre la Russie et l'Allemagne, la guerre ne prend pas fin pour autant. Elle change seulement de forme et de théâtre d'opérations. Elle rebondit en guerre civile opposant l'Armée rouge naissante aux armées blanches, au sud en Ukraine, à l'est en Sibérie, au nord dans la région de Mourmansk. Le gouvernement bolchevique est encerclé de toutes parts par des forces contre-révolutionnaires. Cette guerre civile est en même temps une guerre étrangère : les nationalités allogènes, hier sujettes, profitent de la situation pour s'émanciper et guerroient pour arracher à Moscou leur indépendance. Les armées blanches ont le soutien des grandes puissances, Grande-Bretagne, France, Japon. Pendant quatre années, tout est subordonné à la conduite de la guerre. La stratégie a le premier et le dernier mot. Trotsky organise l'Armée rouge. Il s'agit d'anéantir l'ennemi de l'intérieur et de repousser celui de l'extérieur.

La guerre dicte ses impératifs à l'intérieur. C'est l'institution, après quelques mois d'expérience relativement libérale, de la terreur qui répond à l'action contre-révolutionnaire. Le processus reproduit fidèlement celui de 1792-1793, comme s'il y avait une logique des révolutions : quand elles doivent faire la guerre, elles sont contraintes de renoncer à leurs velléités libérales et d'adopter des mesures énergiques. La différence est que l'idéologie du nouveau régime exclut toute intention libérale et vise à instaurer une dictature, celle du prolétariat. Un régime rigoureux s'institue dans tous les domaines : contrainte économique, direction autoritaire. On réquisitionne les produits, des détachements d'ouvriers armés vont dans les campagnes se saisir des récoltes que les paysans refusent de livrer. Les germes d'anarchisme que comportait la révolution d'Octobre sont étouffés : désormais, l'anarchie sera l'ennemi mortel de la révolution communiste. C'est la dictature du prolétariat, une dictature autoritaire qui prépare le pouvoir concentré de Staline et annonce l'ère stalinienne.

En 1921, la guerre est pratiquement gagnée : les armées blanches ont été battues ; les Alliés renoncent à la lutte et l'Union soviétique arrache à ses voisins sa reconnaissance et la délimitation des frontières. La révolution est sauve, l'essentiel préservé. C'est la fin de cette période où tout était subordonné à la victoire.

La NEP.

Commence alors une seconde période fort différente de la précédente : une période de détente et de relative libéralisation. Si nous cherchions des analogies, on les trouverait avec la Convention post-thermidorienne. Pour la Russie aussi commence l'après-guerre.

La situation exige un relâchement des contraintes. C'est d'abord une nécessité psychologique. La population est épuisée au sortir de huit années de guerres étrangère et civile. La famine a fait des millions de victimes. La société russe s'est effondrée, ses cadres sont désagrégés. Il est indispensable de faire une pause. Un événement imprévu convainc Lénine de cette nécessité : la mutinerie des marins de Cronstadt en mars 1921. Ils étaient le fer de lance de la révolution : leur ralliement avait décidé de la chute du gouvernement en octobre 1917. En 1921, ils se révoltent. Lénine entend l'avertissement.

A cette nécessité psychologique s'ajoutent les nécessités pratiques, celles de l'économie qui exigent une certaine libéralisation. Les rendements sont tombés à presque rien. L'économie est désorganisée et la contrainte se révèle impuissante à la remettre en marche. Il faut ranimer la confiance, stimuler l'initiative, faire appel à des mobiles intéressés. Telle est l'inspiration de ce qu'on appelle la nouvelle politique économique.

Dans l'esprit de Lénine et des siens, ce n'est pas un reniement des principes, il n'est pas question de renoncer aux principes du marxisme-léninisme. C'est seulement une adaptation aux besoins et aux possibilités du moment. Un « repli stratégique » : les métaphores militaires s'imposent toujours pour la stratégie du communisme. La Russie n'est pas mûre pour réaliser immédiatement la société sans classes. Le gouvernement s'emploie donc à réorganiser l'économie et à reconstituer les cadres, avant de reprendre la marche en avant vers l'instauration du socialisme.

C'est un retour à la liberté économique : on restitue au capitalisme un secteur d'activité. Il y a désormais coexistence de deux secteurs, l'un d'État, l'autre privé (le commerce intérieur, l'artisanat). On fait appel aussi aux capitalistes et aux techniciens étrangers.

De cette détente, les effets ne se font pas attendre. La production se relève, le chômage se résorbe, une nouvelle monnaie est mise en circulation. La société se reconstitue peu à peu. La condition paysanne s'améliore. Sur les ruines de l'ancienne société s'édifie une classe nouvelle, une bourgeoisie de commerçants, d'artisans, de propriétaires : les *NEP-men* – les hommes de la NEP –, les *koulaks*, gros ou moyens propriétaires enrichis sont les principaux bénéficiaires de la destruction de la société traditionnelle.

Les résultats de la NEP et ses conséquences sociales ne sont pas affectés par la rivalité pour la succession de Lénine qui meurt en janvier 1924. Depuis plusieurs mois, Lénine était déjà gravement malade, ses capacités diminuées. Une ardente compétition s'engage entre plusieurs candidats ; deux se détachent du lot : Trotsky et Staline. Trotsky est assurément le plus doué, le plus connu aussi, c'est presque le symbole de la révolution. Tout paraissait le prédestiner à être le successeur de Lénine. Il connaissait l'étranger. Il avait d'éclatants états de service : c'était le créateur de l'Armée rouge, l'organisateur de la victoire, le Carnot de l'Union soviétique. En outre, il avait des dons intellectuels peu communs, une imagination romantique, un talent de parole et de plume. En face, Staline faisait plutôt piètre figure. Il n'était sorti de Russie que pour de brefs séjours, ne savait que le russe, avait grandi à l'intérieur du parti. Mais il avait pour lui d'en contrôler l'appareil, atout capital. Entre les deux hommes, la compétition ne se réduit pas à un simple conflit d'ambitions. Comme toujours, et plus encore dans le parti communiste, les différends personnels sont liés à des désaccords idéologiques qui ne sont pas seulement l'alibi ou le prétexte des ambitions rivales. Aussi l'épreuve de force qui va, plusieurs années durant, opposer Staline à Trotsky, a-t-elle une portée historique. Le débat porte sur les modalités et les échéances de la révolution.

Trotsky, imaginatif, visionnaire, plus tourné vers l'extérieur, rêve de la révolution permanente et universelle. Il a vécu une partie de son existence en exil. Son analyse de la situation le convainc, à tort ou à raison, qu'elle est objectivement révolutionnaire, qu'elle recèle des possibilités que les communistes doivent exploiter tout de suite pour instaurer la révolution dans le monde entier. En Europe, en Allemagne notamment, en Chine aussi, il lui semble que la situation est mûre et qu'il importe de l'exploiter. Le communisme réduit à la seule Russie n'est pas viable : il est voué à l'étranglement. C'est donc à la fois l'intérêt vital et leur mission qui obligent les communistes russes à réaliser tout de suite la révolution universelle.

Staline tient le raisonnement inverse, en rapport avec sa propre expérience, en accord avec son tempérament. Staline est aux antipodes du romantisme visionnaire de Trotsky. C'est un calculateur réaliste, prudent, qui préfère réaliser pas à pas l'édification du communisme. Il lui semble plus sage de gagner du temps, de consolider le communisme en Russie, et d'attendre des circonstances meilleures pour sortir de la citadelle. Au reste, Staline ne s'intéresse guère à ce qu'il peut advenir du communisme en dehors de la Russie. Il ne s'embarrasse pas de scrupules de solidarité à l'égard des autres partis communistes. Il les sacrifiera souvent à des considérations diplomatiques. Au vrai, Staline ne croit pas dans l'immédiat au succès de la révolution universelle ; il est convaincu que l'intérêt de la Russie et l'intérêt du communisme concordent sur la priorité donnée à l'édification du socialisme dans un seul pays.

Trotsky ou Staline, le romantique et le réaliste, l'homme de l'extérieur et l'homme de l'intérieur, la révolution tout de suite et partout, l'édification du socialisme dans un seul pays : voilà les termes du conflit, de personnes et de tendances, qui déchire plusieurs années le Parti communiste de l'Union soviétique.

Les péripéties sont variées. Staline joue habilement des divisions entre ses rivaux, s'appuie d'abord sur Zinoviev et Kamenev pour isoler Trotsky avant de les écarter à leur tour.

En 1927, la partie est gagnée : Trotsky est seul, éliminé ; il s'exilera deux ans plus tard et quittera définitivement l'Union soviétique. Hors de Russie, Trotsky ne désarme point. Il exerce une influence sur des minorités doctrinaires, sans réussir à constituer un appareil rival des partis communistes. Le trotskisme est plus un courant intellectuel qu'un parti à proprement parler. Mais Trotsky, tel qu'il est, est insupportable à Staline. C'est une sorte de reproche vivant d'infidélité doctrinale et Staline n'aura de cesse qu'il ne l'ait fait assassiner à Mexico en 1940.

A partir de 1927-1928, Staline est devenu le maître incontesté de l'Union soviétique pour un quart de siècle, jusqu'à sa mort en 1953.

L'édification du socialisme.

La troisième phase de l'histoire intérieure va de 1928 à 1939, de la chute de Trotsky au pacte germano-soviétique. Elle se caractérise pour les structures économiques et sociales par l'édification du socialisme, et dans l'ordre politique par l'instauration d'un pouvoir d'État concentré, pratiquement absolu, totalitaire.

L'édification du socialisme : il s'agit d'appliquer la doctrine et surtout de faire de l'Union soviétique une puissance égale aux plus grandes. Cette édification s'opère dans deux directions parallèles. C'est, d'une part, avec la succession des plans quinquennaux, une industrialisation intensive. Le premier plan est mis en vigueur au début de 1928 et couvre cinq années jusqu'à la fin de l'année 1932. Le deuxième va de 1933 à 1937. Le troisième sera interrompu en cours d'exécution par la guerre, en 1941. Les trois plans ont un objectif commun : doter la Russie d'une puissante industrie lourde. Ils traduisent l'option prise en faveur de l'industrie lourde d'équipement, au détriment de l'industrie légère de consommation. Il s'agit d'assurer l'indépendance et la sécurité de l'Union soviétique.

Cette planification présente, au moment où elle est conçue et entreprise, une grande nouveauté pour l'opinion mondiale. Aucun pays n'a encore fait l'expérience d'une direction autoritaire de l'économie, ni de la définition d'objectifs à moyen terme. Jusqu'à présent, l'économie a toujours été empirique et pragmatique. La Russie soviétique est la première à se fixer des objectifs. Elle suscite une véritable mystique du plan. A partir de 1928, la Russie propose au monde une nouvelle image d'elle-même. Entre 1918 et 1928, l'image qu'elle présentait était celle d'une expérience qui se cherchait ; à partir de 1928, c'en est fini de l'effervescence, c'est l'image de la rationalité, d'une organisation efficace et systématique. On passe de l'anarchie des débuts à la planification volontaire. La mystique du plan exalte la domination de l'homme sur la nature, sur la matière, sur l'énergie. Tous les moyens sont mis en œuvre pour orchestrer cette gigantesque entreprise : le cinéma, la poésie, la littérature concourent à faire naître un optimisme confiant dans les possibilités de l'homme soviétique. Tous les moyens sont bons pour entretenir l'émulation socialiste : stakhanovisme, distinctions, décorations aux héros du travail.

Parallèlement à l'industrialisation opérée par les plans quinquennaux, c'est la collectivisation des campagnes. La NEP avait favorisé la constitution d'une classe nouvelle, d'une bourgeoisie rurale de propriétaires aisés, ceux qu'on appelle les koulaks. Il n'existe naturellement pas de définition objective du koulak : est koulak celui dont on juge qu'il a trop de terres ; à ce compte-là il y a beaucoup de koulaks. En 1929-1930, Staline déclenche brusquement une opération de dékoulakisation. On confisque leurs propriétés, on les astreint au travail salarié ou collectif. Dans toute la Russie d'Europe et d'Asie les paysans, de gré ou de force, doivent entrer dans la collectivité kolkhozienne. Des sovkhozes – des fermes d'État – sont créés mais c'est l'exception. L'opération est conduite avec la plus grande brutalité : elle fait des centaines de milliers de morts et entraîne une catastrophe économique ; beaucoup de paysans préférent abattre leur bétail plutôt que d'en faire apport à la collectivité. Le rendement décroît, des terres cessent d'être cultivées et la collectivisation se solde dans un premier temps par un recul de la production. Mais la collectivisation finit par triompher. C'est la fin de la NEP et la liquidation de la classe qui avait cru, avec la NEP, que commençaient pour elle de beaux jours.

Dans l'ordre de la défense, pour assurer la sécurité de l'Union soviétique, le régime de Staline entreprend un grand effort militaire. L'Armée rouge est renforcée ; on remet en honneur les valeurs militaires et patriotiques que le communisme s'était peut-être trop empressé, dans son expérience initiale, de condamner comme des valeurs du passé. Le patriotisme est réhabilité, littérature et cinéma exaltent les gloires historiques : d'Alexandre Nevsky à Pierre le Grand, on les remet à l'honneur. La discipline est rétablie, les distinctions de grade reparaissent, les marques de respect aux supérieurs dans l'armée, les valeurs familiales aussi. On assiste à une restauration, limitée et conditionnelle, de sentiments jugés indispensables pour la grandeur et la sécurité de l'expérience socialiste.

Dans l'ordre politique Staline est le maître à partir de 1927. Il le restera jusqu'à sa mort, en mars 1953. A quel titre ? Jusqu'à la guerre, qui débute en 1941, il ne détient aucun titre dans l'État. Ce n'est pas lui le chef de l'État ni du gouvernement : il n'est pas le président du Présidium ni celui du Conseil des commissaires du peuple. Sa seule fonction est d'être le secrétaire général du parti, c'est-à-dire d'être à la tête de la hiérarchie parallèle à l'État et à l'administration. C'est seulement avec la guerre qu'il remplira officiellement des fonctions gouvernementales. C'est bien lui cependant le maître, car l'État est dominé par le parti : la Russie soviétique offre le premier exemple de ce qu'on reverra dans tous les régimes totalitaires : la confusion entre l'État et le parti, l'accaparement de l'État par une organisation partisane, phénomène qui, aux yeux du libéralisme et de la démocratie classique, constitue plus qu'une anomalie, une hérésie. Dans la tradition politique et juridique de l'Occident, l'État appartient à tous, il est au-dessus des partis, il est l'arbitre souverain. Pour le communisme, l'État n'est jamais impartial, son impartialité n'est qu'un leurre. La seule différence est que, au lieu d'être accaparé par la bourgeoisie capitaliste, en Union soviétique l'État l'est par le prolétariat dont le parti communiste est l'avant-garde. Cette confusion entre les deux structures, la subordination de l'administration à l'appareil du parti sont parfaitement conformes à la doctrine. Ce n'est donc pas une anomalie si Staline se trouve être le maître

effectif de la Russie sans avoir pour autant de fonction dans
l'État. Il suffit qu'il contrôle le parti communiste dont l'État
est lui-même dépendant.

Cet État, en principe, n'est pas unitaire. C'est un État fédératif, et sa dénomination l'indique assez : Union des républiques socialistes soviétiques. L'appellation affirme et la
pluralité des éléments constitutifs et le caractère fédératif du
système. L'Union est censée fédérer des républiques qui
jouissent théoriquement du droit de faire sécession et de
quitter l'Union s'il leur plaît ; Staline prétend avoir résolu
le difficile problème des nationalités. Chacune a désormais
sa personnalité, son gouvernement, et dispose d'une certaine
autonomie dans l'ordre linguistique et culturel.

Superposée à ces républiques dotées de leurs institutions
propres, l'Union domine avec ses institutions communes. Le
caractère fédératif se traduit jusque dans les institutions de
l'Union : le Soviet suprême associe deux assemblées : le
Conseil de l'Union où la population de l'Union soviétique
est représentée sur la base de la proportionnalité démographique, et le Conseil des nationalités où les nationalités sont
représentées à égalité. C'est en somme le système des États-
Unis avec la Chambre des représentants pour la population
et le Sénat pour les États. La pratique est assez différente :
cette apparence de fédération est balancée par le poids pré-
dominant de la république de Russie qui détient la majorité
dans les instances fédératives. Surtout, le parti communiste
maintient une cohésion extrêmement rigide. Sa hiérarchie
parallèle assure un contrôle qui prévient toute velléité de
sécession.

En 1936, l'Union soviétique reçoit une nouvelle Constitution : la troisième, après celle du communisme de guerre en
1918 et celle de la NEP en 1924. A chaque période correspond ainsi un texte constitutionnel. Cette succession rapide
est conforme aux vues du communisme qui ne considère les
textes constitutionnels que comme des instruments, l'expression d'un rapport de forces momentané. La Constitution de
1936 est d'apparence toute démocratique : elle proclame
toutes les libertés, tous les droits sociaux. Tous les pouvoirs
émanent du peuple : le suffrage est universel, ce qui n'était
pas le cas dans les deux précédentes Constitutions où des

incapacités frappaient des catégories entières à raison de leur état ou de leurs antécédents. Le pouvoir est délégué au Soviet suprême qui désigne l'exécutif.

Dans la réalité, les choses sont bien différentes. Le Soviet suprême ne tient que des sessions extraordinairement courtes, au cours desquelles il ne peut guère que ratifier les projets qui lui sont présentés. Surtout, cette apparence de démocratie et ce semblant de décentralisation sont tempérés par la dictature du parti auquel la Constitution reconnaît une mission parti-culière. Le parti est unique – les candidatures le sont aussi. Il est le rouage essentiel, le détenteur exclusif du pouvoir. Parti peu nombreux qui constitue une élite à l'intérieur de laquelle on ne pénètre que sur recommandation, qui fait l'objet d'épu-rations périodiques destinées à lui conserver son dynamisme et sa pureté. Parti discipliné comme une armée au combat. Son existence et son pouvoir limitent singulièrement le carac-tère prétendument démocratique du régime. D'autant que, à partir de la fin de 1934, la libéralisation qui paraissait se des-siner comme l'aboutissement probable des réformes opérées et des premières réussites du communisme est brusquement suspendue. L'URSS s'engage alors dans une période de ter-reur chronique, sanctionnée par des procès en chaîne, des purges massives et l'instauration d'un pouvoir de plus en plus concentré. De ce raidissement, les circonstances initiales et les causes demeurent aujourd'hui encore mal élucidées. Le point de départ est l'assassinat d'un compagnon de Staline, Kirov, mais dans des circonstances trop troubles pour qu'il soit possible de choisir entre la thèse de l'assassinat par l'op-position et celle de la provocation policière. Toujours est-il que l'assassinat de Kirov est le point de départ d'une terreur qui durera jusqu'à la mort de Staline. Ce n'est pas, à vrai dire, la première fois que la terreur policière se développe en Union soviétique : le communisme de guerre y avait recouru pour briser la contre-révolution. La nouveauté – relative – de la terreur à partir de 1934-1935, c'est que la guerre civile ne fait plus rage et que la répression se déchaîne de pré-férence contre les communistes. Jadis, c'étaient les contre-révolutionnaires qui en faisaient les frais ; maintenant, ce sont les anciens compagnons de Lénine, les survivants de la première génération révolutionnaire : 70 % des membres du

Comité central des débuts de la révolution vont disparaître. Ainsi personne n'est à l'abri. La terreur prend la forme de purges répétées qui épurent le parti, l'administration, l'armée et liquident physiquement les protagonistes. Les épisodes les plus spectaculaires sont les quatre procès de Moscou (1936 et 1938). En marge de ces procès qui retiennent l'attention, c'est la généralisation du travail forcé, la condamnation de millions de citoyens soviétiques à l'envoi dans des camps de travail. Le déroulement même des procès désoriente le monde ; notamment l'étrangeté d'une procédure où l'accusation ne trouve pas de témoins à charge plus sévères contre les accusés qu'eux-mêmes. L'énigme est double : celle des causes de la terreur, et celle du comportement et des motivations des intéressés. Les procès et ce qu'on peut deviner des purges alimentent l'anticommunisme et troublent l'opinion démocratique mais celle-ci craint en dénonçant ces pratiques de faire le jeu des régimes fascistes.

Objectivement, il semble bien que cette terreur a affaibli l'Union soviétique, la privant de cadres politiques, administratifs, militaires, et préparé en partie l'effondrement militaire de juin 1941. Mais du point de vue des institutions politiques, la conséquence est l'établissement, au profit de Staline, d'un pouvoir extraordinairement concentré, le plus redoutable de toute l'histoire russe et un des régimes les plus despotiques de l'histoire de l'humanité.

3. Le communisme dans le monde

Il est temps de nous reporter vers la seconde ligne de développement : sa dimension extérieure, son rayonnement hors de Russie.

L'influence de l'événement déborde très largement le cadre de la Russie. Assurément, c'est le propre de toutes les idéologies que les frontières n'arrêtent point. Ce l'est davantage encore quand l'idéologie se donne, au départ, comme internationaliste, lorsqu'elle nie ou combat le fait national et qu'elle cherche à s'étendre à l'univers entier. La structure internationale dont se dote la révolution soviétique avec la création de la IIIe Internationale flanquée d'une Internationale syndicale révolutionnaire, avec le Komintern comme instance suprême, concourt à ce rayonnement.

D'autre part, au rayonnement propre de l'idéologie et à l'organisation d'une Internationale s'ajoute l'action de la diplomatie de l'État soviétique : les deux se prêtent mainforte.

L'action du communisme va s'exercer en deux directions, dont chacune correspond à un type de société et à une catégorie de problèmes. D'une part, en direction de ce qu'on appelle aujourd'hui – le terme en 1920 aurait été anachronique – les sociétés industrielles, et d'autre part, les pays sous-développés, les sociétés coloniales.

Lutte des classes dans les sociétés industrielles.

Première direction : les sociétés déjà touchées par la révolution industrielle et le machinisme, où un capitalisme actif et concentré s'oppose à un prolétariat déjà nombreux d'ouvriers d'industrie. Dans ces pays, le communisme attise la lutte de classes du prolétariat contre la bourgeoisie capitaliste, pour renverser l'ordre social, s'emparer d'un État accaparé par les possédants, et jeter bas le simulacre de la démocratie parlementaire.

Agissant ainsi, les partis communistes de l'Europe occidentale et centrale reprennent la tradition d'une des branches du mouvement ouvrier, celle du socialisme : le communisme bénéficie de la déception que la faillite de la social-démocratie a causée dans la classe ouvrière allemande, française, italienne. Déçue par l'impuissance des socialistes, aigrie par leur collaboration au gouvernement de guerre, une minorité d'extrême gauche reporte ses espérances sur cette nouvelle révolution.

Aussi la révolution soviétique a-t-elle pour conséquence, avec la constitution d'une IIIe Internationale, la scission du mouvement ouvrier dans ses deux expressions, politique et syndicale. Les partis socialistes, les syndicats ouvriers, dans tous les pays d'Europe occidentale et centrale, se divisent

entre ceux qui s'alignent sur Moscou et ceux qui restent
fidèles au vieil idéal de la IIe Internationale ou de la Fédération syndicale internationale. En résultent la division et l'affaiblissement durables des forces de gauche et du mouvement ouvrier : syndicats contre syndicats, partis contre partis.

Il en est ainsi dans tous les pays industrialisés. L'Allemagne avait, à la veille de la guerre, le parti socialiste le plus
nombreux, le plus puissant d'Europe. C'est aussi l'Allemagne qui, après la défaite de 1918, a le parti communiste
occidental le plus fort jusqu'en 1933. Entre l'échec des spartakistes et l'arrivée de Hitler au pouvoir, pendant quatorze
années, c'est en Allemagne que le communisme semble
trouver son pays d'élection. La situation sera exactement
inverse après la Seconde Guerre mondiale : le parti communiste restera squelettique dans l'Allemagne de l'Ouest et
c'est en d'autres pays, France ou Italie, que le communisme
disposera des partis les plus forts après 1945.

En France, le Parti communiste français connaît des débuts
assez faciles : au congrès de Tours – Noël 1920 – c'est
la majorité du parti socialiste qui décide l'adhésion à la
IIIe Internationale. Mais, très vite, il enregistre une baisse
importante d'effectifs. se déchire en querelles internes,
exclut les siens ou les voit le quitter ; le Parti communiste
français est tombé à une trentaine de milliers d'adhérents
autour de 1930. En Italie, les possibilités étaient grandes ;
mais l'arrivée du fascisme au pouvoir réduit le communisme
à la clandestinité. Ailleurs, en Angleterre, aux Pays-Bas,
dans les pays scandinaves, aux États-Unis, le communisme
ne pénètre guère.

Lutte nationale aux colonies.

Seconde direction : vers les pays qu'on a appelés depuis
sous-développés et qui, au lendemain de la Première Guerre
mondiale, sont presque tous encore dans un état de dépendance coloniale. Le communisme va cristalliser les aspirations
nationales à l'indépendance dès le lendemain de la révolution :
c'est en 1920 que se tient à Bakou un congrès qui est une sorte
de préfiguration de la rencontre de Bandoeng (1955).

A première vue, il peut sembler paradoxal que le marxisme, qui se définit comme internationaliste, qui récuse le fait national, qui le combat même comme une dangereuse illusion, puisse ainsi faire cause commune avec des mouvements d'inspiration proprement nationaliste. En sens inverse, la plupart des chefs nationalistes qui vont faire un bout de chemin avec le parti communiste ne sont pas marxistes. Le rapprochement qui s'esquisse entre eux, l'alliance qu'ils nouent est en grande partie tactique, mais peut se réclamer aussi d'affinités idéologiques.

En effet, au regard du communisme, il n'y a pas contradiction. La colonisation représente une des formes d'exploitation de l'homme. C'est le prolongement de la domination capitaliste, et Lénine, dans ses écrits, réfléchissant sur le fait colonial moins connu de Marx – et pour cause – a affirmé que l'impérialisme était le stade suprême du capitalisme. En combattant l'impérialisme colonial, le communisme ne fait qu'étendre la lutte qu'il mène contre le capitalisme dans les métropoles.

Réciproquement, aux leaders nationalistes, aux animateurs de mouvements d'émancipation, l'Union soviétique apparaît comme le modèle à imiter, moins pour sa révolution politique que parce qu'elle a été le premier pays à se libérer de la domination des capitaux étrangers. La Russie tsariste n'était-elle pas, elle aussi, en 1913, une colonie du capitalisme occidental, français, belge, allemand ou britannique ? Elle s'en est affranchie.

Ces considérations idéologiques dictent les rapprochements qui s'esquissent et dont certains aboutissent même à des alliances en bonne et due forme. C'est en Chine que le rapprochement est poussé le plus loin dans un premier temps entre le parti nationaliste, le Kouo-min-tang fondé par Sun Yat-sen, et la fraction d'intellectuels et de syndicalistes chinois qui font du communisme leur doctrine. Sun Yat-sen et l'Union soviétique établissent des relations amicales, font cause commune contre la Grande-Bretagne qui a accaparé le commerce extérieur de la Chine. Le testament de Sun Yat-sen – il meurt en 1925 – recommande expressément à ses héritiers de tout faire pour préserver l'amitié entre les deux peuples, russe et chinois. Sun Yat-sen a envoyé Tchang Kaï-

chek à Moscou parfaire son éducation militaire. L'Union
soviétique envoie des conseillers militaires ou techniques,
Borodine, Joffé, pour assister le Kouo-min-tang dans sa lutte
contre l'étranger. Il y a ainsi alliance jusqu'à la rupture en
1927, quand Tchang Kaï-chek prend l'offensive et désorganise le parti communiste.

Ailleurs aussi : au Tonkin à partir de 1930, le futur Hô Chi
Minh associe la cause nationaliste et celle du communisme.
En Afrique du Nord, mais il ne s'agit que d'alliances stratégiques, entre le mouvement de Messali Hadj, l'Étoile nord-
africaine, et le parti communiste. Dans tous ces pays, la
question sociale est plus agraire qu'industrielle : ces pays
sont encore faiblement industrialisés et ne comptent guère
de masse ouvrière. Seule la Chine compte un prolétariat à
Han-k'eou ou à Canton ; mais les éléments proprement
communistes restent minoritaires, petits noyaux d'intellectuels, de syndicalistes, des avant-gardes qui ne trouvent
guère d'écho.

Telles sont les deux branches sur lesquelles se déploie
l'effort de la révolution soviétique pour se propager dans
les années 1920 et suivantes.

La courbe de l'évolution.

De cette propagation, nous avons déjà vu les prodromes au
lendemain de la Première Guerre, avec la flambée des
années 1919-1920 qui voient des soviets s'établir à Munich,
à Budapest, dans les faubourgs de Berlin. Après cet élan initial, la révolution a été vite écrasée : la dictature de Bela
Kun, en Hongrie, n'a duré qu'une centaine de jours. Les
spartakistes sont écrasés avec la dernière énergie par le
ministre social-démocrate Noske, Karl Liebknecht et Rosa
Luxemburg sont assassinés. Des régimes autoritaires s'établissent au voisinage de la Russie qui reste isolée. La
Pologne, la Roumanie, les États baltes montent la garde à ses
frontières.

Les partis communistes sont affaiblis par les scissions. les
exclusions, les divisions internes : retranchés dans un isolement farouche, ils entreprennent la « bolchevisation du

parti » qui se traduit par un durcissement, la rupture de toutes relations et l'adoption d'une politique de combat.

Au reste, l'Union soviétique, à partir du moment où elle a clairement opté pour l'édification du socialisme dans un seul pays au détriment de la révolution universelle, les laisse à eux-mêmes. Elle les utilise dans une stratégie d'ensemble, mais il est rare qu'elle se préoccupe de leur intérêt propre. Elle abandonne le Parti communiste chinois au Kouo-min-tang. Staline entretient de bonnes relations avec Tchang Kaï-chek, lui envoie même des conseillers militaires. Après la Seconde Guerre mondiale, Staline livrera pareillement les insurgés grecs à la répression britannique et grecque.

En 1934, quelques mois seulement avant le retour de la terreur à l'intérieur, la diplomatie soviétique esquisse un tournant capital. C'est probablement la conséquence de l'arrivée de Hitler au pouvoir. Les dirigeants soviétiques s'avisent du danger d'isolement, de la situation précaire où se trouve l'Union soviétique, ennemi principal des régimes autoritaires et qui n'a pas d'alliés parmi les démocraties occidentales. A l'autre extrémité de l'horizon, au Japon, c'est le triomphe du parti militaire sur les libéraux partisans de la conciliation.

Aussi l'Union soviétique amorce-t-elle une double évolution : l'une concerne les relations internationales proprement dites, l'autre intéresse les relations, dans chaque pays considéré, entre le parti communiste et les autres forces politiques. Les deux évolutions sont parallèles et aboutissent au même résultat.

Évolution diplomatique : l'Union soviétique se rapproche des démocraties occidentales. Elle change de camp ; l'après-guerre était dominé par le partage en deux camps, celui des vainqueurs, bénéficiaires de la guerre, naturellement attachés au respect des traités, à leur application littérale, et celui des vaincus qui avaient toutes les raisons de souhaiter la révision des traités. L'Union soviétique penchait du côté des révisionnistes. Elle aurait eu tout à gagner d'une révision des traités, un remaniement des frontières pouvant lui restituer quelques provinces perdues. Ses sympathies vont plutôt aux vaincus : à Rapallo, le commissaire du peuple aux relations extérieures a signé un accord avec la république de Weimar qui a permis à l'Allemagne de préparer son réarmement, d'envoyer en Union soviétique des officiers, d'y faire des expériences, d'y entraîner ses cadres (1922).

Après 1933, l'Union soviétique juge qu'elle a désormais plus d'intérêt au maintien du *statu quo* qu'à sa remise en cause qui risquerait de se faire à son détriment. Le manuel politique de Hitler, *Mein Kampf*, révèle que ses convoitises visent l'Ukraine. L'Union soviétique se rapproche donc des démocraties occidentales, de la France surtout qui cherche à l'Est des alliés pour faire contrepoids au réarmement de l'Allemagne. La politique étrangère de la France est dirigée, depuis le 6 février 1934, par un homme d'État, Louis Barthou, qui reprend à son compte la vieille politique des alliances de revers, poursuivie par Delcassé. La France patronne l'entrée de l'Union soviétique à la Société des Nations. Jusque-là, l'Union soviétique se moquait de la Société des Nations qui lui paraissait une des institutions du capitalisme international. Elle sollicite son admission et l'obtient en septembre 1934. Quelques mois plus tard (mai 1935), c'est la signature d'un accord entre le président du Conseil français, Pierre Laval, et Staline et, en février 1936, la ratification par la France du pacte franco-soviétique. L'Union soviétique s'est ralliée à la notion de sécurité collective.

Parallèlement – seconde branche de l'évolution –, le comportement des partis communistes se modifie. A l'expérience, ils ont pu mesurer les inconvénients de la politique pratiquée jusqu'alors et qui était la politique du pire, pour l'appeler par son nom. Le parti communiste affectait, entre 1920 et 1934, de ne faire aucune différence entre la droite et la gauche : pour un peu, il aurait préféré la droite qui avait au moins l'avantage de se donner pour ce qu'elle était. En Allemagne, le parti communiste a refusé de faire cause commune avec les socialistes, les républicains ou les catholiques pour barrer la route au national-socialisme. La conséquence, c'est l'entrée de Hitler à la Chancellerie, la dissolution de tous les partis politiques, et l'envoi en camp de concentration des dirigeants et militants communistes.

La déconvenue ouvre les yeux des dirigeants communistes, tant à Moscou que dans les pays étrangers, sur la montée du fascisme. Le parti communiste amorce d'abord discrètement, puis de façon plus manifeste, un rapprochement avec les forces démocratiques. Il cherche à sortir de l'isolement où lui-même s'était enfermé, suspend ses attaques contre les autres partis démocratiques, tend la main aux socialistes, aux démocrates, à tout le mouvement ouvrier.

Première étape de cette évolution en France : la proposition au parti socialiste d'un pacte d'unité d'action signé le 27 juillet 1934, six mois après le 6 février. Les ouvertures s'étendent aux radicaux, aux républicains, à toutes les nuances de démocrates, aux classes moyennes, voire aux syndicalistes chrétiens, aux ouvriers catholiques. C'est la tactique du Front populaire qui se développe en 1935 et aboutit en 1936, en France, à la victoire des élus du Rassemblement populaire. Sur le plan syndical, puisque le parti communiste renonce à subordonner l'action des syndicats à des impératifs politiques, la réunification devient possible : à la fin de l'année 1935 et au début de 1936 s'opère la réunification de la Confédération générale du travail et de la Confédération générale du travail unitaire, dissidente d'inspiration communiste.

Ainsi, à partir de 1935, un nouveau système de rapports s'établit-il entre les forces politiques qui se caractérisaient jusque-là par un schéma triangulaire, la démocratie classique étant en butte aux assauts conjugués des communistes sur sa gauche, et du fascisme sur sa droite. La situation tend à se simplifier et à devenir dualiste : elle oppose l'ensemble des forces de gauche regroupées sous la bannière de l'antifascisme, unissant démocratie classique et communisme, aux régimes totalitaires et à leurs alliés, les partis fascistes.

Les fascismes

C'est la troisième ligne de force de l'entre-deux-guerres, avec la crise de la démocratie classique et le rayonnement de l'expérience soviétique.

Le terme qui désigne ces diverses forces trouve son origine dans l'expérience politique italienne : ont pris le nom de *fascio* des associations composées essentiellement d'anciens combattants qui se forment au lendemain de la guerre et s'emparent du pouvoir en 1922. Le nom s'étend de l'organisation au régime : par extension, on appelle alors fascisme le régime qui, en Italie, durera d'octobre 1922 – de la « marche sur Rome » – où le roi Victor-Emmanuel III confie à Mussolini le soin de constituer le gouvernement, à la chute du Duce, qui s'opère en deux temps (juillet 1943 et mai 1945). Le mot *fascio* a donc une fortune comparable à celle du terme *soviet* : à l'origine, il désignait un groupement et il en vient à désigner un régime et son idéologie. On est passé d'une structure à une politique.

L'usage du terme s'étend ensuite à d'autres expériences faites en d'autres pays, et finit par désigner tous les régimes, tous les mouvements, toutes les organisations qui présentent quelque parenté avec le régime de Mussolini.

Le fascisme devient un élément essentiel du tableau de l'Europe dans les années 1930, une des composantes du système des forces, et, à partir de 1935, l'option entre fascisme et antifascisme devient la principale ligne de partage, au point d'éclipser momentanément certains conflits aussi profonds et plus anciens, tel celui qui opposait, depuis des générations, la démocratie d'inspiration libérale à la démocratie socialiste.

L'usage du mot fait par les adversaires, essentiellement

polémique, a abouti à oblitérer la notion si bien qu'il faut commencer par la définir. Quelle réalité le vocable désigne-t-il et sa généralisation est-elle légitime ?

Dans notre perspective, celle d'une histoire générale qui déborde le cas particulier de l'Italie fasciste de l'entre-deux-guerres, trois questions principales se posent à propos du fascisme.

La première a trait à son extension dans l'espace. Le fascisme, à proprement parler, n'est-il qu'un phénomène italien ? L'expérience italienne est-elle la seule qui mérite d'être appelée ainsi, ou bien le rapprochement entre le fascisme italien, le national-socialisme allemand, les régimes autoritaires de l'Europe danubienne et balkanique, les ligues de la Troisième République est-il fondé ? L'assimilation n'est justifiée que s'il y a parenté effective entre ces différents mouvements. Appartiennent-ils donc à une même famille et si oui, qu'ont-ils de commun ?

Deuxième question. A supposer que la réponse soit positive et qu'on discerne des traits communs, cette famille de régimes, de mouvements, d'écoles politiques constitue-t-elle une variété originale et nouvelle ? Ou n'est-ce pas plutôt un simple avatar d'une forme traditionnelle ? C'est un problème de fond : le fascisme n'a-t-il pas de précédent ou est-il l'héritier de régimes que nous avons déjà rencontrés, avant la Révolution ou entre 1789 et 1914 ?

Plusieurs interprétations dénient au fascisme toute originalité. C'est le cas de celle qui pense pouvoir le ramener à la conservation traditionnelle ou le réduit à la réaction la plus classique. Le fascisme ne serait qu'un autre nom pour désigner une chose bien connue : l'extrême droite, les tentatives de restauration de l'Ancien Régime, la contre-Révolution, la défense de l'ordre établi. D'autres explications, différentes, aboutissent au même résultat, c'est-à-dire à contester la spécificité du fascisme, comme celle qui ne voit en lui que l'expression politique et l'instrument du grand capital. C'est la thèse qu'a soutenue, dans un livre qui porte précisément ce titre, *Fascisme et Grand Capital*, l'écrivain Daniel Guérin. Autre interprétation, celle qui met l'accent sur les conséquences pour la liberté individuelle, le régime de terreur, la répression policière. Pensant découvrir entre le fascisme et le communisme de nombreux points communs, on veut voir en eux deux formes jumelles d'un même phénomène totalitaire : c'est la tendance de nombreux spécialistes américains de science politique, qui nient la spécificité du fascisme, aussi bien que du communisme, et n'y voient que la forme contemporaine de la tyrannie, baptisée par eux totalitarisme. Toutes ces interprétations convergent vers une même conclusion : le fascisme, en tant que tel, n'existe pas.

C'est cet axiome qu'il faut soumettre à examen. Je dis tout net que tel n'est pas mon sentiment : je tiens le fascisme pour un phénomène original qui ne se laisse réduire ni à la réaction traditionnelle, ni au capitalisme, ni même au totalitarisme.

La troisième et dernière question a trait au destin des mouvements de cette famille : l'examen de la chronologie, l'observation de la carte montrent que ces mouvements n'ont pas tous connu un égal succès. Certains se sont emparés du pouvoir, d'autres sont toujours restés dans l'opposition. Il y a ainsi deux groupes : d'une part, les fascismes qui ont réussi et sont devenus les maîtres exclusifs du pouvoir, puisque leur premier soin est de supprimer tous les concurrents. Ils ont pu accomplir leur programme et modeler à leur image le pays et la société : Italie, Allemagne, d'autres pays encore. Les autres mouvements ont échoué : ils sont restés enfermés dans l'opposition, réduits à des rôles de protestation ou de contestation. Entre les fascismes qui ont réussi et les fascismes qui ont échoué, il n'y a pas au départ différence de nature : le programme est le même, l'inspiration identique. Les sentiments, les idées établissent entre eux une solidarité dont ils sont les premiers à avoir conscience.

D'où vient la différence des résultats ? Pourquoi, dans telle région de l'Europe, les fascismes ont-ils triomphé et pourquoi ailleurs n'ont-ils pas réussi ? Les causes ne tiennent sans doute pas au fascisme seul, mais à l'environnement : structures sociales, situation économique, antécédents politiques, traditions de pensée.

Telles sont les trois questions majeures, posées dans leur plus grande généralité. La réponse doit se faire à partir des expériences de l'entre-deux-guerres, en raisonnant sur des cas concrets, en tenant compte à la fois de l'aspect idéologique et de la dimension sociologique. Nous allons reprendre en effet les deux approches qui nous ont servi pour caractériser tour à tour le mouvement libéral, la démocratie. le socialisme.

1. La nature du fascisme

Quelle définition proposer qui puisse convenir à toutes les variantes qui éclosent en Europe entre 1919 et 1939 ?

La plupart des fascismes se sont définis progressivement. Pas tous et, de ce point de vue, le national-socialisme fait exception, qui surgit tout constitué : son idéologie est presque antérieure au mouvement. Dès 1923, Hitler est en possession de son corps de doctrine : il le formule dans *Mein Kampf* qu'il a rédigé dans sa prison de Landsberg, au lendemain de l'échec du putsch de novembre 1923. C'est seulement dix ans plus tard, le 30 janvier 1933, qu'il accède à la Chancellerie. Les dix années n'y ont rien ajouté, ni retranché, n'ont pas altéré le programme. Mais pour plusieurs autres mouvements la démarche est inverse. Au départ, c'est une intuition et un ensemble d'aspirations. Peu rationnel, le fascisme est une protestation de l'instinct, un sursaut des puissances élémentaires contre le rationalisme. C'est aussi un mouvement pragmatique qui met l'accent sur l'efficacité, les valeurs d'action et ne s'embarrasse guère de proposer de lui-même un système complet, une formulation explicite. Le fascisme italien ne se précise qu'après la prise du pouvoir et non pas avant. C'est aussi par réaction que les mouvements fascistes s'affirment : réaction contre les adversaires, contre les contraintes qui leur sont imposées, contre les périls. Le fascisme est un combat, et le titre que Hitler donne à son manifeste est significatif : *Mon combat*.

Plusieurs composantes s'unissent dans le fascisme, dont la plupart lui sont antérieures. Son originalité, c'est précisément de les associer.

Une réaction de type nationaliste.

Réaction d'un nationalisme blessé, vaincu ou inquiet, selon les circonstances, contre l'humiliation de la défaite, ou chez les vainqueurs contre le gaspillage de la victoire et les gouvernements qui en dilapident les résultats, ou encore contre les menaces qui pèsent sur la sécurité ou l'intégrité nationales. C'est pourquoi le fascisme a trouvé son milieu d'élection dans le pays vaincu : l'Allemagne où il incarnera la protestation contre le *Diktat* imposé par la violence, contre les vainqueurs et leurs complices. C'est la légende du coup de poignard dans le dos : l'armée allemande n'avait pas été vaincue, elle a été trahie de l'intérieur ; la complicité des socialistes, des communistes, des juifs avec les alliés de l'Ouest a désarmé l'Allemagne. Nationalistes vigilants, constamment sur le qui-vive, les fascistes se caractérisent par une réaction d'inquiétude permanente, le mot d'ordre « Allemagne, réveille-toi ! » est repris en écho dans d'autres pays.

On trouve des mouvements analogues chez les vainqueurs, s'ils estiment que la victoire n'a pas été payante, que les sacrifices des combattants n'ont pas rapporté tout ce qu'on en espérait légitimement. Ainsi s'explique l'anomalie que constitue le fascisme italien : objectivement, l'Italie fait partie des vainqueurs, elle s'est agrandie territorialement, elle a obtenu la satisfaction de plusieurs de ses revendications sur les terres irrédentes. Mais, subjectivement, elle n'en a pas le sentiment, elle garde l'humiliation de la déroute de Caporetto. Elle n'est entrée dans cette guerre qu'à reculons. Elle a le sentiment d'avoir été traitée avec désinvolture par les autres alliés ; le président du Conseil Orlando a boudé un temps la conférence de la Paix et est revenu en Italie. Mal lui en a pris, car le retrait de l'Italie n'a pas empêché les trois grands de disposer du sort de l'Europe. Orlando a dû reprendre sa place. Sur certains points, les puissances ont passé outre à ses revendications, arbitrant le différend entre l'Italie et la Yougoslavie à propos de Fiume, sur la côte dalmate, en faveur de celle-ci. L'Italie, jeune nation dont l'unité est récente, est la proie d'un nationalisme fiévreux. De là vient qu'elle ait pu constituer un bouillon de culture, un milieu d'élection pour l'éclosion du fascisme.

L'examen des assises sociales du fascisme confirme les conclusions qui se dégagent de l'étude de ses bases géographiques : ce sont les milieux, les institutions qui sont, par nature et par habitude, les gardiens traditionnels du sentiment national, les plus intransigeants sur la grandeur nationale. L'armée apporte souvent son concours, ou observera au moins une neutralité bienveillante à l'égard du fascisme italien, du national-socialisme, parfois des ligues, comme en France. Les anciens combattants auront aussi cette attitude ; la Première Guerre mondiale a suscité l'apparition d'un type social et politique inconnu auparavant (car les guerres ne duraient pas assez longtemps, ou les nations n'avaient pas mobilisé dans une proportion suffisante). La mobilisation de dizaines de millions d'hommes pendant quatre années a créé, chez nombre d'entre eux, comme une seconde nature. Les anciens combattants se considèrent comme investis d'une mission : à eux de veiller à ce que le sacrifice de leurs camarades et leurs propres souffrances ne restent pas vains. Les voilà attachés dans les pays vainqueurs au respect des traités, à l'exécution des clauses, et dans les pays vaincus, incarnant le sentiment national blessé et souffrant. Certains mouvements d'anciens combattants déboucheront aisément dans l'agitation subversive, seront un affluent du fascisme. Telle est l'évolution de plusieurs ligues. Le *fascio* lui-même a recruté largement parmi les anciens combattants. Le Casque d'acier – *Stahlhelm* – en Allemagne apportera son concours à l'agitation réactionnaire de droite et fera un bout de chemin avec le parti national-socialiste, en France, telle association d'anciens combattants se muera en ligue : c'est le cas des Croix-de-Feu.

Le nationalisme est ainsi la première composante du fascisme, de sa psychologie, de son idéologie et de sa sociologie.

Antiparlementarisme, antilibéralisme.

Seconde composante du fascisme, négative celle-ci : une réaction contre la démocratie parlementaire et la philosophie libérale inspiratrice des régimes démocratiques qui ont triomphé en 1918.

Dans les pays vaincus, cette réaction contre la démocratie se confond souvent avec la réaction patriotique contre la défaite : la démocratie est tenue pour responsable. En Allemagne, la république de Weimar est née de la défaite et les milieux conservateurs lui en font grief ; ce péché originel l'entachera aux yeux d'une partie de l'opinion allemande jusqu'à sa chute en 1933.

Là où les origines du régime sont moins étroitement liées à la situation extérieure, la démocratie est cependant suspecte à ceux que préoccupent la grandeur et l'unité nationales, parce qu'ils la jugent incapable de défendre les droits et les intérêts du pays. Régime faible, impuissant, qui déconsidère à l'extérieur, qui trahit à l'intérieur. Les fascismes prennent argument de la crise des démocraties, de l'inadaptation des structures traditionnelles aux problèmes nouveaux et aux nouveaux besoins. Le fonctionnement défectueux des institutions démocratiques fournit un thème essentiel à la propagande des doctrines fascistes.

Née de la défaite ou incapable de préserver les fruits de la victoire, la démocratie a encore aux yeux des fascistes le tort de diviser. Au lieu de faire concourir toutes les énergies à un objectif commun, elle entretient les dissentiments, elle cultive les divisions et le procès de la démocratie se confond avec le réquisitoire dressé contre le régime des partis. Si nous passons du négatif au positif, notons l'aspiration passionnée des fascismes à l'unité : elle se retrouve au principe de tous les mouvements qui s'apparentent au fascisme italien.

Mais l'opposition du fascisme à la démocratie va plus loin. Elle ne se fonde pas seulement sur des arguments de fait ou des considérations d'opportunité. Ce n'est pas seulement parce que la démocratie est un régime faible ; les valeurs mêmes et les principes dont la démocratie se réclame sont directement contraires à ceux du fascisme.

La démocratie classique et individualiste

Elle affirme la liberté de l'individu et celui-ci reste la fin suprême des sociétés démocratiques ; la démocratie s'emploie à la préserver et à garantir les droits des individus. Le fascisme est anti-individualiste. L'individu n'a pas de droits propres ; il n'a que ceux que la collectivité veut bien lui reconnaître. L'individu trouve sa raison d'être dans la subordination au groupe et son accomplissement dans l'intégration à une communauté. Le fascisme exalte les valeurs du groupe, de la collectivité, de la communauté nationale. Le succès du fascisme vient en partie de la volonté de ne faire qu'une âme, dans l'exaltation de se sentir penser, vivre, agir tous ensemble. Le fascisme, c'est tout un peuple cohérent et rassemblé ; le mot d'ordre du national-socialisme, c'est *Ein Volk*. Le « marcher ensemble » germanique est un des thèmes du national-socialisme avec les défilés, les parades, toute une liturgie communautaire.

Aussi une des premières mesures prises par ces régimes consiste-t-elle à supprimer tout ce qui différencie, tout ce qui entretient la diversité, le pluralisme : dissolution des partis politiques pour se débarrasser de l'opposition, mais aussi des syndicats, des groupements professionnels. A la diversité se substituent des organisations unitaires, fondées sur l'allégeance au régime et au parti. Plus rien ne doit subsister en face de l'unité du peuple rassemblé autour du chef, du parti, du régime. C'est une religion du groupe.

La démocratie est libérale

Le fascisme est antilibéral. Il est contre toutes les libertés qui risquent d'affaiblir l'autorité du pouvoir et la cohésion du groupe national, liberté d'expression des opinions, liberté de discussion orale et écrite : parmi les premières mesures qui consacrent la prise du pouvoir – ce qu'on appelle dans l'Allemagne nazie « la mise au pas » –, dans le premier semestre de l'année 1933, viennent la censure sur toutes les informations, le contrôle des conversations, la surveillance policière, assortis d'un appareil de sanctions, d'internements arbitraires. C'est, dans l'Italie fasciste, l'envoi aux îles Lipari, en Allemagne l'ouverture dès 1933 des premiers camps de concentration dont les premiers occupants, et par centaines de mille, bien avant que viennent les rejoindre les nationaux d'autres pays, sont des socialistes, des catholiques, des opposants allemands.

Sans doute, certains de ces régimes conservent-ils un
simulacre d'assemblée représentative, mais qui ne représente
que le parti au pouvoir : le Reichstag dans l'Allemagne
nazie, la Chambre des faisceaux et des corporations instituée
par l'Italie fasciste. Ces assemblées ne délibèrent pas véritablement : elles ne sont que des chambres d'enregistrement
destinées à donner une publicité aux manifestations oratoires
des chefs du régime et à approuver – à l'unanimité – les
décisions prises en dehors d'elles et qui leur sont soumises
pour la forme.

Le rationalisme

La démocratie se présente comme un régime rationnel. Au
principe de la démocratie politique, le postulat de la rationalité des conduites et des comportements : la démocratie
s'emploie à convaincre et s'adresse à l'esprit des citoyens.
Le fascisme est une réaction anti-intellectualiste de toutes
les forces irrationnelles, des puissances sensibles, de l'affec-
tivité contre la rationalité de la démocratie. C'est une
revanche de l'instinct, le culte de la force physique, de la
violence même.

De là l'importance accordée à la mise en scène, le soin
apporté au décor, les grandes cérémonies, les parades, les
Congrès de Nuremberg, une liturgie nouvelle, grandiose et
barbare qui oppose le chant, les torches, le défilé, à la délibération et à la discussion. Par cet aspect, le fascisme apparaît
comme un avatar du romantisme.

Ces éléments se retrouvent dans toutes les doctrines qui se
réclament du modèle italien et dans tous les régimes qui
se flattent de lui ressembler.

Le fascisme n'est pas la réaction traditionnelle.

Le fascisme est l'adversaire de la démocratie : il ne s'identifie pas pour autant à ses adversaires traditionnels. C'était
notre seconde question : s'agit-il de la réaction pure et
simple, du conservatisme traditionnel, de la droite autoritaire,
hiérarchique et antidémocratique ? La réponse, à mon sens,

est négative. Le fascisme ne s'identifie pas à cet adversaire plus ancien de la démocratie libérale.

Entre la contre-révolution, au sens originel du terme, c'est-à-dire la tendance qui, au XIXe siècle, lutte pour effacer les conséquences de la Révolution et qui exprime une volonté systématique de restauration du passé, de retour à l'Ancien Régime, et le fascisme, les différences sont considérables.

A sa façon, le fascisme procède de la démocratie. Sans la Révolution de 1789 et le transfert de souveraineté du monarque au peuple, le fascisme serait inconcevable. Le fascisme se réclame de la souveraineté nationale. Sans doute la confisque-t-il, mais il la suppose. Sa légitimité n'a rien à voir avec la légitimité de l'Ancien Régime, qui trouvait son fondement dans la référence au passé, à l'ordre naturel et à la tradition. Entre le fascisme et la démocratie, il y a une certaine parenté. L'une et l'autre font référence au peuple et le consultent : d'où la place tenue dans le régime hitlérien par les plébiscites. On maintient un semblant d'élections. Ce qu'on appelle le *Führer Prinzip*, le principe en vertu duquel le Führer tient son pouvoir du peuple qui est précisément le postulat de la légitimité, se réclame de la tradition démocratique. Si le Führer est le chef légitime du peuple allemand, c'est parce que le peuple lui a délégué le pouvoir. Il ne le tient pas d'une autre source.

Si des principes nous passons à la politique, nous discernons d'autres différences entre la contre-révolution et les fascismes. Tous les programmes fascistes affichent des velléités sociales, parlent le langage de l'égalité et de la justice sociale, pratiquent, au moins verbalement, un certain anticapitalisme, essaient de limiter le libéralisme économique, organisent des œuvres sociales, qui portent des noms différents selon les pays : en Italie, le *Dopolavoro* (après le travail) ; en Allemagne « la force par la joie » ; en Espagne, la Phalange tente d'instaurer un régime dit national-syndicaliste. La présence du vocable syndical marque le souci d'une politique sociale plus moderniste que celle de la tradition.

Le fascisme est, si on classe les régimes en fonction des types de société où ils apparaissent et avec lesquels ils sont en harmonie, un régime plus industrialiste qu'agrarien ; la contre-révolution était plus rurale qu'industrielle.

Troisième plan où divergent les fascismes et la réaction : celui de la sociologie, des hommes, de la clientèle, des chefs eux-mêmes. Les dirigeants de la contre-révolution se recrutaient principalement dans l'aristocratie traditionnelle, la noblesse héréditaire. Rien de tel dans les états-majors fascistes. Ni Mussolini ni Hitler n'appartiennent à une caste : ce sont des hommes du peuple. Il n'y a guère de descendants de grandes familles parmi eux : la plupart se sont faits eux-mêmes et leurs antécédents politiques les situaient plutôt à gauche. Mussolini a milité dans le socialisme révolutionnaire avant de devenir l'animateur du fascisme. Ce qui est vrai des chefs ne l'est pas moins des adhérents. La plupart de ceux qui militent dans les Faisceaux, les SA ou les SS n'appartiennent pas à l'aristocratie traditionnelle ou à la grande bourgeoisie : ils comptent dans leurs rangs nombre de déclassés, d'anciens combattants démobilisés qui battent le pavé des villes, de jeunes sans emploi, de chômeurs, d'aventuriers, toute une population en marge.

Le fascisme apparaît – au moins dans une première vague et dans son noyau initial – comme l'expression d'un refus et d'une réaction de protestation d'individus dont la société ne veut point ou qui ne trouvent pas à s'intégrer dans les cadres traditionnels ; c'est le cas de Hitler en 1918.

A cette première vague vient en Allemagne s'agréger une seconde, composée de gens qui avaient eux un métier, un état, mais que la crise économique a privés de leur situation : elle les met brusquement en disponibilité psychologique et politique. C'est ainsi que la grande crise de 1929 a eu une importance décisive sur l'essor du national-socialisme et des mouvements parallèles. La crise n'a pas créé ces mouvements – et la chronologie le prouve assez – mais elle leur a apporté les masses qui leur manquaient. La grande crise économique, en plongeant dans la misère et le désarroi des millions de petits-bourgeois, d'employés, d'ouvriers, a gonflé les effectifs du parti et l'électorat national-socialiste. La clientèle des mouvements fascistes est fort différente de celle des partis traditionnels.

Si la philosophie du fascisme n'est pas égalitaire, si elle est une philosophie élitiste, convaincue qu'une minorité d'hommes est appelée à diriger les autres, les élites que le fascisme appelle et suscite ne sont pas les élites traditionnelles, de la naissance, de la fortune et de l'éducation : ce sont des élites nouvelles, forgées par le parti, de cadres, distingués pour leur combativité, leur discipline, leur fidélité inébranlable au chef, leur adhésion totale au parti.

Un dernier élément vient confirmer ce que les trois premiers suggéraient déjà : la différence irréductible entre la conservation, l'Ancien Régime, ou la Restauration, et les mouvements fascistes, et qui montre à quel point une certaine gauche se méprend sur la nature du phénomène lorsqu'elle affecte de n'y voir que l'expression modernisée de la réaction traditionnelle.

Ce quatrième élément, c'est la nature des rapports qui s'établissent circonstanciellement entre les mouvements fascistes et la partie de la population attachée à la tradition. Les rapports, en Italie, en Allemagne, en Espagne dans l'Europe danubienne, entre les appareils des partis fascistes et les classes dirigeantes ont connu des vicissitudes.

Généralement, au début, ils ne sont pas mauvais, tant que les mouvements fascistes restent minoritaires : les classes dirigeantes fondent sur eux des espoirs pour faire barrage à l'agitation révolutionnaire. En Italie, les grands propriétaires ne sont pas mécontents de s'appuyer sur les Faisceaux pour contenir l'agitation agraire ; en Allemagne, le grand patronat de la Ruhr subventionne Hitler et l'état-major de la Reichswehr compte sur le parti national-socialiste pour lutter contre la subversion communiste. Il y a donc alliance, mais les rapports demeurent inégaux. Le fascisme est utilisé comme instrument par les classes dirigeantes et les partis de l'ordre. Les conservateurs le subventionnent, et leurs troupes votent pour les candidats des fascistes ou des nationaux-socialistes.

Mais les relations s'altèrent peu à peu, jusqu'à une quasi-rupture, à mesure que les mouvements autoritaires se développent : leur progression inquiète les classes dirigeantes, car ce n'est pas ce qu'elles avaient voulu. Elles souhaitaient un régime de conservation et non pas l'instauration d'un régime dictatorial parfois amené à prendre des mesures qui lèsent leurs intérêts ou heurtent leurs convictions. Les classes dirigeantes sont assez attachées au respect de la loi pour s'émouvoir des libertés que cette sorte de régime prend avec l'ordre juridique. Les rapports personnels deviennent quelquefois franchement mauvais ; tels ceux du roi d'Italie, Victor-Emmanuel III, avec le Duce ou du maréchal Hindenburg, président de la république de Weimar, avec le chancelier qu'il a lui-même appelé le 30 janvier 1933, mais pour qui il éprouve du mépris et qu'il affecte d'appeler « le caporal bohémien ». Les rapports se tendent entre les classes dirigeantes et le régime nouveau, entre l'aristocratie de naissance et les cadres des partis. Il est significatif de trouver parmi les conspirateurs qui ont espéré, le 20 juillet 1944, en se débarrassant de Hitler, libérer l'Allemagne de la terreur qui pesait sur elle, une proportion élevée de noms appartenant aux grandes familles.

Entre l'armée régulière et les milices du parti, les relations prennent quelquefois la forme d'échange de coups. C'est pour faire droit aux exigences de la Reichswehr que, le 30 juin 1934, Hitler accepte de massacrer plusieurs centaines de ses compagnons dans « la nuit des longs couteaux ». Par la suite, le parti prendra sa revanche et mettra au pas la Reichswehr qui devient la Wehrmacht. Ce n'est pas seulement un changement de dénomination ; c'est aussi un changement d'institution. Le rapport de forces est inversé : ce n'est plus l'armée qui commande au parti, mais le parti qui commande à l'armée. La preuve en est dans un changement qui n'a qu'une valeur symbolique mais très représentative : l'introduction du salut nazi dans les unités de l'armée. De même les relations entre les Églises et ces régimes sont tendues et souvent mauvaises. Aussi est-il erroné d'identifier le fascisme à la réaction et à la droite conservatrice.

Le fascisme est-il pour autant analogue au communisme ?

J'ai déjà fait allusion à la tendance de plusieurs sociologues américains à présenter communisme et fascisme comme les deux branches d'un même phénomène auquel il leur plaît d'accoler l'appellation de totalitarisme. Et, certes, les analogies ne manquent point. Dans les méthodes du gouvernement, entre la terreur que Staline déchaîne sur l'Union soviétique et les procédés policiers utilisés par Hitler, les ressemblances sautent aux yeux. De même dans les structures avec la subordination de toutes les institutions légales régulières au parti, qui est un des traits les plus caractéristiques de ces régimes du XXᵉ siècle. Le XIXᵉ siècle croyait à l'indépendance de l'État. Avec les régimes fascistes d'une part, et le communisme de l'autre, il n'y a plus indépendance ni impartialité de l'État. L'État est asservi au parti. Il y a donc des analogies certaines, mais elles restent extérieures ; elles ne concernent que les comportements, les procédés, la morphologie des régimes et non leur nature profonde.

Dès qu'on scrute leur inspiration, qu'on s'attache aux idéologies, on découvre des différences considérables et même des contradictions dans les fins et les doctrines. Le marxisme-léninisme affirme l'universalité de la lutte de classes, le fascisme entend la supprimer. Pour les fascismes, les divergences entre classes sont superficielles au regard de l'unité nationale. Le marxisme-léninisme est universaliste : sa doctrine a valeur universelle et son inspiration est internationaliste. Le fascisme ne se soucie guère de convertir la planète à ses principes et à ses valeurs. Dans la mesure même où la démocratie parlementaire représente pour l'adversaire une faiblesse, on se gardera de lui communiquer sa force.

Le fascisme cultive la différence, il est contre tous les internationalismes, et pas seulement contre l'internationalisme prolétarien. Il rompt tous les liens qui dépassent le cadre des frontières nationales : l'internationalisme rouge prolétarien du communisme, ou de la social-démocratie, ou du syndicalisme, mais aussi l'internationalisme capitaliste de la finance « anonyme et vagabonde », l'internationalisme noir des Églises, et au premier chef, de la plus universelle, celle de Rome.

Le fascisme exalte la grandeur de la nation, aspire à l'hégémonie d'une race ou d'un peuple. C'est d'ailleurs ce nationalisme hypertrophié qui a longtemps empêché les fascismes de découvrir leur parenté, qui a retardé la prise de conscience par l'Allemagne national-socialiste et l'Italie fasciste des ressemblances entre leurs régimes et de la solidarité de leurs politiques : il a fallu attendre les conséquences de la guerre d'Éthiopie pour que se rapprochent ces deux régimes qui nous paraissent rétrospectivement prédestinés à faire cause commune.

Ainsi, il semble que le fascisme soit un phénomène original, irréductible, tant au conservatisme traditionnel qu'au communisme ou à la démocratie. On peut certes lui trouver des antécédents, mais la combinaison est neuve et distingue radicalement le fascisme de toutes les expériences antérieures et de tous les courants d'idées que nous avons évoqués au XVIIIe et au XIXe siècle.

Les variantes nationales.

Ce fonds original est commun à tous les mouvements fascistes. Mais sur lui se greffent des caractères particuliers qui définissent autant de variantes nationales. Ces singularités dépendent et du passé du pays considéré, et de la doctrine.

En Italie, le fascisme exalte la grandeur de Rome. Il y a là un caractère propre à l'Italie, l'ambition de renouer par-delà des siècles d'obscurité avec la gloire de l'Empire romain : la restauration des monuments de l'Antiquité, les fouilles du Forum, l'aménagement d'une grande percée destinée à les mettre en valeur, la Via qui prend en 1936 le nom de Via del Impero, réunissant dans la même appellation les réminiscences de l'Empire romain et l'accomplissement de l'empire italien d'Afrique orientale. Le fascisme fait une large place dans sa propagande à l'orchestration des thèmes de Rome puissance d'ordre, du génie civilisateur de Rome, qui a inventé le droit, l'État, la civilisation.

Singularités dues à la doctrine

C'est l'exemple allemand qui montre le mieux à quel point, à partir d'un tronc commun, les différents mouvements peuvent se différencier. Le national-socialisme reprend à son compte tout un héritage ; il n'est pas difficile de montrer sa filiation par rapport à plusieurs traditions : la tradition autrichienne du parti chrétien social antisémite et socialisant, la tradition pangermaniste de l'époque de

Guillaume II. Mais à ces éléments Hitler en surimpose un nouveau, le racisme, théorie prétendument scientifique qui érige en postulat l'inégalité des races et affirme que les races supérieures ont le devoir de préserver leur pureté biologique. Dans la hiérarchie des races, la primauté revient à la race aryenne et à la nation germanique qui en descend. Cette doctrine n'est pas seulement un habillage pseudo-scientifique. Elle est une foi, une religion, un dogme, qui inspire une politique, qui dicte une législation – les fameuses lois de Nuremberg qui réalisent une sorte d'intégrisme racial en prenant des mesures préventives ou répressives pour éviter le mélange des sangs –, qui conduit aux camps de concentration, à la solution dite finale, à l'extermination de six millions de juifs, au génocide.

2. Des destins différents

Causes des succès et des échecs.

La dernière de nos questions concerne le destin de ces mouvements. Ils sont nombreux : entre 1919 et 1939, il n'est guère de pays qui n'ait été tenté par le fascisme. Mais les uns y ont succombé, les autres ont tenu bon. D'où vient la faiblesse des premiers et pourquoi les autres ont-ils trouvé la force de résister à la contamination ? On discerne plusieurs types de causes généralement concourantes et qui ne sont pas exclusives les unes des autres.

Premier élément d'explication : des traditions intellectuelles et politiques plus anciennes. Là où le fascisme pouvait se référer à des auteurs, à des écoles, à des partis qui avaient disposé des jalons, inoculé des germes, il trouvait un terrain favorable. En Allemagne, le national-socialisme se greffe sur une tradition nationaliste, pangermaniste, antisémite. En Espagne, il y a l'harmonie entre les thèmes du franquisme et le mythe de l'hispanité hérité du Siècle d'or : Franco se donne comme l'héritier légitime des rois catholiques qui ont fait l'unité de la Péninsule et assuré le rayon-

nement à la surface du globe de l'Espagne et de sa civilisation.

Deuxième facteur : la position internationale des pays
considérés, là où le sentiment national a été ulcéré par la
défaite ou par la façon cavalière dont les Alliés ont traité
l'Italie. Pareille situation favorise les menées fascistes et il
n'est pas étonnant que ce type de mouvements se soit davantage développé dans l'Allemagne vaincue, l'Italie humiliée,
les pays de l'Europe danubienne, qu'en Angleterre ou en
France.

Troisième facteur, interne celui-ci : les bouleversements
sociaux consécutifs aux crises économiques. Pour l'Allemagne, il convient d'en parler au pluriel puisque la grande
dépression survient dans un pays dont l'économie a déjà été
éprouvée en 1923 par la débâcle du mark. Les pays qui ont
mieux résisté à la crise, parce que leur économie était moins
vulnérable, comme la France, ou parce qu'ils en sont sortis
plus tôt, tels les États-Unis, ont été moins gagnés par la
contagion fasciste.

Dans une certaine mesure, on peut dire que les succès du
fascisme sont proportionnels à l'ampleur des effets de la
crise. Dans les sociétés ébranlées en profondeur par elle, des
millions de gens sont disposés à accueillir toutes les doctrines.

Quatrième cause : la gravité du péril communiste. Le fascisme est une réaction de défense à son infiltration. Plus le
péril est proche – et il est plus proche de l'Allemagne que de
la France – et plus la violence de la réaction est grande. Le
national-socialisme a spéculé sur la terreur que le communisme inspire à la bourgeoisie, petite et moyenne, à la paysannerie, aux classes dirigeantes.

Il faut enfin rappeler ce qu'on a dit des difficultés de la
démocratie. Le fascisme en prend argument. En retour, la
montée du phénomène fasciste paralyse le fonctionnement
du régime, entrave la politique et les réflexes de la démocratie.

Les fascismes et la guerre.

Il reste, au terme de cette étude des idéologies fascistes et des régimes autoritaircs, à énoncer une question qui anticipe sur l'analyse des origines de la Seconde Guerre mondiale. Quelle part les fascismes ont-ils prise à son déclenchement ? Quelle est leur responsabilité ?

La guerre éclate dans une Europe où les fascismes sont largement répandus. Y a-t-il simple concomitance ou relation de cause à effet entre la victoire des fascismes et le déclenchement de la guerre ? Y a-t-il un lien logique, naturel, entre la nature de ces régimes et une politique étrangère belliqueuse ? En d'autres termes, une politique d'aventure, pouvant conduire jusqu'au risque suprême, est-elle de l'essence du fascisme ?

Il faut probablement distinguer selon les cas. Pour le national-socialisme, la réponse n'est guère douteuse : il appelle l'aventure et porte en lui la fatalité de la guerre C'est inscrit, en toutes lettres, dans *Mein Kampf* : Hitler et le national-socialisme visent à la domination universelle, et il est inévitable que celle-ci se heurte à des résistances dont elle ne viendra à bout que par le recours à la guerre. Tout dans le national-socialisme implique la guerre : les méthodes de gouvernement à l'intérieur, la stratégie extérieure, le style imprimé aux relations diplomatiques, le recours aux coups de force, au chantage, au bluff.

La réponse est moins évidente pour Mussolini et le fascisme italien : entre 1922 et 1934, l'Italie fasciste pratique une politique de bon voisinage, relativement prudente, qui ne comporte guère de risques, calculés ou irréfléchis. C'est seulement à partir de la guerre d'Éthiopie que l'Italie fasciste s'engage dans une voie périlleuse, peut-être par imitation de l'Allemagne nazie. Le processus évolutif n'est donc pas du tout le même ; Hitler ne perd pas de temps : à peine arrivé à la Chancellerie, il active le réarmement.

Et pourtant, en dépit de ces nuances et de ces distinctions, on peut valablement dire que le fascisme conduit à la guerre.

La guerre procède du fascisme de plusieurs façons. Elle découle de sa doctrine, et des puissances que le fascisme déchaîne, des sentiments auxquels il fait appel : exaltation de l'aventure, il prédispose les esprits à désirer la guerre. Cette guerre, il la prépare aussi ; il entreprend un effort militaire considérable. Les budgets de guerre enflent. Toute la nation est sous les armes. Mussolini s'enorgueillit des huit millions de baïonnettes qu'il peut aligner du jour au lendemain, Hitler en parle moins, mais y pense tout autant. Le fascisme italien, le national-socialisme ordonnent toute l'économie à la préparation de la guerre. Elle est dirigée, planifiée, en vue de la stratégie. Le plan de quatre ans, à la tête duquel est placé Goering, vise à doubler les ressources et les forces productives de l'Allemagne.

Enfin, le fascisme a souvent besoin de la guerre comme justification. C'est pour lui une nécessité doctrinale, passionnelle, sentimentale, et finalement de politique intérieure. On ne peut impunément mobiliser les passions sans devoir, après quelques années, leur proposer un objectif qui soit le couronnement de leur effort. Les conquêtes, les annexions, les victoires sont l'indispensable justification des contraintes imposées et des efforts exigés.

Aussi peut-on légitimement considérer que la Seconde Guerre mondiale est la conséquence des fascismes. Les fascismes n'en sont pas la seule cause : comme pour la Première, l'explication des origines du conflit fait intervenir plusieurs composantes, qui ont trait à l'économie, au rapport des forces, aux passions, aux idéologies. Mais la présence des fascismes constitue un risque objectif de guerre, et ce sont bien eux, en définitive, singulièrement le national-socialisme, qui en portent la responsabilité.

Les origines
du second conflit

Les vingt années qui séparent la signature du traité de Versailles du déclenchement du second conflit peuvent se diviser en deux phases, approximativement égales. Jusque vers 1930, c'est ce qu'on peut appeler l'après-guerre, la liquidation de ses conséquences. A partir de 1932-1933, ce sont déjà les signes avant-coureurs de l'autre guerre, c'est un second avant-guerre. Comment l'Europe est-elle passée de l'après-Première Guerre à l'avant-Seconde Guerre mondiale ?

Si l'éventualité d'une nouvelle guerre ne commence à se préciser qu'à partir de 1935, on peut dire que, dès 1933, les germes en sont disposés. Cette guerre n'est pas exactement la réédition de la précédente. Ce n'est pas non plus une simple reprise des hostilités après une suspension d'armes prolongée, et il faut faire justice d'une expression qui a eu cours, celle de « nouvelle guerre de Trente Ans », de 1914 à 1945. L'expression donne à penser que les deux périodes d'hostilités seraient comme deux chapitres séparés d'un même et unique conflit. Elle suggère, entre les deux guerres, une similitude et une continuité qui n'existent point. La Seconde Guerre est profondément différente de la Première : même si par certains traits elle sort de la précédente et s'y apparente, de nombreux aspects la différencient assez pour qu'on la traite à part. Sans doute un de ses aspects est-il d'être une tentative de revanche des vaincus de la veille : la volonté de revanche est au principe même du national-socialisme. Mais d'autres composantes ne sont pas moins déterminantes.

1. Les causes de la guerre

Il faut redire, à propos des causes de la Seconde Guerre, ce qu'on a déjà dit pour celles de la Première : elle ne sort pas d'une cause unique. Elle apparaît, à l'examen, comme la résultante de plusieurs facteurs qui additionnent leurs effets. Encore le terme « additionner » est-il inexact, car ils se multiplient : il y a effet cumulatif de ces causes quand elles entrent en combinaison.

L'héritage des années 1919-1930.

Ce sont les problèmes en suspens, les ferments de division qui subsistent dans l'Europe de 1920, et ceux que les traités de paix ont suscités. Entre 1919 et 1930, la configuration diplomatique de l'Europe oppose deux camps : celui des vainqueurs, puissances satisfaites, attachées à l'application littérale des clauses des traités – la France en est le chef de file –, et le camp révisionniste de ceux qui ont intérêt à une révision partielle ou totale des traités : les pays vaincus, l'Allemagne au premier chef, mais aussi d'autres petits pays, la Hongrie, par exemple, spécialement maltraitée et dont les minorités sont soumises à la domination roumaine ou tchécoslovaque. C'est aussi un peu le cas de l'Italie, pour des raisons d'amour-propre. C'est le cas encore de l'Union soviétique jusqu'à ce que Staline opère, en 1934-1935, le grand revirement qui le fait adhérer à la sécurité collective, demander son admission à la Société des Nations et conclure des traités avec la Tchécoslovaquie et la France. La force du sentiment révisionniste a varié au cours de la période : après Locarno, il s'affaiblit en Allemagne, il se réveille à partir de 1933.

Ce feu qui couve trouve un aliment dans les lacunes et les malfaçons des traités. L'instabilité politique et économique de l'Europe danubienne dessine une zone de moindre résistance. C'est un point de fragilité dans l'organisation territoriale de l'Europe d'après-guerre. Il y a là des États faibles, qui se détestent et dont les dissensions aggravent encore la faiblesse, car elles leur interdisent d'opposer un front cohérent aux ambitions hégémoniques de l'Allemagne. On verra encore, au lendemain de Munich, la Pologne, cependant menacée directement par les visées de Hitler, n'avoir rien de plus pressé que de prendre part au dépècement de la Tchécoslovaquie au lieu d'opposer un barrage à l'expansion germanique.

Deux questions ont dominé la conjoncture internationale dans l'entre-deux-guerres et rempli l'ordre du jour des conférences internationales.

Ce fut d'abord, jusque vers 1928, la question des réparations.

A partir de 1928, l'intérêt se reporte vers la question du désarmement. Les conférences échouent à la régler ; l'échec de la conférence du désarmement, consacré par le retrait de l'Allemagne, en octobre 1933, marque une étape décisive dans l'aggravation de la situation internationale.

La crise économique et ses répercussions.

Répercussions intérieures : nous savons quelle part elles ont eue à la crise de la démocratie et à la montée des régimes autoritaires. Ici, c'est plutôt à ses conséquences externes que nous prêterons attention. La grande crise économique qui déferle sur l'Europe à partir de 1930 a eu pour conséquence le repli des pays sur eux-mêmes. Chacun se retranche derrière ses frontières économiques, surélève les tarifs douaniers et pratique une politique de strict cloisonnement, dite d'autarcie : c'est alors que le mot est forgé. Les relations commerciales se raréfient. Les nationalismes économiques viennent épauler ou ranimer les nationalismes politiques et militaires.

Cette politique économique d'inspiration nationaliste met en place certains moyens de la guerre militaire : elle entraîne les États vers des formes d'économie de guerre. Elle y prépare aussi les esprits. Elle anticipe sur les résultats. Avant même que les troupes allemandes aient pénétré dans plusieurs des États de l'Europe danubienne, la politique économique de troc instaurée par l'Allemagne les avait déjà placés dans sa dépendance.

Les régimes autoritaires.

Ils sont fondés sur l'ambition collective, la volonté d'hégémonie, singulièrement le national-socialisme.

C'est le 30 janvier 1933 que le président Hindenburg fait d'Adolf Hitler un chancelier. Notons au passage que Hitler est arrivé au pouvoir par les voies légales : il n'y a pas eu coup de force, pas plus que pour l'Italie fasciste, où il y eut sans doute l'opération de bluff que fut la « marche sur Rome », mais c'est le roi qui a chargé Mussolini de former le gouvernement. Le fascisme et le national-socialisme ont respecté, au moins dans les apparences, la légalité constitutionnelle. Hitler trouve une majorité au Reichstag : les partis politiques sont par leur démission gravement responsables de l'établissement du régime. Sans délai, Hitler entreprend de transformer les conditions de la vie politique : dissolution des partis, des syndicats, suppression des libertés. L'incendie du Reichstag est le prétexte au début de la terreur policière.

En même temps, il entreprend la transformation de l'économie et de la société. Les énergies sont mobilisées, un programme de grands travaux publics exécuté, les chômeurs remis au travail, le réarmement se précipite.

Dès octobre 1933, l'Allemagne quitte la conférence du désarmement. C'est la fin de la politique fondée sur le respect des accords diplomatiques. En mars 1935, Hitler annonce que l'Allemagne reconstitue une aviation militaire et rétablit le service militaire obligatoire : les clauses militaires du traité de Versailles sont abrogées. L'Allemagne va rapidement rattraper le niveau des armements français. La France, pour ne pas être trop vite dépassée, adopte le service militaire de deux ans. La course aux armements a repris en Europe. Mais l'Allemagne, prenant le départ plus tard, aura l'avantage de disposer d'un matériel plus moderne. Cette machine de guerre est au service d'une politique de conquête et d'agrandissement territorial qui va provoquer une série de crises de gravité croissante, rapprochées les unes des autres, et qui culminent, à l'été 1939, avec l'entrée des troupes allemandes en Pologne.

2. L'enchaînement des crises

Ces crises, qui remplissent les années 1934-1939, ne sont, au vrai, que le premier temps de dix années de crise, le second chapitre étant constitué par la guerre elle-même, la conquête de l'Europe entière jusqu'à l'écroulement du Reich national-socialiste.

Au départ, les ambitions avouées du IIIe Reich sont limitées : il ne s'agit que de rattacher au Reich les minorités de même langue et de même race, détachées de l'Allemagne sous la contrainte et qui vivent séparées territorialement, assujetties à des dominations étrangères. Mais ces revendications menacent tous les États voisins qui comprennent des minorités de langue ou de race germanique : l'Autriche, bien sûr, la Tchécoslovaquie, la Pologne et aussi la France à cause de l'Alsace.

Les visées sur l'Autriche
et le rattachement de la Sarre.

C'est d'abord en direction de l'Autriche que Hitler tourne ses efforts : c'est le vieux rêve de l'Anschluss, la réunification. Pour mener à bien ce premier point de son programme, Hitler combine la pression extérieure de l'Allemagne avec les menées intérieures : il trouve des connivences dans une minorité active de nationaux-socialistes autrichiens. Ceux-ci tentent un putsch en juillet 1934 et le chancelier Dollfuss, qui personnifiait la volonté d'indépendance de la petite Autriche, est assassiné. La faiblesse du régime vient de ce que Dollfuss avait voulu lutter sur deux fronts à la fois. En février 1934, il avait écrasé les éléments de gauche par la force : la police et l'armée avaient donné l'assaut aux cités locatives tenues par les sociaux-démocrates dans les faubourgs de Vienne. Depuis, le gouvernement était isolé en face de deux oppositions : nazie à droite, socialiste à gauche. Si le putsch échoue cependant, c'est moins du fait de l'État autrichien qui n'est guère en mesure de se défendre, que devant la fermeté de la réaction étrangère et, surtout, du voisin immédiat et principal intéressé, Mussolini. A l'époque, il n'est pas question pour l'Italie d'entretenir de bonnes relations avec l'Allemagne. L'Italie fait encore partie du camp des vainqueurs et la solidarité la lie à la France et à l'Angleterre. Mussolini porte sur-le-champ en direction de la frontière italo-autrichienne plusieurs divisions. L'Allemagne n'a pas encore les moyens de tenter une épreuve de force. C'est partie remise.

Quelques mois plus tard, Hitler et l'Allemagne obtiennent une compensation d'amour-propre avec le retour de la Sarre dans l'unité de la mère-patrie, en janvier 1935. La chose se fait dans le respect de la légalité internationale, en application des dispositions du traité de Versailles qui prévoyait que le territoire de la Sarre, détaché pour quinze années, aurait à se prononcer entre plusieurs solutions : rattachement à la France, retour à l'Allemagne ou prolongation de la situation de territoire indépendant sous la tutelle de la Société des Nations. Une très forte majorité se déclare pour le retour à la mère-patrie.

Dans les années qui suivent, le national-socialisme va jouer du principe du droit des peuples, aussi longtemps qu'il servira ses vues. Il se présente comme l'héritier du mouvement des nationalités. C'est au nom du droit des minorités que le nazisme va démembrer la Tchécoslovaquie et la Pologne.

L'affaire d'Éthiopie et le renversement des alliances.

A partir de 1935, la chronologie devra être suivie année par année, chacune d'elles constituant une étape dans l'évolution. L'année 1935 marque un tournant capital : la conjoncture internationale se modifie brusquement. Au premier semestre, l'Italie figure encore dans le camp des vainqueurs occiden-

taux. Même si elle compte des amitiés dans le camp révisionniste – en Hongrie, en Bulgarie –, elle s'oppose aux remaniements territoriaux et à la remise en question des traités de
paix. Encore en avril 1935, la rencontre de Mussolini avec le
président du Conseil français et le Premier ministre britannique, à Stresa, sur les bords du lac Majeur, atteste la solidarité des trois pays. L'Allemagne est isolée en face du « front
de Stresa ». Tant que les trois pays resteront d'accord, il ne
sera guère possible à Hitler de mener à bien son programme
de révision.

Mais, en 1935, le front se désagrège. Les relations vont se
tendre rapidement entre l'Italie et l'Angleterre, la France
hésitant entre ses deux partenaires. Mussolini se rejettera
vers l'Allemagne qui sort de l'isolement et constitue avec
l'Italie fasciste ce qu'on appellera l'axe Rome-Berlin. Désormais, le système des forces oppose deux à deux les quatre
grands de l'Europe occidentale et centrale.

Ce renversement des alliances, dont les conséquences
seront incalculables, s'opère à l'occasion de la politique italienne d'expansion coloniale en Afrique. La politique étrangère de Mussolini change de style et adopte des objectifs
plus aventureux. L'Italie se retrouve à l'origine de plusieurs
des crises internationales des années 1935-1939 : Éthiopie,
Espagne, Albanie. Il y a une sorte de partage des rôles entre
Mussolini et Hitler.

1935 : c'est l'affaire d'Éthiopie. L'Italie dispose déjà de
positions en Afrique orientale : sur les rives de la mer Rouge,
l'Érythrée, et, sur les bords de l'océan Indien, la Somalie dite
italienne, les deux territoires étant séparés l'un de l'autre par
Djibouti, possession française, par la Somalie britannique, et
surtout par l'empire d'Éthiopie. Depuis longtemps l'Italie
rêvait de conquérir l'arrière-pays, de soumettre l'Éthiopie et
de constituer un vaste ensemble d'Afrique orientale italienne. Elle l'avait tenté jadis, en 1896 : en vain, et le désir
de venger l'humiliation d'Adoua n'est pas étranger à l'entreprise de Mussolini.

La conquête de l'Éthiopie n'est somme toute qu'une opération coloniale de type classique, comme la France et la
Grande-Bretagne en avaient mené beaucoup en Afrique
depuis un siècle. Mais il se trouve qu'en 1935 la conquête

de l'Afrique est à peu près achevée : il n'y a plus de territoire indépendant en Afrique, en dehors de l'Éthiopie et du
Liberia. La décolonisation n'est pas encore amorcée, mais
le principe même de la conquête coloniale commence à être
contesté. L'entreprise italienne vient trop tard, dans une
Afrique déjà trop colonisée. Il y a aussi que, depuis une douzaine d'années, l'Éthiopie a obtenu son admission à la
Société des Nations, ce qui modifie du tout au tout le problème du point de vue du droit international : il ne s'agit plus
de la conquête d'un territoire mal policé, mais d'une guerre
déclenchée par un membre de la Société des Nations contre
un autre. Le pacte de la SDN interdit la guerre et assure des
garanties aux États contractants. Est-il possible aux autres
membres de laisser écraser l'un des leurs ? Ce serait la porte
ouverte à toutes les agressions. N'est-ce pas l'occasion
d'appliquer les sanctions prévues par le Pacte contre les
États agresseurs ?

Tel est le point de vue de la Grande-Bretagne, qui se
prononce pour une politique de fermeté : il faut dissuader
Mussolini de s'engager dans cette aventure et la Grande-
Bretagne envoie en Méditerranée la Home Fleet. Il lui suffi-
rait de fermer le canal de Suez pour que l'entreprise tourne
au fiasco.

La France est plus partagée. Pierre Laval est alors président du Conseil. Il hésite à mécontenter l'Italie de peur de
la jeter dans les bras de l'Allemagne. Mais la France ne
peut non plus se dissocier de la Grande-Bretagne. Elle va
donc essayer de concilier des points de vue diamétralement
opposés. Elle n'aboutira qu'à indisposer les deux. Il semble
bien que Laval ait encouragé Mussolini à attaquer l'Éthiopie ; par la suite, il adoptera les sanctions, mais tentera de
leur ôter toute efficacité. L'opinion française est elle-même
profondément divisée. C'est le moment où les préférences
idéologiques et les sympathies politiques commencent
à prendre le pas sur les considérations d'intérêt national.
A partir de la guerre d'Éthiopie, en partie par sympathie
pour le fascisme italien, la droite, qui jusque-là se faisait
une règle absolue de tout subordonner à l'intérêt national,
en vient à préconiser une politique contraire à la sécurité
du pays ; de belliqueuse qu'elle était, traditionnellement,

elle devient pacifiste contre les guerres dites idéologiques.

L'Italie engage les hostilités au début d'octobre 1935 et mène rondement les opérations. Les moyens engagés sont considérables : quelque 400 000 hommes passent par le canal de Suez. Cinquante-deux États adoptent des sanctions qui gênent l'économie italienne sans la paralyser, car on ne va pas jusqu'à la seule sanction qui eût été efficace, l'arrêt des approvisionnements de pétrole. Ces sanctions sont tout juste bonnes à irriter l'orgueil de Mussolini, à heurter l'amour-propre de l'Italie : celle-ci aura le sentiment d'avoir triomphé de cinquante-deux nations. En mai 1936, les troupes italiennes entrent à Addis-Abeba. L'Éthiopie est conquise. Mussolini proclame Victor-Emmanuel « empereur d'Éthiopie et roi d'Italie ». La SDN lèvera bientôt les sanctions, mais ces six ou sept mois ont entraîné des conséquences irréversibles : l'Italie s'est rapprochée de l'Allemagne. Les deux régimes se sont découverts frères et vont développer le thème des nations prolétaires contre les nations repues et ploutocrates : France et Grande-Bretagne.

Remilitarisation de la Rhénanie.

Voici désormais l'Allemagne doublement encouragée à agir : les autres pays ont donné la preuve de leur impuissance et elle a échappé à l'isolement puisque l'Italie se range à ses côtés.

Les conséquences de ce changement ne se font pas attendre. Le 7 mars 1936, prenant prétexte du vote de la Chambre des députés qui autorisait le président de la République à ratifier le pacte d'assistance franco-soviétique, Hitler réoccupe la rive gauche du Rhin. Une clause du traité de Versailles interdisait à l'Allemagne de tenir garnison sur la rive gauche du Rhin, ménageant ainsi un glacis qui couvrait les frontières de la France et de la Belgique. L'Allemagne déclare qu'elle cesse de se tenir liée par ces clauses, et les troupes allemandes, franchissant le Rhin, viennent s'établir dans les villes du Palatinat et de la Rhénanie. L'événement place le gouvernement français devant un grave dilemme : subir ou réagir. Il fait d'abord savoir qu'il ne s'in-

clinera pas devant le fait accompli. Le président du Conseil
déclare, le lendemain soir, à la radio : « La France ne tolé-
rera pas que Strasbourg soit sous le feu des canons allemands. » Mais l'état-major estime qu'on ne peut tenter une
réaction qu'en mobilisant au minimum trois classes. Le gouvernement français finit par s'incliner. C'est une étape capitale dans la marche à la guerre. Les atermoiements de la
France entraînent une perte de prestige. Ses alliés ont perdu
confiance : plutôt que de compter sur l'hypothétique protection de la France, ils préféreront s'entendre directement avec
l'Allemagne. La Pologne s'engage dans une politique déjà
amorcée depuis quelques mois. La Belgique décide son
retour à la neutralité. Le bloc s'effrite qui était jusque-là dans
la mouvance française. C'est aussi la faillite de la SDN.
L'Allemagne en était sortie en 1933, le Japon la même
année, l'Italie la quitte en 1937. C'est la fin de la sécurité
collective.

Lasituation diplomatique est désormais dominée par
l'existence de l'Axe, ainsi appelé parce que la ligne qui relie
Berlin à Rome trace un axe vertical nord-sud qui partage
l'Europe en deux et isole l'Est de l'Ouest. La solidarité des
partenaires s'étend à tous les plans, idéologies, ambitions,
appétits, et trouve dans un anticommunisme intransigeant un
prétexte et une façade. L'Allemagne contracte avec le Japon
le pacte dit anti-Komintern, auquel adhéreront successivement l'Italie, l'Espagne franquiste, la Hongrie. On voit déjà
se dessiner une sorte de système triangulaire : Berlin-Rome-
Tokyo, qui se partage le monde.

La guerre d'Espagne.

Le chapitre suivant – ils se succèdent à un rythme précipité – s'ouvre le 18 juillet 1936, avec le début de la guerre
d'Espagne. C'est une guerre civile, mais qui tourne à la
guerre étrangère par personnes interposées. L'Espagne est
le premier théâtre où vont s'affronter les blocs adverses,
d'où l'âpreté de cette guerre civile. A l'origine, il s'agit
d'une tentative, classique dans l'histoire espagnole, de pro-
nunciamiento, un coup d'État militaire. En avril 1931, la

république avait succédé à la monarchie. L'Espagne était en république depuis cinq ans : cinq années troublées – l'insurrection des Asturies en 1934 –, et où s'étaient succédé deux années de gouvernement des gauches, puis deux années où la droite avait gouverné, de 1934 à février 1936. En février 1936, les élections générales ramènent au pouvoir les gauches coalisées : c'est la victoire du Front populaire. Une vague d'agitation sociale et de désordre alarme les propriétaires, les possédants, les militaires, l'Église. Le 18 juillet 1936, éclate un soulèvement militaire qui échoue partiellement : conçu pour réussir dans les vingt-quatre heures, il fait long feu. La garde civile reste loyale, la marine aussi reste fidèle au gouvernement ; son attitude est décisive, car, surveillant le détroit de Gibraltar, elle empêche les insurgés de faire passer du Maroc espagnol dans la péninsule Ibérique les régiments marocains sur lesquels ils comptaient. La Catalogne et le Pays basque, reconnaissants à la République d'avoir reconnu leur autonomie, se rangent aux côtés du gouvernement de Madrid. Mais celui-ci n'a plus d'armée : elle est passée du côté de l'insurrection. Il arme le peuple ; des milices improvisées vont tenir en échec pendant les premières semaines les troupes régulières, incapables d'emporter un avantage décisif. L'opération, qui devait durer quelques heures, durera presque trois années. La guerre s'intensifie et se généralise.

Les insurgés avaient obtenu la promesse d'une aide des régimes autoritaires. Des divisions de volontaires fascistes affluent. L'Allemagne pratique une politique un peu différente : elle ne joue pas le nombre, elle envoie des spécialistes, des techniciens de la guerre aérienne et des chars. Du côté républicain, c'est la constitution des brigades internationales et l'arrivée de plusieurs dizaines de milliers de volontaires venant de tous les pays d'Europe. La guerre s'internationalise, en dépit du principe, adopté par les chancelleries, de non-intervention.

A l'intérieur, à mesure que la guerre dure, du côté républicain, le parti communiste prend plus d'importance. Il était négligeable en juillet 1936, mais il a la supériorité de la discipline et de la cohésion ; peu à peu, son importance grandit par rapport à celle des anarchistes ou des socialistes.

La tragédie espagnole a été un épisode capital de l'histoire politique et intellectuelle de l'Europe avant la Seconde Guerre mondiale. L'Espagne est le terrain sur lequel les blocs font de grandes manœuvres. L'Allemagne expérimente son matériel, entraîne ses spécialistes, et la guerre d'Espagne est une répétition de la Seconde Guerre mondiale. Bombardement des villes ouvertes, destruction de Guernica, raids de terreur sur la population civile à Madrid, à Barcelone, utilisation de la 5e colonne : on voit déjà se dessiner les traits de la guerre totale telle que la conduira l'Allemagne. C'est aussi le théâtre sur lequel les peuples ont le sentiment de voir se jouer, par nations interposées, le drame qui les déchire à l'intérieur.

La guerre civile ne prendra fin qu'en mars 1939, après trente-deux mois, et après avoir fait près d'un million de morts. Les nationalistes triomphent. Le général Franco, qui est devenu leur chef après l'élimination de ses rivaux tués en avion ou au combat, est maître du pouvoir.

La France est dès lors encerclée. Trois régimes autoritaires sont ses voisins. Entre l'Espagne franquiste, l'Italie et l'Allemagne, il y a une solidarité d'intérêts, des liens de reconnaissance. La France doit désormais envisager l'éventualité d'un conflit sur trois frontières : le Rhin, les Alpes et les Pyrénées. En mars 1939, elle envoie le maréchal Pétain en ambassade à Burgos pour tenter de rétablir des relations amicales avec l'Espagne ; mais, reçu avec considération, il ne réussit pas à rétablir la confiance. Le bloc totalitaire sort renforcé de la guerre d'Espagne et les démocraties, isolées et affaiblies.

L'Anschluss.

Pendant que se poursuivait la guerre civile espagnole, Hitler a repris ses offensives et en précipite même le rythme en 1938 : il est assuré de l'amitié italienne, les démocraties sont occupées ailleurs et le réarmement allemand a déjà fait de grands progrès. Les États-Unis sont paralysés par leur isolationnisme. En 1937, le Congrès vote des lois de neutralité qui disposent, pour éviter aux États-Unis d'être entraînés malgré eux dans un conflit, qu'en cas de guerre ils suspen-

dront les relations commerciales avec les belligérants ; les
navires de commerce américains ne se risqueront pas vers
l'Europe, pour éviter la réédition des torpillages qui avaient
entraîné, en 1917, le président Wilson dans la Première
Guerre mondiale. Hitler a donc les coudées franches.

Il s'en prend de nouveau à l'Autriche. En février 1938, il
convoque à Berchtesgaden le chancelier Schuschnigg, qui a
succédé à Dollfuss, et l'oblige, au cours d'un entretien dramatique, à prendre un national-socialiste comme ministre de
l'Intérieur. C'est introduire l'ennemi dans la place. Schuschnigg, qui a dû s'exécuter, imagine une parade Pour faire la
preuve de la volonté du peuple autrichien de préserver son
indépendance, il annonce un plébiscite ; c'est retourner le
procédé qui a plus d'une fois servi à Hitler pour démontrer à
l'Europe que le peuple allemand était derrière lui. Hitler
ne lui en laissera pas le temps. Un ultimatum est adressé à
l'Autriche. Le ministre de l'Intérieur, le national-socialiste
Seiss-Inquart, appelle les troupes allemandes pour rétablir
un ordre prétendument troublé par le chancelier. Le gouvernement Schuschnigg ne peut que démissionner. C'est
l'invasion. En quelques heures, le samedi 12 mars 1938,
l'Autriche est annexée à l'Allemagne.

L'Europe n'a pas réagi. L'Italie, qui, en 1934, avait porté
un coup d'arrêt, est complice et Hitler adresse à Mussolini
un télégramme où il lui promet de ne jamais oublier la dette
qu'il a contractée à son égard. L'Angleterre est hésitante.
Quant à la France, elle a une crise ministérielle.

Munich.

Le tour vient de la Tchécoslovaquie. L'État tchécoslovaque était une création des traités de 1919-1920. C'était un
des États les plus solides, le seul de cette partie de l'Europe
où les institutions démocratiques fonctionnaient correctement et qui n'avait pas été gagné par la contagion autoritaire.
Un régime solide, une économie active, une bourgeoisie
nombreuse, des traditions démocratiques, tout cela en faisait
un État prospère, mais sa faiblesse était d'être multinational,
associant deux nationalités majoritaires : les Tchèques, en

Bohême, et les Slovaques, et toutes sortes de minorités : hongroise, ukrainienne dans la Russie subcarpatique et, surtout, trois millions d'Allemands disposés sur le versant intérieur du quadrilatère de Bohême, sur les montagnes des Sudètes. C'est pourquoi on va parler de la question des Sudètes, des Allemands des Sudètes. La Tchécoslovaquie occupait une position stratégique capitale – Bismarck avait dit que « qui tenait le quadrilatère de Bohême était le maître de l'Europe » – au cœur de l'Europe. Elle occupait aussi une position diplomatique décisive, étant l'alliée de la France et de l'Union soviétique.

Pour venir à bout de la Tchécoslovaquie, Hitler va conjuguer les deux méthodes dont il a déjà usé à l'encontre de l'indépendance autrichienne : de l'intérieur, la désagréger en se servant de la minorité allemande qui s'organise en un parti allemand des Sudètes avec, à sa tête, un professeur de gymnastique, Conrad Heinlein, et, à l'extérieur, l'isoler de ses alliés.

Une première crise éclate en mai 1938, mais se règle à l'amiable. La seconde a lieu en septembre 1938 : elle entraînera le dépècement de la Tchécoslovaquie. De l'une à l'autre, Hitler élève ses prétentions. La France et la Grande-Bretagne tergiversent. L'opinion occidentale est profondément divisée. Elle est incertaine sur les intentions de Hitler. Une partie pense qu'il ne désire rien d'autre que le retour à la mère-patrie de ses frères de race et le croit sincère quand il assure qu'une fois que les Allemands des Sudètes auront été réintégrés dans la mère-patrie, il n'aura plus aucune revendication. L'opinion est aussi hésitante sur le choix du moment. Résister à propos de la Tchécoslovaquie, est-ce bien indiqué ? La Tchécoslovaquie est impopulaire à droite. On lui tient rigueur de s'être constituée sur les ruines de l'Autriche catholique et monarchique. L'opinion de droite dénonce en elle une création de la franc-maçonnerie. En Angleterre, Churchill, qui voit clair et dénonce l'hégémonie hitlérienne, parle dans le désert. Deux pacifismes d'inspiration opposée se conjuguent : pacifisme de droite, dicté par la sympathie idéologique pour les régimes autoritaires ou par l'antipathie pour le Front populaire et l'Union soviétique ; pacifisme de gauche, socialiste ou syndical, qui tient la guerre pour le pire des maux et estime que la paix, quel qu'en soit le prix, vaut toujours mieux qu'une guerre. Telle est la position en France du Syndicat national des instituteurs, d'une partie de la CGT, d'une fraction du parti socialiste SFIO.

La Grande-Bretagne cherche une solution de compromis, envoie un médiateur, lord Runciman, qui suggère au gouvernement tchécoslovaque de faire à l'Allemagne de substantielles concessions. Puis c'est le Premier ministre britannique en personne, Neville Chamberlain, qui fait le voyage de Berchtesgaden pour s'entendre avec Hitler. Le premier voyage aboutit à un accord. Mais les revendications de Hitler enflent et le second voyage, à Bad Godesberg, est un échec. L'Europe est au bord de la guerre quand Mussolini, s'entremettant entre Hitler, la France et la Grande-Bretagne, propose *in extremis* une conférence à quatre qui se tient à Munich, les 29 et 30 septembre 1938. La conférence réunit les chefs de gouvernement des quatre États : Allemagne, Italie, France, Grande-Bretagne. La Tchécoslovaquie, la principale intéressée, est absente : on disposera d'elle sans l'entendre. L'Union soviétique aussi a été tenue à l'écart, et cette exclusion est un des facteurs qui conduiront Staline à engager des négociations directes avec l'Allemagne. La France et la Grande-Bretagne accordent à Hitler pratiquement tout ce qu'il demande. La Tchécoslovaquie est démantelée, les Allemands des Sudètes sont rattachés au Reich. Le quadrilatère de Bohême est occupé par l'Allemagne qui campe sur le versant intérieur. La Tchécoslovaquie a cessé de compter comme puissance militaire et les démocraties ont perdu un allié qui n'était pas négligeable. Leurs autres alliés sont découragés. Tous en concluent qu'il vaut mieux s'entendre directement avec Hitler plutôt que de compter sur la protection aléatoire de démocraties impuissantes.

Munich est probablement l'événement le plus important de cette période. C'est un moment décisif, qui n'a pas mis fin aux incertitudes de la diplomatie occidentale, ni aux divisions des opinions française et anglaise. Au lendemain de l'accord de Munich, plusieurs ministres britanniques démissionnent du cabinet, désapprouvant son attitude de faiblesse. Pour une partie de l'opinion, Munich assure la paix pour une génération ; pour l'autre partie, ce n'est qu'un sursis et la guerre est maintenant une certitude. Moins de six mois plus tard, Hitler réconcilie les deux fractions de l'opinion : le 15 mars 1939, il déchire ses engagements, envahit la Tchécoslovaquie et constitue un protectorat de Bohême et de Moravie. Quant à la Slovaquie, elle forme un État fictivement indépendant, satellite de la Grande Allemagne qui unit maintenant l'Allemagne, l'Autriche et la Bohême.

En avril 1939, le Vendredi saint, Mussolini, jaloux des lauriers de Hitler, envahit l'Albanie.

La Pologne, le pacte germano-soviétique et la guerre.

C'est la Pologne qui est visée désormais. Elle est maintenant encerclée, comme la Tchécoslovaquie avant elle depuis que les troupes allemandes avaient pénétré en Autriche. Depuis qu'elles sont entrées en Bohême et en Moravie, c'est au tour de la Pologne de voir son système défensif tourné. Le point litigieux, ce sont ses frontières occidentales : le corridor qui isole la Prusse-Orientale du reste de l'Allemagne et le statut de Dantzig érigée en ville libre.

Hitler donne à entendre que son honneur ne lui permet pas de laisser plus longtemps des populations allemandes sous la domination polonaise. Dès mars 1939, Hitler soulève la question. La Pologne est résolue à se défendre, même seule. Or, elle ne l'est pas, car elle trouve l'appui de la France et de la Grande-Bretagne, dont les incertitudes sont maintenant balayées. Elles ont cessé de croire aux promesses de Hitler. Elles donnent leur garantie à la Pologne, ainsi qu'à la Roumanie et à la Grèce. Elles se préparent à la guerre : la Grande-Bretagne rétablit, en mars 1939, en pleine paix, la conscription qu'elle n'avait adoptée qu'après deux années d'attente pendant la Première Guerre mondiale – signe non équivoque de sa détermination, mais qui ne suffit pas à assurer l'efficacité de sa machine de guerre. La France et la Grande-Bretagne ont pris des années de retard sur l'Allemagne. Pour compenser leur infériorité, et surtout pour être en mesure d'aider la Pologne, dont les sépare tout l'espace allemand, elles engagent des pourparlers avec l'Union soviétique. La Pologne ne peut être défendue sans son concours. Une mission militaire franco-britannique part pour Moscou et engage des conversations avec l'état-major soviétique. Les conversations paraissent en bonne voie quand éclate un coup de théâtre : le 23 août 1939, on apprend que le gouvernement soviétique avait engagé, parallèlement, d'autres pourparlers avec l'Allemagne, qui aboutissent à la signature d'un pacte germano-soviétique. À quelles considérations Staline a-t-il obéi en signant ce pacte ? C'est probablement une conséquence de l'isolement de la Russie au moment de Munich. Il y a aussi le désir de gagner du temps. Il y a probablement aussi une erreur d'appréciation : Staline a cru la France militairement plus forte qu'elle ne l'était et a pensé rétablir l'équilibre en s'alliant avec l'Allemagne. Un accord secret prévoit que l'Union soviétique prélèvera sa part de la Pologne partagée. Elle profitera ensuite de la défaite de la Pologne pour annexer les États baltes, reconquérir la Bessarabie, déclarer la guerre à la Finlande.

Sitôt connue la nouvelle du pacte germano-soviétique, il est clair que la guerre est inévitable, sauf pour le parti communiste qui s'évertue à prouver qu'il s'agit d'un geste hautement pacifique qui doit garantir une paix durable. La nouvelle provoque néanmoins un désarroi profond dans ses rangs : un tiers des députés quittera le groupe parlementaire communiste.

Le 1er septembre, l'Allemagne envahit la Pologne. Le surlendemain, la France et la Grande-Bretagne, tenant parole, entrent en guerre. La Seconde Guerre mondiale est commencée. Elle durera presque six ans, jusqu'en août 1945.

II

La Seconde Guerre mondiale et l'après-guerre

La Seconde Guerre
mondiale

On retrouvera, à peu de chose près, mais majorés, les trois caractères précédemment énoncés pour le premier conflit mondial : extension dans l'espace, longue durée et intensité croissante qui font de cette guerre une guerre plus totale encore – si les termes supportent d'être ainsi employés – que la précédente.

1. L'extension géographique

La Première Guerre présentait déjà, par rapport aux conflits du XIXe siècle, une extension territoriale bien supérieure et qui avait permis de parler sans exagération d'une guerre mondiale. La seconde l'est davantage encore, le nombre des pays qui restent à l'écart des hostilités étant encore plus réduit.

C'est d'abord à l'initiative de l'Allemagne que la guerre s'étend. C'est elle en effet qui porte la guerre sur de nouveaux théâtres d'opération et y entraîne des pays qui espéraient préserver leur neutralité, comme ils l'avaient pu entre 1914 et 1918. C'est, en avril 1940, l'invasion du Danemark et de la Norvège, pour assurer la sécurité de ses approvisionnements en minerai de fer suédois. C'est, un mois plus tard, le 10 mai 1940, l'ouverture des opérations effectives sur le front ouest et l'invasion simultanée du Luxembourg, de la Belgique et des Pays-Bas. Un mois plus tard, le 10 juin, l'Italie passe de la non-belligérance à la guerre Au début de l'automne, l'Italie attaque la Grèce. Au printemps 1941,

Allemands et Italiens envahissent la Yougoslavie et la Grèce.

Ainsi, c'est toujours par des initiatives de l'Axe que la guerre s'étend à de nouveaux secteurs. De même encore – mais l'initiative marque un tournant capital de la guerre, avec le renversement des alliances –, le 22 juin 1941, l'ouverture des hostilités contre l'Union soviétique. L'Allemagne contraint à la suivre des pays qui vont être ses satellites, jusqu'à ce que leur position géographique et le sort des armes les replacent dans la dépendance de l'Union soviétique : de satellites de l'Allemagne, ils seront alors réduits à devenir ceux de l'Union soviétique : Finlande, Hongrie, Roumanie, Bulgarie.

La phase européenne de l'extension du conflit est alors à peu près achevée. Seuls restent en dehors de la guerre la Suède, la Suisse, l'Espagne, le Portugal et la Turquie, c'est-à-dire, à l'exception de la Suisse, des pays tous situés à la périphérie du continent et qu'il est plus avantageux pour les belligérants de laisser dans une situation d'expectative que de transformer en adversaires.

En décembre 1941, la guerre s'ouvre sur un autre front, de par l'initiative de l'allié japonais, un des signataires du pacte anti-Komintern – cet instrument diplomatique dirigé en principe contre l'Union soviétique, mais qui associe pour une politique d'hégémonie mondiale trois pays ambitieux. Le Japon engage les hostilités contre les États-Unis : c'est l'attaque surprise contre la base américaine de Pearl Harbor, aux îles Hawaï. En même temps, ou presque, le Japon porte les opérations en Asie du Sud-Est contre la Grande-Bretagne à Singapour et en Malaisie, contre les Pays-Bas en Indonésie.

Les deux conflits, jusque-là séparés par toute l'épaisseur de la masse de l'Ancien Continent, se sont rejoints : le conflit extrême-oriental commencé dès 1932 avec la conquête de la Mandchourie, étendu en 1937 par l'attaque du Japon contre la Chine, rejoint le conflit qui, en Europe, oppose les démocraties occidentales à l'Allemagne et à l'Italie et l'Union soviétique à l'Allemagne. Deux blocs sont aux prises : l'Allemagne, l'Italie et le Japon avec leurs vassaux, contre les grandes démocraties occidentales et l'Union soviétique. Dès lors, on peut considérer que la guerre est effectivement planétaire. Tous les continents y sont entraînés, et les opérations se livreront simultanément sur l'Atlantique et sur le Pacifique.

2. La durée

Le second caractère de la guerre, sa durée, découle du pré-cédent. Dès lors, en effet, que la guerre se déroule sur la terre entière, une défaite localisée ne termine pas le conflit ; « une bataille perdue n'entraîne pas la perte de la guerre », car d'autres alliés restent disponibles et il y a toujours des res-sources. Aussi la guerre durera-t-elle plus longtemps encore que la précédente. La durée du premier conflit avait déjà paru insolite aux contemporains : cinquante-deux mois. La Seconde Guerre mondiale dépassera cette durée, puisque en Europe même, du 1er septembre 1939 au 8 mai 1945, elle dure un peu plus de soixante-huit mois, et si l'on considère les opérations en Extrême-Orient, jusqu'au 15 août 1945, à peu près six années.

Le moment décisif, celui où la marée montante des puissances dictatoriales commence à refluer, se situe entre novembre 1942 et février 1943. C'est alors que s'arrête la série à peu près ininterrompue de succès militaires remportés par l'Axe depuis septembre 1939. L'échec de Rommel devant El-Alamein, le front enfoncé en Tripolitaine, le débarquement anglo-américain en Afrique du Nord, la vic-toire de Stalingrad, la bataille aéronavale de la mer de Corail se situent dans ces trois mois et manifestent le renversement de la tendance. Dès lors, la défaite de l'Axe devient une éventualité raisonnable.

3. L'intensité

Le troisième trait – l'intensité de la guerre – se situe à l'in-tersection des deux précédents : il en est à la fois la consé-quence et la cause. Cette guerre est assurément la plus totale que le monde ait connue. Toutes les ressources des belli-gérants sont mobilisées, à la fois matérielles et humaines. L'Allemagne se trouve disposer, du fait de ses succès initiaux, d'un réservoir apparemment inépuisable : elle occupe l'Europe presque entière. Elle a fait des millions de prisonniers. Elle y ajoute par millions des travailleurs déportés, arrachés à leur patrie pour tenir dans les usines et les fermes la place des Allemands mobilisés sur le front.

Dans le camp adverse, les États-Unis deviennent l'arsenal des démocraties. Dès la fin de 1941, l'administration américaine se fixe des objectifs qui paraissent prodigieux. Roosevelt propose la construction de 60 000 avions, 45 000 chars, 20 000 canons de DCA et 18 millions de tonnes de constructions navales pour subvenir aux besoins des convois et remplacer le tonnage coulé par les sous-marins allemands. Tout de suite, l'entrée en guerre des États-Unis imprime à la seconde partie du conflit le caractère qui va devenir dominant, d'une guerre industrielle. Les États-Unis reconvertissent leur économie et en font l'outil qui leur ouvrira la route de Berlin.

Sont conçues et exécutées des opérations combinées d'une ampleur et d'une complexité sans précédent. C'est au cours de la Seconde Guerre mondiale que, pour la première fois, sont menées des opérations aéronavales, et ce qu'on appelle la logistique prend son autonomie par rapport aux autres aspects de la conduite de la guerre.

Totale, la guerre l'est aussi dans ses méthodes et ses objectifs. On avait déjà vu, au cours de la Première Guerre mondiale, les belligérants essayer d'affaiblir les troupes qu'ils avaient en face d'eux en démoralisant l'arrière. Cet aspect psychologique de la guerre tient une place plus considérable dans les opérations de 1939-1945. Les belligérants cherchent à atteindre la puissance industrielle de l'adversaire en portant des coups décisifs à son économie et au moral des populations. L'Allemagne a ouvert la voie en inaugurant les bombardements dirigés sur les villes ouvertes qui se proposaient essentiellement un effet de terreur. Cette méthode de guerre avait été expérimentée par les aviateurs nazis dans la guerre civile d'Espagne sur les populations de Barcelone, Bilbao ou Madrid. L'aviation allemande étend cette stratégie au détriment de la Pologne en septembre 1939. C'est ensuite Rotterdam qui en subit les effets, en mai 1940, puis, dans l'été 1940, les villes britanniques : Coventry, la première, dont une grande partie est rasée en une nuit, ensuite Londres. En 1941, Belgrade paie de sa destruction à peu près totale la volonté d'indépendance du peuple yougoslave. Mais à partir du moment où les États-Unis sont engagés dans la guerre, où la puissance militaire allemande est contenue sur le front russe, la supériorité change de camp ; bientôt les Anglais et les Américains détiennent la maîtrise de l'air. A leur tour de reprendre la méthode dont l'Allemagne a usé et d'écraser sous les bombes les centres industriels de la Ruhr, les agglomérations allemandes : Hambourg, Berlin, Dresde.

L'endurance de la population civile est un élément de la victoire. Mais elle prend souvent aux opérations une part plus directe. C'est un des traits de cette guerre que le développement de la guérilla, de la guerre des partisans. Rien de tel n'avait existé en 1914 et 1918, en partie à cause de la fixité des lignes de combat. En 1939-1945, la situation est toute différente : l'Allemagne occupe les trois quarts de l'Europe ; elle essaie d'associer à son combat les économies et les ressources des pays occupés. Sur tout le continent surgit peu à peu une résistance intérieure. Elle revêt toutes sortes de formes, depuis le renseignement jusqu'au combat : réseaux, maquis. C'est à l'Est que cette forme de guerre a surgi d'abord, c'est là qu'elle a aussi connu sa plus grande extension : en Pologne, en Yougoslavie, avec les *tchetniks* du général Mihajlovic, puis les partisans de Tito. En Russie même, dans les provinces occupées par les Allemands, sur leurs arrières, se développe une guerre de partisans, puis à l'ouest, en France, en Italie. La guerre utilise la propagande et l'action sur l'opinion. C'est le premier conflit au cours duquel la radio est appelée à jouer un rôle. C'est aussi la première fois qu'est mise en œuvre l'extermination systématique de toute une population : près de six millions de Juifs massacrés.

La lutte se déroule en Europe, en Asie, sur toutes les mers, en Afrique. Après plusieurs années où l'Allemagne a réussi à contrôler l'Europe, depuis le cap Nord jusqu'à la Sicile, et de l'extrémité du Finistère jusqu'au Caucase, elle est peu à peu refoulée sur le territoire allemand. La guerre s'arrête en mai 1945 pour l'Europe, en août 1945 pour l'Asie, quand elle n'a plus de substance à dévorer.

Mais avec la fin des opérations, ses conséquences ne s'effacent pas pour autant. Si nous pouvions déjà dire pour 1918 que la Première Guerre avait profondément modifié le visage de l'Europe, *a fortiori* pour la Seconde qui a duré plus longtemps, qui a affecté davantage de pays et qui a pris des formes plus diverses encore.

2

Les conséquences
de la guerre

C'est donc à dresser le bilan des conséquences de la guerre et à tracer un tableau de l'Europe en 1945 qu'il convient maintenant de procéder.

1. Les conséquences négatives

Il convient de commencer par elles : c'est à quoi l'opinion est alors naturellement le plus sensible, c'est aussi l'ampleur des ruines qui pose aux divers gouvernements les problèmes les plus pressants et dont l'urgence va les contraindre à adopter des mesures de circonstance.

En premier lieu, les pertes humaines. Elles sont, à proprement parler, incalculables ; c'est-à-dire que nous n'en connaissons effectivement pas le décompte exact ; pour certains pays, on est réduit à avancer des chiffres qui ne représentent que des ordres de grandeur. Nous ne savons pas par exemple avec exactitude les pertes de l'Union soviétique : 17 ou 20 millions ? Peu importe en un sens. Ce qui compte et qui doit rester présent à l'esprit, c'est que le dixième approximativement de la population russe a péri entre 1941 et 1945. Si l'on additionne les pertes civiles du fait des bombardements, des exécutions, de la déportation, de la famine, de la persécution raciale, aux pertes militaires, la Pologne a perdu à peu près le quart de sa population, quelque 6 à 7 millions d'habitants. En Yougoslavie, c'est également par millions que l'on dénombre les victimes de la guerre. Au total c'est peut-être 50 ou 60 millions d'êtres vivants qui ont disparu dans la guerre de 1939-1945.

Les pertes se répartissent fort inégalement pour le continent. Une observation s'impose qui prolonge de façon insolite une constatation qui a couru tout au long de notre étude : la différence entre deux Europe. Sur le plan des pertes démographiques, il n'y a en effet pas de commune mesure, au sens propre du terme, entre celles subies par les pays d'Europe occidentale et celles de l'Europe orientale. Le rapport est à peu près de l'ordre de 1 à 10. L'Est a été incomparablement plus éprouvé que l'Ouest. Ce n'est pas tenir pour négligeables les pertes des pays occidentaux ni minimiser leurs souffrances que de constater que le total de leurs victimes est beaucoup plus faible : un peu plus de 600 000 pour la France, quelques centaines de mille pour la Grande-Bretagne.

Cette disparité mérite d'être relevée en raison de ses conséquences : elle explique en particulier la différence des réactions à l'égard de l'Allemagne après 1945. Si l'Europe occidentale a accepté, assez vite, de passer condamnation sur le passé et admis l'Allemagne de l'Ouest dans le concert des nations atlantiques et si, au contraire, l'Europe orientale s'y est longtemps refusée, c'est parce que celle-ci a gardé dans sa chair le souvenir de l'effroyable hémorragie subie du fait de l'agression et de l'impérialisme nationaux-socialistes. Le sentiment anti-allemand demeure naturellement beaucoup plus vivace à l'Est qu'à l'Ouest. C'est, pour l'Est, un réflexe spontané de crainte et de défiance. Il explique, en particulier, que les pays de l'Est aient, au moins dans un premier temps, subi avec une relative résignation l'hégémonie soviétique. A choisir entre deux maux, la domination même prolongée de l'Union soviétique leur paraissait moins redoutable que l'éventualité d'une revanche allemande.

Second poste de ce bilan négatif : les ruines matérielles, beaucoup plus étendues qu'après la Première Guerre mondiale du fait que cette guerre a été une guerre de mouvement. Celle de 1914-1918 s'était, à l'Ouest, vite stabilisée sur des positions dont elle ne s'était guère écartée par la suite, et les régions dévastées, si elles couvraient pour la France une partie importante du territoire, ne représentaient à l'échelle de l'Europe qu'une portion réduite. Entre 1939 et 1945, la guerre de mouvement a plusieurs fois parcouru les mêmes pays et y a accumulé les destructions. Il suffit de songer à l'exemple de notre pays où les destructions de 1940 ont été recouvertes, quatre ans plus tard, par celles de la Libération. Les villes détruites se comptent par centaines en Europe, les communications sont désorganisées.

A ces pertes humaines, à ces destructions matérielles, il faut ajouter des ruines d'un caractère différent : la désorganisation de la société, surtout à l'Est. C'est peut-être la Pologne qui présente, sous ce rapport, le cas le plus dramatique : les Allemands, maîtres du territoire pendant six années, ont entrepris de détruire de façon systématique toutes les élites, intellectuelles, administratives, spirituelles, politiques, de façon à laisser ce pays sans cadres, ni possibilités de se relever. Le bilan des pertes pour la Pologne ne s'exprime pas seulement par le chiffre global de 6 ou 7 millions de morts ; il se traduit aussi par une décapitation.

Dans les pays où les cadres n'ont pas été ainsi supprimés systématiquement par l'occupant, une partie des élites sociales, politiques, administratives, militaires se trouvent écartées parce qu'elles se sont laissé compromettre avec l'occupant ou avec les régimes installés par lui ou tolérés par lui. En 1945, ni le sentiment national ni la Résistance organisée n'admettent de laisser en place ceux qui ont ainsi cautionné la défaite.

Enfin, dans l'ordre des sentiments, la guerre et ses atrocités, l'« univers concentrationnaire », l'extermination systématique de quelque six millions de juifs laissent des traces durables, des ressentiments contre l'Allemagne et l'Italie, d'intensité inégale selon les pays, plus tenaces, par exemple, aux Pays-Bas et en Norvège qu'en France, et même entre nationalités voisines ou faisant partie du même État. C'est le cas des Serbes contre les Croates qui s'étaient aménagé, à la faveur de l'occupation, un régime privilégié et les avaient persécutés.

La tâche de reconstruction apparaît donc, en 1945, beaucoup plus vaste et aussi plus difficile qu'un quart de siècle plus tôt.

2. Les transformations territoriales

Les bouleversements de frontières sont moins importants qu'en 1918. Sur plus d'un point même le règlement de la guerre confirme les solutions adoptées en 1918-1920.

Une différence cependant, essentielle, qui durera longtemps, a trait à l'Allemagne. En 1945, il n'y a plus d'Allemagne en face des vainqueurs. Ceux-ci l'ont voulu ainsi, en application de l'engagement pris au début de 1943, à la conférence de Casablanca, par la Grande-Bretagne et les États-Unis d'exiger de l'Allemagne une capitulation sans condition. C'est un effet de l'identification du national-socialisme à l'Allemagne. L'accaparement de l'État par le parti est cause que les Alliés n'aient pas voulu traiter avec un État qui se confond avec le national-socialisme mis au ban de l'humanité – les organisations nazies seront réputées criminelles de guerre à Nuremberg. Il n'est pas concevable de traiter avec des criminels. L'État ayant disparu, la capitulation laisse un vide total : il n'y a plus ni État, ni gouvernement, ni armée, ni autorité.

C'est une situation à peu près sans précédent dans l'histoire des guerres et des relations internationales. Les Alliés en avaient tiré à l'avance les conséquences. Ils avaient prévu quels problèmes poserait la disparition de l'Allemagne : à eux de se charger de l'administration du territoire et de la population. La fin des opérations ne les prend pas au dépourvu. Ce fut un des points de l'ordre du jour des grandes conférences tenues de 1943 à 1945 que d'arrêter les dispositions du régime d'occupation. Après les conférences à deux – Québec, Casablanca – entre Churchill et Roosevelt, vient la série des conférences tripartites : Angleterre, États-Unis, Union soviétique. C'est, à l'automne 1943, la conférence de Téhéran. C'est surtout la conférence de Yalta, en Crimée, du 4 au 12 février 1945. La guerre n'est pas encore finie et une partie des travaux de la conférence est précisément consacrée à combiner le dernier acte des opérations ; mais une autre partie vise à dessiner les grandes lignes de la réorganisation territoriale et politique de l'Europe. Le contenu de ces accords suscitera une controverse durable aux États-Unis. On a beaucoup reproché – les républicains surtout – au président Roosevelt d'avoir sacrifié l'indépendance de la Pologne, d'avoir abandonné aux ambitions de Staline l'Europe orientale. A vrai dire, ce procès de tendance ne tient pas compte de ce qu'était la situation. La guerre n'était pas terminée. Les États-Unis pensaient avoir besoin de l'aide soviétique pour venir à bout du Japon qui était loin d'être battu. Anglais et Américains avaient, à l'égard de la Russie, une sorte de complexe d'infériorité et de gratitude à la pensée des énormes sacrifices supportés par elle. Il faut enfin se souvenir du climat de la fin de la guerre, fait de confiance amicale entre les partenaires. De toute façon, même si Roosevelt s'était défié de Staline, les dispositions n'auraient guère pu être bien différentes, car les troupes russes étaient à pied d'œuvre et les Américains fort loin.

A vrai dire il y a une légende des accords de Yalta qui auraient procédé à un partage de l'Europe. Il n'y eut aucun accord formel, tout au plus une répartition tacite de zones d'influence. Mais la conférence n'en eut pas moins une portée historique : près d'un demi-siècle, les lignes de démarcation entre l'Ouest et l'Est n'ont pas été remises en cause, même au pire de la guerre froide. Ainsi, quand le gouvernement grec, avec le soutien des Britanniques, écrasa ses propres communistes, Staline ne leva pas le petit doigt. A l'inverse, quand les communistes, par le coup de Prague, ont renversé un gouvernement représentatif et instauré une dictature communiste (1948), les États-Unis n'ont pas bougé. La Grèce faisait partie de la zone d'influence anglo-saxonne et la Tchécoslovaquie était dans l'orbite soviétique.

Quelques mois plus tard, c'est la conférence de Potsdam (juillet 1945). Dans l'intervalle, l'Allemagne a capitulé. La guerre continue avec le Japon. Cinq mois seulement ont passé depuis la rencontre de Yalta, mais Staline est le seul qui y ait assisté. Depuis, Roosevelt est mort subitement, le 12 avril 1945, et le vice-président Truman lui a succédé. Quant aux électeurs britanniques, l'Angleterre ayant eu le scrupule démocratique de provoquer des élections moins de deux mois après la fin de la guerre en Europe, ils ont préféré au vainqueur, au chef du gouvernement de coalition, Churchill, le leader du Parti travailliste : c'est donc Attlee qui représente la Grande-Bretagne à Potsdam.

La conférence de Potsdam consacre l'occupation commune et totale de l'Allemagne, à la différence de 1918-1919 où une petite partie seulement de l'Allemagne avait été occupée. L'Allemagne est partagée en zones d'occupation, au nombre de quatre, Churchill ayant réussi à faire admettre la présence de la France ; la capitale, Berlin, est découpée en quatre secteurs administrés conjointement par les commandants militaires des quatre puissances occupantes. La souveraineté allemande est dévolue aux Alliés : les quatre occupants en sont les héritiers et ils exercent en commun les pouvoirs d'administration. C'est une raison pour que l'Allemagne ne fasse pas immédiatement l'objet d'un traité de paix.

A cette raison s'en ajoute bientôt une autre : la guerre froide vient surimposer ses effets à ceux de la capitulation sans condition. De là vient que l'Allemagne restera plus de quarante ans dans la même situation, que le tracé de ses frontières ne soit pas arrêté et qu'il n'y ait pas eu de règlement diplomatique. En 1919, la paix avait été signée sept mois seulement après la fin de la guerre, le 28 juin 1919. Après la Seconde Guerre mondiale, quatre décennies ont passé sans que la paix soit signée.

Les difficultés sont moindres avec les autres belligérants : des traités ont réglé le sort des satellites de l'Allemagne. C'est, en 1947, la paix avec l'Italie. Celle-ci paie cher d'avoir choisi le mauvais camp : elle perd ses colonies. Sur le moment, elle en éprouve de l'amertume. Plus tard, au spectacle de la décolonisation, beaucoup d'hommes politiques italiens penseront que les Alliés ont rendu à l'Italie un signalé service en la déchargeant des problèmes que la décolonisation a posés aux vainqueurs. L'Italie perd aussi un peu des terres irrédentes récupérées en 1918. L'Istrie est cédée à la Yougoslavie : 1945 marque une nouvelle avance des Slaves en direction de l'ouest. Trieste, détachée de l'Italie et séparée de son arrière-pays, est érigée en ville libre : elle redeviendra italienne quelques années plus tard. Ajoutez quelques rectifications mineures de frontières, à l'avantage de la France, du côté de Lanslebourg, du Mont-Cenis, de Tende et de La Brigue.

Les satellites orientaux de l'Allemagne deviennent assez vite ceux de la Russie : telle est la fatalité géographique de ces petites nations situées entre les deux géants, allemand et russe. La Finlande doit consentir à nouveau à la Russie la rétrocession des territoires que celle-ci lui avait arrachés en 1940, après la brève « guerre d'hiver ». La Roumanie doit restituer la Bessarabie dont elle s'était agrandie en 1918.

Pour la Pologne, la situation est différente. Toute la nation polonaise opère une translation de plusieurs centaines de kilomètres vers l'ouest. Elle cède à la Russie tous les territoires sis à l'est de ce qu'on appelle la ligne Curzon. La Russie progresse vers l'ouest. Elle occupe les deux tiers de la Prusse-Orientale, dont la capitale, Koenigsberg, reçoit le nom de Kaliningrad. En compensation, la Pologne s'agrandit de provinces allemandes : Poméranie, Brandebourg, Silésie, et porte sa frontière jusqu'au cours de l'Oder et de la Neisse. Pour être reconnu, ce nouveau tracé devra attendre que l'Allemagne de Bonn s'engage avec le chancelier Brandt dans l'Ostpolitik au début des années 70.

En Extrême-Orient, il n'y a pas non plus de règlement définitif. C'est décidément une particularité de cette guerre que de déboucher sur un avenir indéterminé. 1815 et 1918 avaient abouti à des traités en bonne et due forme. Rien de tel au lendemain de la Seconde Guerre mondiale. Ni avec l'Allemagne ni avec le Japon, c'est-à-dire avec les deux principaux belligérants, les deux grands responsables de la conflagration, il n'y a de traité général, seulement des accords particuliers. Le Japon signe un traité en septembre 1951 avec les États-Unis. Mais l'Union soviétique a pris soin de préciser que ce traité ne l'engagerait point, qu'elle ne se considérait pas comme liée par ses dispositions. Le Japon a subi des pertes territoriales considérables. Il a dû céder toutes ses conquêtes et même restituer la plupart des annexions d'avant la guerre, notamment la Mandchourie et la Corée.

Le règlement demeure donc très incomplet. Cette situation serait sans grandes conséquences si, deux ans plus tard, le monde n'était entré dans une autre guerre, d'une autre forme. Avant même d'avoir épuisé les effets de la précédente et réglé son héritage, une nouvelle guerre, la guerre froide, apporte ses problèmes, ses enjeux, ses méthodes. On le saisit parfaitement sur l'exemple de Berlin, divisé du fait de la Seconde Guerre mondiale, qui deviendra l'enjeu d'une des plus âpres épreuves de force entre l'URSS et l'Ouest en 1948-1949 : au blocus de la ville décrété par Staline répondra le pont aérien qui assurera la survie des Berlinois. Les séquelles de la guerre deviennent ainsi les enjeux de la nouvelle compétition. C'est autour de l'héritage de la précédente que s'instaure l'épreuve de force, à Berlin, en Corée (1950), ailleurs encore.

Pour achever de décrire la situation territoriale, rappelons la rentrée de la Russie en Europe, son glissement vers l'ouest, une Russie qui a retrouvé la Carélie, annexé les États baltes, reconquis la Bessarabie et la moitié de la Pologne.

Le contraste est, une fois de plus, saisissant entre la relative stabilité des frontières à l'ouest et l'instabilité de l'Europe orientale où les frontières se déplacent, d'une guerre à l'autre, de plusieurs centaines de kilomètres.

3. Une nouvelle étape de la démocratisation

C'est, une fois encore, le triomphe de la démocratie. Déjà en 1918, la victoire des Alliés était apparue comme la victoire non pas seulement d'États démocratiques, mais de la démocratie en tant qu'idée et institution. De même, en 1945, la victoire confère une nouvelle jeunesse aux idées démocratiques ; elle vient, sur ce point, confirmer celle de 1918 et en étend les résultats.

1918 avait entraîné l'effondrement des grands empires : Allemagne, Autriche-Hongrie, Russie, Empire ottoman ; toutes les dynasties avaient été détrônées. Le phénomène se répète en 1945 au détriment d'autres dynasties, surtout en Europe orientale et méridionale. Plusieurs monarques paient de la perte de leur trône les flottements de leur politique étrangère ou leur inféodation à l'Allemagne nazie : c'est le cas en Roumanie, en Bulgarie, sous la pression de l'armée soviétique. L'exemple de la Yougoslavie est un peu différent puisque le roi Pierre avait été chassé d'abord par les Allemands. La monarchie disparaît aussi de Hongrie. En Italie, c'est de façon très régulièrement démocratique que la monarchie est déchue. Un référendum, le 7 juin 1946, donne l'occasion aux électeurs italiens de choisir entre le maintien de la monarchie et la proclamation de la République. Une petite majorité se prononce en faveur de la République : une douzaine de millions, contre une dizaine de millions de suffrages monarchistes, répartis de façon très inégale, au point de faire redouter à l'époque une cassure géographique de l'Italie. Le Nord et le Centre, jusqu'à Rome, ont voté républicain, le Sud de l'Italie et les îles ont voté monarchiste. La maison de Savoie est victime de sa collusion prolongée avec le fascisme : avec trois quarts de siècle de retard, Garibaldi prend sa revanche sur Cavour et Victor-Emmanuel.

Ne subsistent plus comme monarchies en Europe qu'un petit nombre d'États, autant de petites nations, la Grande-Bretagne exceptée : les trois monarchies scandinaves – Suède, Norvège, Danemark –, les Pays-Bas, la Belgique, le Luxembourg. La forme monarchique, encore la plus répandue en 1914, est devenue en 1945 l'exception. La géographie est éloquente : les sept pays qu'on vient d'énumérer dessinent un canton de l'Europe, l'Europe du Nord et du Nord-Ouest. Encore ces monarchies sont-elles toutes des monarchies constitutionnelles, des démocraties parlementaires où les forces de gauche sont souvent au pouvoir. C'est le cas des monarchies scandinaves où les socialistes dirigent le gouvernement ; en Grande-Bretagne, les électeurs ont porté à plusieurs reprises au pouvoir le parti travailliste. La forme monarchique n'est pas incompatible avec la démocratie politique et même sociale : la monarchie a retrouvé récemment un sens en Espagne où la fermeté intelligente d'un jeune roi a sauvé la démocratie et réconcilié la Couronne avec le peuple.

On peut donc dire que 1945 marque la défaite définitive de l'ancien régime politique. C'est alors qu'achèvent de disparaître les monarchies absolues du XVIIIe siècle ; sous ce rapport, la Seconde Guerre mondiale parachève un siècle et demi de révolutions et de guerres.

C'est aussi la défaite des régimes autoritaires. S'il est vrai, comme j'ai essayé de le montrer, qu'ils ne se confondent pas avec la conservation traditionnelle ni avec la réaction, leur effondrement est un phénomène distinct. La démocratie ne triomphe pas seulement des survivances de l'Ancien Régime, elle l'emporte sur le fascisme. Ses chefs sont morts : Hitler s'est suicidé, Mussolini tombe aux mains des partisans qui le pendent à Milan. Il en va de même pour la plupart des régimes satellites. Les chefs qui ne sont pas morts se sont enfuis, ou sont internés et vont être traduits en justice, condamnés, exécutés. Seuls font exception les régimes autoritaires d'Espagne et du Portugal qui subsisteront jusqu'à la mort de leurs fondateurs : ils ne survivront guère à Salazar et à Franco ; au Portugal les militaires balaient en 1974 le régime de l'*Estado novo* ; en Espagne, c'est le roi lui-même qui a conduit la démocratisation de son pays.

Le système des forces politiques.

Dans les autres pays, ceux qui étaient depuis longtemps des démocraties, la poussée démocratique va au-delà du point qu'elle avait atteint : 1945 marque une étape de plus dans la démocratisation du régime, des institutions, de la vie politique et des rapports sociaux. Les transformations s'y opèrent à l'inspiration de la Résistance. Sa naissance et sa participation à la guerre constituaient un trait original et majeur des années 1940-1945. Mais le rôle de la Résistance n'a pas pris fin avec les hostilités. La Résistance présente, en effet, une double signification : sursaut patriotique pour libérer le territoire national et recouvrer l'indépendance, elle est aussi un combat politique. Toute guerre a besoin d'une inspiration, de se fixer des objectifs, de se nourrir de mythes. Entre 1940 et 1945, la Résistance a songé à ce que serait l'avenir. Partout elle répudie le passé, reproche aux régimes antérieurs de ne pas avoir suffisamment préparé la guerre, d'être responsables indirectement de la défaite et de l'occupation. Partout s'affirme une volonté de rénovation : rénovation de l'État, rénovation aussi de la société pour la rendre plus juste.

Cette mystique de la Résistance présente certaines analogies avec des phénomènes rencontrés précédemment, notamment avec l'esprit de 1848, et la comparaison serait suggestive entre le printemps des peuples en 1848 et la résistance européenne de 1945 : comme celui de 1848, l'esprit de la Résistance est démocratique et social. Il s'exprime dans de nombreux textes, les uns à usage intérieur, d'autres de portée internationale. La Charte de l'Atlantique, en août 1941, énonçait des objectifs qui cristallisèrent les aspirations latentes des populations opprimées. Pour la France, c'est le programme du Conseil national de la Résistance. La résistance yougoslave jette en 1943, en pleine clandestinité, les fondements d'une Constitution fédérative qui vise à résoudre le problème de la multiplicité des ethnies et à surmonter leurs antagonismes séculaires.

La Résistance a donc inspiré des mouvements d'une double nature : organisations de combat contre l'occupant et mouvements politiques qui se préoccupent de jeter les fondements et de dessiner les traits des régimes de demain. La fin de la guerre met un terme à la première raison d'être, pas à la seconde. Les aspirations que ces mouvements formulent se communiquent aux partis politiques : pendant plusieurs mois, une unanimité – que la suite révélera fragile – dans l'euphorie de la Libération unifie les aspirations et les forces.

Le système des forces politiques exprime une poussée à gauche. En effet, les droites traditionnelles sont discréditées et désorganisées. Du fait de leurs structures, elles étaient moins préparées à l'action clandestine, moins aptes aussi à recueillir les fruits de leur éventuelle participation à la résistance, que les partis organisés et disciplinés de la gauche. La droite souffre, en outre, de s'être laissé identifier à un monde ancien que l'opinion, dans sa quasi-totalité, rejette. L'heure est à des forces plus avancées.

Trois se détachent, les mêmes dans la plupart des pays – c'est là un fait qui mérite considération. Ces six années de guerre, d'occupation et de résistance ont puissamment unifié l'Europe. Les mêmes courants, dans des proportions inégales, la parcourent d'un bout à l'autre. Des traits communs se dégagent, que soulignent les différents programmes. De l'Ouest à l'Est, les trois mêmes grandes forces politiques apparaissent maîtresses de l'heure : le socialisme démocratique, celui de la IIe Internationale ; le communisme, allié de l'Union soviétique ; la démocratie chrétienne. La conjonction de ces trois forces détient, dans la plupart des pays, une écrasante majorité. Elle exerce le pouvoir, elle dessine la physionomie des nouveaux régimes, elle élabore les Constitutions.

Considérons tour à tour ces trois forces.

Le socialisme qui triomphe est un socialisme diffus dont les frontières sont plus larges que celles des formations proprement socialistes. Tout le monde, ou presque, à l'époque se réclame, peu ou prou, du socialisme sans toujours avoir une notion claire de ce qu'on met sous ce vocable : essentiellement, l'espérance de concilier la liberté et la justice, le refus de choisir entre une liberté dont le corollaire serait l'inégalité et l'injustice, et une égalité qui mettrait en veilleuse les libertés traditionnelles.

Le socialisme jouit d'un grand prestige ; ses chefs aussi. Léon Blum revient de déportation : il publie un livre qui fera date, intitulé *À l'échelle humaine*. En Grande-Bretagne, les élections, quelques semaines seulement après la capitulation de l'Allemagne, avant même que les hostilités aient pris fin avec le Japon, donnent une majorité tout à fait imprévue au parti travailliste. Clement Attlee prend la direction du gouvernement ; aux Affaires étrangères, un ancien ouvrier, Bevin, et la nouvelle majorité entreprend une transformation profonde des structures économiques et sociales de la Grande-Bretagne. L'expérience travailliste sera un modèle pour les socialistes continentaux.

Partout le, ou les partis socialistes, lorsqu'ils sont divisés, sont associés au pouvoir. Ils y étaient depuis longtemps déjà dans certains pays, en Scandinavie notamment Mais il n'y a guère qu'en Grande-Bretagne que le socialisme détient une majorité absolue ; partout ailleurs, trop faible pour gouverner seul, il doit entrer dans une majorité de coalition et compter avec ses partenaires, le parti communiste et la démocratie chrétienne.

Le communisme a fait, depuis 1941, de grands progrès dans la clandestinité. La part prise à la lutte contre l'occupant a fait oublier la complicité de Staline avec Hitler et les connivences de la direction du parti avec les occupants. L'Union soviétique, par sa résistance, jouit d'un prestige qui rejaillit sur les différents partis communistes. A l'Est, l'accès au pouvoir leur est facilité par la présence de l'Armée rouge, à l'Ouest par la participation aux organisations de résistance. Le fait le plus nouveau, et qui est sans doute l'explication la plus décisive de son succès en 1945, est la conjonction qui paraît s'être réalisée aux yeux de l'opinion entre l'idée nationale et le communisme, entre le sentiment patriotique et le parti communiste. Ce parti qui, entre 1920 et 1935, était antimilitariste internationaliste, qui vilipendait l'armée, a esquissé un premier revirement en 1935-1936, un second, plus accentué, pendant la guerre. C'est dans la mesure où il s'est nationalisé que le communisme est devenu une grande force politique dans la plupart des pays d'Europe. En France, il recueille quelque cinq millions de voix aux premières élections générales. Il est désormais le premier parti de France, sauf en juin 1946 où le MRP lui ravit la place et le titre pour quelques mois. Il compte plus de cent cinquante élus à l'Assemblée nationale : au début de 1947, il avoisine le million d'adhérents. En Italie, il atteint le double. Il est devenu, en même temps qu'un parti national, un parti de gouvernement associé à l'exercice du pouvoir. Il a tenu entre 1945 et 1947 le langage du possible : il faut travailler, ce n'est pas le moment de revendiquer. Le parti communiste se prononce contre toute agitation sociale.

Il en va ainsi à peu près dans toute l'Europe, sauf en Allemagne, où s'est produit un renversement de tendance complet. Avant 1933, le plus puissant parti communiste d'Europe était le Parti communiste allemand. Après 1945, ce sont les partis italien et français. Si, en Italie et en France, le communisme s'identifie à la cause nationale, en Allemagne il souffre au contraire de se confondre avec l'occupant. Le sentiment patriotique joue contre lui. Mais, en 1945, cela n'a encore aucune conséquence pratique puisqu'il n'y a plus de vie politique en Allemagne.

La troisième force, dont le succès est plus imprévu, est la démocratie chrétienne : ce qui en tenait lieu, avant 1939, se réduisait à de petites formations parlementaires sans grande audience.

La démocratie chrétienne bénéficie en 1945 d'un concours de facteurs favorables. Elle a généralement fait bonne figure dans la résistance aux régimes autoritaires, elle a tenu tête au fascisme italien, au national-socialisme. D'autre part, la débâcle de la droite conservatrice laisse une masse d'électeurs désemparés qui, faute de pouvoir reporter leurs voix sur le socialisme ou le communisme, les prêteront, faute de mieux, aux candidats de la démocratie chrétienne. Le succès de la démocratie chrétienne consacre aussi la montée d'une nouvelle génération de militants formés dans des mouvements d'inspiration chrétienne, action catholique et syndicalisme chrétien : c'est le cas en Belgique, en France, en Italie.

La démocratie chrétienne se présente sous des visages différents selon les pays. C'est un parti confessionnel en Italie qui s'intitule explicitement « Démocratie chrétienne ». En Belgique, c'est le vieux parti conservateur et confessionnel, le parti catholique, qui change sa dénomination en « parti social chrétien ». En France, c'est une nouvelle formation qui ne fait référence, ni dans ses statuts ni dans son appellation, à quelque confessionnalité que ce soit : le Mouvement républicain populaire. En Allemagne, lorsque renaîtra la vie politique, ce sera la CDU, un parti interconfessionnel associant protestants et catholiques et prenant la suite, mais avec des innovations, du vieux Zentrum – qui n'était que catholique – de l'Allemagne bismarckienne et de la république de Weimar.

La démocratie d'inspiration chrétienne est une donnée nouvelle et une composante essentielle de la nouvelle Europe politique.

Ces forces sont isolément, exception faite des travaillistes en Grande-Bretagne, insuffisantes à constituer à elles seules une majorité et un gouvernement. Elles sont donc condamnées à vivre ensemble et à gouverner de concert. C'est ce qu'on appelle en France le tripartisme, l'alliance du communisme, du socialisme et du MRP. La guerre est encore assez proche pour que prévale sur leurs dissentiments ce que ces formations ont en commun.

4. Les réformes politiques, économiques, sociales

La coalition de ces trois forces réalise de profondes transformations qui touchent à la fois les institutions politiques, les structures économiques, les relations sociales, l'organisation du travail.

Elles se traduisent dans les institutions politiques généralement par l'élaboration de Constitutions nouvelles d'inspiration plus démocratique que les précédentes. Ainsi la France se donne-t-elle en 1946 une nouvelle Constitution. Pour les pays qui ont renversé le régime établi, le vide en fait une nécessité : c'est le cas de l'Italie après qu'un référendum eut aboli la monarchie. C'est vrai aussi des pays vaincus : le Japon se voit octroyer par le commandant américain, le général MacArthur, une Constitution toute démocratique.

A côté des Constitutions, ou de par elles, on remarque des innovations dans le régime électoral. Le droit de vote a été accordé aux femmes en France, en 1945. La représentation proportionnelle, jugée plus démocratique que le principe majoritaire, devient la règle pour les consultations électorales sur le continent.

Au plan des institutions parlementaires, c'est l'affaiblissement, si on la conserve, de la seconde assemblée. Le Conseil de la République n'est plus, en France, que l'ombre du puissant Sénat de la Troisième République. C'est surtout dans les rapports entre les pouvoirs le triomphe du régime d'assemblée qui apparaît comme l'expression la plus fidèle des principes démocratiques : une assemblée souveraine, reflet d'autant plus fidèle de l'opinion qu'elle est composée à la représentation proportionnelle, détenant tous les pouvoirs, les gouvernements étant dans sa stricte dépendance.

La tendance est à un petit nombre de partis, fortement organisés, disciplinés, sur le modèle des partis ouvriers. La France ne comptera pendant plusieurs années que trois grands partis, disposant à eux seuls des trois quarts des voix et des quatre cinquièmes des sièges. L'accord entre eux, s'il est réalisé, devient la loi de l'État.

A côté de ces réformes politiques, d'importantes et profondes transformations économiques. Ce sont, selon l'expression qui a cours alors, des réformes de structures. Elles mettent à la disposition de la nation, par la nationalisation, certains secteurs industriels et financiers. La nationalisation obéit à diverses préoccupations. Les unes sont proprement idéologiques : l'attachement à la propriété collective. Il y a aussi une raison d'ordre moral : sanctionner des entreprises qui ont collaboré avec l'ennemi et réalisé de substantiels bénéfices. C'est pour ce motif que les usines Renault sont nationalisées. Il y a encore le souci de ne pas laisser se constituer, à l'intérieur, des puissances capables de tenir en échec l'indépendance de l'État ; un des critères retenus pour la nationalisation sera précisément celui du monopole et du degré de concentration. Il y a enfin une raison d'ordre pragmatique : en 1945, eu égard à l'ampleur des destructions et compte tenu de la nécessité d'une modernisation, car les économies supportent la double hypothèque de la crise de 1930 qui a suspendu les investissements et des destructions de la guerre, l'unification en un service national d'entreprises dispersées paraît la meilleure solution pour réaliser les réformes indispensables.

Dans la plupart des pays, ce sont les mêmes secteurs qui font l'objet des nationalisations : les secteurs de base, les sources d'énergie, les charbonnages, et, en France et en Grande-Bretagne, le gaz, l'électricité, les moyens de transport, des établissements bancaires et des sociétés d'assurances. La formule de la nationalisation apparaît alors comme la solution des problèmes économiques et des problèmes sociaux.

Dans l'ordre social, enfin, d'importantes réformes sont alors adoptées à d'écrasantes majorités. Elles visent à répondre au vœu de l'opinion et aussi à la pression des travailleurs. Les années 1945-1946 connaissent une poussée syndicale comparable à celle, pour la France, de 1936 (pour les pays étrangers, il faudrait chercher d'autres termes de comparaison). Les syndicats se sont reconstitués dans la clandestinité et rapprochés : la CGT et la CGTU, de nouveau scindées au lendemain du pacte germano-soviétique, se sont réunifiées ; une entente a même été établie avec la Confédération française des travailleurs chrétiens. L'unité syndicale agit comme un aimant sur la masse des travailleurs qui adhèrent par millions. La réunification s'opère aussi au plan international autour de la Fédération syndicale mondiale.

Les réformes sociales tendent à réaliser un plan de protection et de couverture des risques sociaux aussi complet que possible. La Grande-Bretagne a montré l'exemple avec le plan Beveridge. C'est, en France, l'adoption de la Sécurité sociale, la généralisation des allocations familiales et leur indexation par rapport aux salaires, l'idée maîtresse étant de soustraire les travailleurs aux aléas. Cela rejoint un des objectifs énoncés par la Charte de l'Atlantique en août 1941 : libérer l'humanité de la peur, de la faim, de la misère.

La fin de la Seconde Guerre mondiale marque donc bien une étape décisive sur la voie d'une démocratisation politique et sociale plus complète et plus effective.

La démocratie étendue aux relations internationales.

En 1919-1920, la Société des Nations était sortie de cette idée ; en 1945, la démocratie va essayer à nouveau de se traduire dans des institutions intergouvernementales. La Charte de l'Atlantique, avec ses huit points (1941), peut être tenue pour le pendant des quatorze points de la déclaration wilsonienne de 1918 et la lecture comparative des deux textes est instructive.

Les gouvernements entendent tirer les enseignements de la faillite de la SDN. Les Alliés se proposent de demeurer unis pour empêcher la revanche des vaincus et préserver la paix. Une des raisons auxquelles on impute l'inefficacité de la SDN était l'égalité fictive entre grands et petits : tous les membres de la SDN se trouvaient disposer des mêmes droits, même s'il y avait entre eux une disparité criante. Aussi la conférence de San Francisco qui s'ouvre avant même la fin de la guerre, en adoptant la Charte des Nations unies, distingue-t-elle entre les Grands (au nombre de cinq), censés détenir des responsabilités mondiales, et les autres. Les Grands disposeront d'un siège permanent au Conseil de sécurité qui est l'organe essentiel ; ils y auront un droit de veto. Les autres seront représentés par rotation au Conseil de sécurité et éliront six membres qui viennent compléter les cinq Grands.

La démocratie semble ainsi établie durablement dans les institutions internationales. On peut avoir en 1945 le sentiment justifié que la fin de la Seconde Guerre mondiale marque bien le triomphe de la démocratie par toute la terre. Dans chaque pays, le pouvoir est exercé par des forces démocratiques et, dans le monde, l'entente des cinq grands Alliés paraît devoir préserver la paix. C'est la même constatation qu'en 1920, à cette différence près qu'on s'imagine avoir entendu les leçons de l'expérience. Toutes les conditions semblent réunies, institutionnelles, politiques, psychologiques, pour préserver la liberté et la paix.

Or, moins de deux ans après, les vainqueurs sont désunis ; le terme « désunis » est même faible pour caractériser la situation de 1947. Deux blocs hostiles se dressent l'un contre l'autre dans une forme de guerre inédite pour laquelle on a été obligé d'inventer un nom, plus exactement une image, celle de la guerre froide. La situation de 1947 est aussi différente que possible de ce que le monde espérait en 1945.

3

La guerre froide

Pourquoi et comment ce revirement s'est-il produit plus vite encore qu'après la Première Guerre mondiale ? Ce n'est pas le moindre paradoxe de ce second après-guerre que la paix ait pu paraître en 1945 mieux assurée que vingt-cinq ans plus tôt et qu'en fait la division se soit déclarée plus tôt.

1. Les origines de la rupture

C'est, une fois de plus, appliqué à une situation nouvelle, le type de problème qui nous a déjà retenus précédemment pour les deux guerres mondiales ou les révolutions. Aussi ne s'étonnera-t-on pas que la réponse soit du même type : loin qu'il y ait une cause unique, plusieurs facteurs ont convergé.

La rupture a des causes idéologiques. La guerre froide tient en partie à un désaccord doctrinal fondamental entre les Alliés de la veille. Il porte à la fois sur les buts et sur les moyens : les vainqueurs sont divisés aussi bien sur la finalité de l'ordre politique que sur les méthodes à adopter. Cette rupture n'est ni une surprise ni une nouveauté. Elle était en germe depuis longtemps déjà. La « grande alliance », pour reprendre l'expression churchillienne, entre l'Ouest et l'Est a été provoquée par l'agression de l'Allemagne contre l'Union soviétique : les circonstances l'ont imposée, elle ne découlait pas des systèmes ou des sentiments ; c'était bien plutôt l'opposition qui était inscrite dans la nature des régimes et de leur philosophie. Les antagonismes avaient été momentanément masqués par les nécessités de la lutte contre l'ennemi commun et aussi par les ambiguïtés du vocabulaire, les deux camps usant à peu près des mêmes termes, mais en leur donnant des contenus bien différents. L'un et l'autre se prétendent démocratiques, mais se réfèrent à deux notions dissemblables de la démocratie. Pour l'Ouest, la démocratie est l'épanouissement des libertés individuelles héritées des régimes libéraux, elle implique le pluralisme des opinions politiques et des formations organisées. Pour l'Est, la démo-cratie, parce qu'elle met l'accent sur la justice à instaurer et sur l'égalité à promouvoir, entraîne la suspension des libertés individuelles : au lieu de tolérer le pluralisme, elle s'identifie au monopole d'un parti qui exerce une dictature absolue.

La bonne entente entre les vainqueurs aurait peut-être pu se prolonger, si le désaccord n'avait été que spéculatif, si le dissentiment n'avait opposé que des systèmes idéologiques. Mais ce différend s'inscrit en outre dans l'espace et la géo-graphie. Il met aux prises des puissances animées d'ambi-tions, qui poursuivent des objectifs à long terme, qui nourris-sent des craintes, qui se soucient de leur sécurité. C'est l'interférence entre l'antagonisme idéologique et la compéti-tion pour l'hégémonie ou les appréhensions pour la sécurité qui expliquent la rapidité avec laquelle la situation interna-tionale se dégrade.

L'état de choses où la paix a laissé l'Europe y pousse encore davantage : la défaite de la France en 1940 avait livré aux Allemands le continent tout entier ; l'Europe n'a pu prendre à sa propre libération qu'une part des plus réduites. La Résistance a eu certes une grande importance psycholo-gique et symbolique, mais il faut reconnaître que, dans l'ordre des pesées, l'Europe est neutralisée. La victoire de l'Allemagne en 1940, sa défaite en 1945 mettent l'Europe dans la dépendance de l'extérieur. L'effondrement de l'Eu-rope est plus accentué en Allemagne où il n'y a plus ni État ni souveraineté, mais l'Europe entière se trouve dans une situation analogue, incapable d'assurer sa propre défense, de diriger son propre destin, comme de relever son écono-mie. Au centre, un vide étendu constitue comme un foyer d'appel, une sorte de zone dépressionnaire qui va, le plus naturellement du monde, être comblée par les influences extérieures.

Les vainqueurs ne sont pas des Européens du continent. C'est l'Angleterre insulaire, au bord de l'Europe, autant tournée vers le grand large pour reprendre la formule fameuse de Churchill que vers l'Europe, ce sont la Russie et les États-Unis. Des trois, c'est l'Union soviétique qui est en position dominante car contiguë territorialement à l'Europe centrale. L'Armée rouge n'a pas eu à monter une opération aéronavale pour prendre pied sur le continent européen : il lui a suffi de refouler l'envahisseur jusque chez lui. L'Union soviétique a profité de la situation pour réaliser des annexions territoriales, certaines remontant au temps de la bonne entente germano-soviétique : c'est le cas pour les États baltes. Elle reprend l'Ukraine polonaise, elle détache de la Tchécoslovaquie la petite Ruthénie subcarpatique et la Roumanie a dû lui rétrocéder la Bessarabie. Elle progresse en direction du centre de l'Europe et efface les conséquences de 1917 ; elle reconstitue la façade occidentale que les tsars, de Pierre le Grand à Alexandre 1er, avaient patiemment édifiée en plus d'un siècle.

Mais c'est surtout sa présence victorieuse au-delà de ses propres frontières, même repoussées, qui lui assure une position sans égale. C'est l'Armée rouge qui a libéré toute l'Europe orientale et centrale : Pologne, Roumanie, Bulgarie, Hongrie, Tchécoslovaquie, Autriche, Allemagne orientale. Un seul pays s'est libéré par lui-même : la Yougoslavie. Est-ce pour cela que, moins de trois ans après la fin de la guerre, cette démocratie populaire, dont l'orthodoxie ne le cède pas aux autres, sera rejetée par le bloc soviétique ? Les troupes russes occupent dix capitales européennes pour assurer la sécurité de leurs lignes de communication avec leurs zones d'occupation en Allemagne et en Autriche.

Les États-Unis et l'Angleterre subsidiairement ne sont présents en Europe que de façon occasionnelle, et comme en passant. La population américaine n'est, au lendemain de la capitulation allemande, animée que du désir de voir revenir le plus vite possible les soldats américains. Est-il besoin de dire que ce désir est partagé par les soldats eux-mêmes ? Le mot d'ordre est donc une démobilisation massive et rapide ; un seul obstacle, technique, la ralentit : l'insuffisance du tonnage. Il n'y a pas assez de navires pour ramener en quelques mois la totalité des hommes et du matériel que les États-Unis ont débarqués en Europe. Sans cette difficulté matérielle, à la fin de l'année 1945 toutes les troupes américaines auraient regagné les États-Unis.

Le retrait des États-Unis et la présence massive de la Russie créent en Europe une situation de déséquilibre, d'autant que l'action de l'Union soviétique se trouve secondée et relayée par celle des partis communistes. J'ai dit de quel prestige jouissait à l'Ouest le communisme sur l'opinion européenne, la force relative des partis communistes dans la plupart des pays. A l'Est, les partis communistes sont très minoritaires pour des raisons diverses. L'économie de ces pays est essentiellement rurale, il y a peu d'industrie, guère de prolétariat ouvrier. D'autre part, dans l'entre-deux-guerres, la plupart de ces pays s'étaient donné des régimes autoritaires. Le communisme était l'ennemi ; les partis étaient interdits, leurs dirigeants poursuivis, jetés en prison, condamnés. Ces partis ne représentent pas grand-chose numériquement en 1945, mais leur faiblesse est compensée par la présence de l'Armée rouge et la tutelle diplomatique et militaire que l'Union soviétique exerce sur cette partie de l'Europe. En outre, ils vont jouer le jeu des gouvernements de coalition. Ils ne peuvent évidemment prétendre détenir le pouvoir à eux seuls. Ils proposent donc à leurs partenaires de la Résistance, aux partis socialistes, démocratiques, d'inspiration libérale ou radicale, voire aux partis conservateurs de petits propriétaires ou de paysans, de former un gouvernement de coalition sous une appellation générale du type Front patriotique ou Front national. Les partis communistes modèrent leurs exigences : ils se contentent d'un petit nombre de ministères, mais qu'ils choisissent avec discernement. Ils demandent des postes clés, l'Intérieur, la Police, la Justice, qui leur permettent, à la faveur de l'épuration, d'éliminer de la vie politique des adversaires qui pourraient être redoutables. Les formations de droite subissent, en Europe orientale, le même discrédit qu'à l'Ouest. Elles ne sont pas en mesure de faire contrepoids aux partis communistes disciplinés qui vont peu à peu grignoter les adversaires.

La conquête du pouvoir s'opère en plusieurs temps. C'est d'abord un gouvernement de coalition. Second temps, quelquefois concomitant, les communistes proposent au parti socialiste l'unité organique, c'est-à-dire de mettre un terme à la division des forces ouvrières, d'oublier les querelles du passé, de fusionner dans une formation unique, parti ouvrier ou socialiste unifié. Les partenaires hésitent, mais les communistes ont des moyens de précipiter la décision. Ils exercent une pression de la base, prennent appui sur les syndicats qu'ils contrôlent, sur les milices populaires dont la raison d'être est d'assurer la sécurité des usines ou des entreprises, et ils trouvent chez les socialistes la connivence de gens dont les uns sont sincères et les autres intéressés. L'opération aboutit à l'unification. En très peu de temps, les communistes s'emparent des leviers de commande du parti unifié. Ce parti unifié s'approche du pouvoir par étapes, écartant peu à peu les obstacles, les libéraux qu'on discrédite, auxquels on reproche de ne pas avoir suffisamment résisté : ainsi en Pologne pour les Polonais revenus de Londres que le comité de Lublin élimine.

Tel est le processus qui a conduit en deux ou trois ans les communistes au monopole du pouvoir, le « coup de Prague » en février 1948 achevant le processus. Ainsi les pays d'Europe orientale sont-ils devenus autant de démocraties populaires. Voilà qui a passablement bouleversé la situation de départ. En 1945, règne partout une coalition de forces démocratiques. En 1947-1948, la Russie est flanquée de pays satellisés, qui transforment leurs structures politiques, économiques, les calquent sur celles de l'Union soviétique, alignent leur production comme leurs forces de défense sur l'économie soviétique et sur l'Armée rouge.

Avant que le processus arrive à son terme, bien avant le « coup de Prague », l'Europe occidentale et les États-Unis ont commencé de s'alarmer. Ils craignent que la Russie ne mette la main sur toute l'Europe : à l'époque, l'Europe est bien incapable de se défendre contre une agression extérieure. Elle a peur aussi de la subversion à l'intérieur : les partis communistes sont puissants, contrôlant les forces syndicales, ils sont en mesure de déclencher des grèves générales, de paralyser l'économie. La crainte n'est pas vaine de les voir provoquer de l'intérieur la subversion des institutions et se rallier au bloc soviétique.

Cette éventualité alarme les Britanniques d'abord, les Américains ensuite. Les uns et les autres réagissent assez vite. Churchill, alors qu'il était encore au pouvoir, dans le premier semestre de 1945, intervient avec la dernière énergie en Grèce où les forces de gauche, d'inspiration communiste, ont déclenché une guerre civile ; les troupes britanniques débarquent à Athènes et rétablissent l'ordre. Staline ne réagit pas, la Grèce étant dans la zone d'influence britannique. Churchill, passé à l'opposition – il a été écarté du pouvoir en juillet 1945 –, est un des premiers à attirer l'attention sur ce qu'il considère comme un péril pour l'indépendance de l'Europe. C'est lui qui, en 1946, accrédite la fameuse expression du rideau de fer qui s'est abattu sur l'Europe et la divise en deux. Dans le même discours, prononcé à Zurich, parlant à titre personnel, mais avec le prestige que lui confèrent ses responsabilités passées et la part prise à la victoire, il préconise une union européenne défensive contre l'infiltration et la subversion communistes. La première idée de l'unification européenne n'est pas économique ; elle est politique et stratégique : l'idée que, divisés, les pays d'Europe sont autant de proies exposées à l'ambition soviétique, mais que, unis, ils peuvent opposer un barrage à l'invasion étrangère et aux désordres intérieurs.

Telles sont les causes et les origines de la rupture.

2. L'année 1947 et la cassure de l'Europe

Il faut maintenant retracer le déroulement de la guerre froide à partir du moment où cette division devient une donnée acquise, reconnue, de la situation internationale, c'est-à-dire en 1947. C'est, en effet, l'année 1947 qui marque le tournant. Cette année est une année capitale, peut-être la plus importante des quinze ou vingt qui ont suivi la fin de la guerre. Aujourd'hui encore les effets de l'année 1947 ne sont pas tous effacés.

L'année 1947 consacre la rupture définitive entre les Alliés. Elle est marquée par une succession d'événements qui entretiennent les uns avec les autres des relations assez complexes d'interdépendance qui nous obligent à entrer dans quelques détails.

Il y a d'abord un renversement de tendance de la politique étrangère des États-Unis. Depuis la fin de la guerre et la mort de Roosevelt, la grande pensée de la diplomatie américaine avait été d'abord de terminer la guerre avec le Japon, puis de rapatrier les combattants. Mais la conduite de l'Union soviétique amène bientôt les responsables à réviser leur stratégie. Au début de 1947, le gouvernement américain donne un coup d'arrêt. Il suspend la démobilisation et amorce le réarmement. Le budget militaire va, dès lors, croître d'année en année. En outre, Washington renonce à l'isolement. C'est cela qui est capital : pour la première fois, les États-Unis tirent, de façon durable et non pas seulement accidentelle, les conclusions de leur propre puissance. C'est de 1947 que date l'avènement des États-Unis au rang de puissance mondiale. Jusqu'alors, ils l'étaient virtuellement, mais ils avaient négligé d'en tirer les conséquences et étaient comme absents du monde. En 1947, les dirigeants de la politique américaine prennent conscience de leur puissance et des responsabilités qui en découlent.

Le 12 mars 1947, le président Truman, dont le nom reviendra à plusieurs reprises car il a joué un rôle décisif dans les péripéties de la guerre froide, fait part au Congrès de son intention de prendre en Grèce et en Turquie la relève de la Grande-Bretagne. Les travaillistes au pouvoir depuis un an et demi, aux prises avec toutes sortes de difficultés économiques, ont en effet décidé de réduire les dépenses et de proportionner leurs objectifs à leurs moyens : la Grande-Bretagne va accorder l'indépendance à l'Inde. Depuis l'intervention de Churchill, les troupes britanniques assuraient le maintien de l'ordre public en Grèce. Le gouvernement travailliste annonce que, dorénavant, il n'est plus en mesure de remplir ce rôle. Or la Grèce comme la Turquie paraissent menacées par les visées soviétiques : l'Union soviétique formule des revendications sur certains territoires turcs. Quant à la Grèce, elle paraît menacée de l'intérieur par l'extrême gauche. Le président Truman juge que les États-Unis ne peuvent pas laisser la Grèce et la Turquie tomber sans coup férir dans l'orbite soviétique : ils se substitueront donc à la

Grande-Bretagne. Ils tirent ainsi un verrou devant la pénétration soviétique.

Mars 1947 : le même mois, agonise la conférence qui
réunit à Moscou les ministres des Affaires étrangères des
quatre grands pays, celle qu'on a appelée la conférence de la
dernière chance. Le désaccord apparaît irrémédiable entre
Molotov, ministre des Affaires étrangères de l'Union soviétique, et les ministres des Affaires étrangères des États-Unis,
de Grande-Bretagne et de France. Jusque-là, la grande idée
de la diplomatie française, tant avec le général de Gaulle
qu'après son départ, le 20 janvier 1946, était que la France
soit un lien entre les deux camps. C'est devenu une vue de
l'esprit. En mars 1947, la France tire les conséquences de la
situation et, en partie pour avoir le charbon sarrois, rejoint
les positions de la Grande-Bretagne et des États-Unis.

Trois mois après le discours qui définissait « la doctrine
Truman », le discours capital prononcé à l'université Harvard
par le secrétaire d'État américain, le général Marshall, au
début de juin 1947, marque une date aussi importante dans
l'évolution des relations internationales, tant pour les rapports
États-Unis-Europe qu'entre les deux Europe. Le général Marshall propose à l'Europe l'aide américaine pour son redressement économique, l'Europe étant alors incapable de se relever
par elle-même. Le discours de Marshall se situe ainsi sur le
plan économique, mais les préoccupations qui l'ont inspiré
sont de plusieurs ordres, entre autres, le souci d'empêcher
l'Europe occidentale de glisser dans le chaos. Cela signifie
aussi que, pour les États-Unis, l'Europe occidentale a la priorité sur l'Asie. Il faut relever que la proposition, telle qu'elle
est formulée dans le discours de Harvard, s'adresse à toute
l'Europe sans faire d'exception : elle n'exclut pas l'Europe
orientale, ni même l'Union soviétique. A telle enseigne que le
gouvernement tchécoslovaque donne d'abord une réponse
favorable et se dispose à participer à la conférence qui va
réunir à Paris les représentants des pays intéressés. La Tchécoslovaquie n'eut pas le temps de donner suite : elle doit revenir sur son acceptation, sous la pression du gouvernement
soviétique qui redoute que ses satellites lui échappent et qui
craint que la contagion de l'économie libérale ne désintègre le
système qu'il est en train d'édifier en Europe de l'Est.

Ainsi, c'est la conjonction de la proposition américaine et du refus soviétique qui consomme la cassure de l'Europe en deux et non pas le plan Marshall seul. Le « rideau de fer » dont parlait Churchill, qui n'avait jusque-là de signification que politique, se double désormais d'une barrière économique : l'Europe est maintenant scindée en deux. A partir du refus soviétique et de la conférence qui donne consistance au projet Marshall, les deux Europe suivront des évolutions divergentes : deux blocs se constituent. A l'Ouest, les pays sont liés aux États-Unis, à leur économie d'abord. Ils le seront bientôt à la stratégie américaine : le 4 avril 1949, l'Europe occidentale se lie pour vingt ans par le Pacte atlantique. Les États-Unis sont présents en Europe ; ils acceptent, pour la première fois de leur histoire, en pleine paix – mais une paix qui est aussi une guerre froide –, d'envoyer de façon permanente des troupes en Europe pour assurer la sécurité de l'Europe occidentale, et pour signifier qu'ils ne laisseraient pas éclater un troisième conflit sans y prendre part dès le début. A l'Est, les pays font bloc avec l'Union soviétique. Leurs économies deviennent solidaires de celle de la Russie, leurs systèmes militaires aussi.

Deux systèmes antagonistes s'édifient sur tous les plans. Sur le plan militaire : pacte Atlantique contre pacte de Varsovie. Sur le plan économique évidemment, sur le plan politique aussi : le morcellement de l'Allemagne, qui n'était en 1945 que la conséquence circonstancielle de sa défaite, devient une donnée permanente : les fragments d'Allemagne sont incorporés dans l'un et l'autre bloc. De quatre zones on passe par étapes à deux : la zone britannique et la zone américaine fusionnent d'abord pour former la « bizone », puis la petite zone française les rejoint. En 1949, le partage de l'Allemagne se manifeste jusque dans les institutions politiques. D'une part, entre en vigueur à l'Ouest la loi fondamentale, qui est la Constitution de la République fédérale, et des élections générales à l'automne désignent un chancelier : Adenauer. D'autre part, à l'Est, c'est, en réplique, la Constitution de la République démocratique allemande avec ses propres institutions et son gouvernement.

La scission s'étend à tout : à tous les pays, à tous les types d'organisation. A l'intérieur des pays d'Europe occidentale, les ministres communistes sont évincés de tous les gouvernements dont ils faisaient partie : en Italie, en France, en Belgique, au Danemark. La rupture passe, dans chaque pays, à l'intérieur des Parlements, isolant le parti communiste et le rejetant dans l'opposition.

Du même coup, le système politique se déporte vers la droite : socialistes et démocrates chrétiens doivent trouver sur leur droite un partenaire qui compense la perte subie à gauche. L'axe de gravité se déplace de la gauche vers la droite et c'est toute la politique qui va s'en ressentir, avec la réintégration dans les majorités de gouvernement des libéraux ou radicaux, jusque-là dans l'opposition.

La division affecte les organisations syndicales. L'unité reconstituée dans la résistance et la clandestinité en 1943-1944, scellée au sommet dans la Fédération syndicale mondiale, ne résiste pas à l'épreuve de force de l'année 1947. Elle vole en éclats : la Fédération syndicale mondiale se disloque et, dans chaque pays, les centrales syndicales se dissocient. C'est, en France, à la fin de 1947, après l'échec de la grande grève de type insurrectionnel déclenchée à l'instigation des éléments communistes, la constitution d'une dissidence, baptisée CGT-Force ouvrière, par la minorité qui quitte la centrale. Dislocation des coalitions politiques, scission des syndicats, des organisations de jeunesse, des mouvements d'étudiants, de la Fédération mondiale démocratique de la jeunesse. Partout, c'est la rupture et l'affrontement de deux systèmes dans des épreuves de force, comme en 1948 le blocus de Berlin qui dure une année entière, les Russes espérant obliger les Alliés à lâcher prise.

3. La guerre froide et ses prolongements

La guerre froide s'étend hors d'Europe : elle gagne les autres continents, le monde entier ; elle paralyse le fonctionnement de l'Organisation des Nations unies où l'Union soviétique, en minorité malgré l'appui des démocraties populaires, use systématiquement du droit de veto, ce qui vaut au représentant soviétique le surnom de « M. Niet ». Cet abus oblige l'ONU à réviser ses institutions pour transférer du Conseil de sécurité à l'Assemblée générale d'importantes attributions : à l'Assemblée générale, le nombre fait loi et il est possible aux États-Unis de trouver une majorité qui passe outre à l'opposition du bloc soviétique. La structure des relations internationales est désormais « bipolaire » : tout se ramène à l'affrontement de deux blocs, tout s'ordonne par rapport à l'un ou à l'autre de ces deux pôles. Il n'y a pas encore de troisième force, le « tiers-monde » n'ayant pas encore accédé à l'existence politique.

En 1949, les communistes chinois, quatre ans après la fin de la guerre en Extrême-Orient, se sont rendus maîtres de toute la Chine continentale : par leurs propres forces – l'Union soviétique ne les y a guère aidés. Il n'en alla pas de même de leurs adversaires : les États-Unis ont assisté Tchang Kaï-chek et le Kouo-min-tang. La victoire du communisme en Chine a pour première conséquence – la seule qu'on perçoive dans l'avenir immédiat – l'extension du bloc communiste qui compte désormais près d'un milliard d'hommes et déplace virtuellement son centre de gravité.

Les répercussions ne se font pas attendre sur le pourtour de la Chine. C'est, à la fin de juin 1950, une guerre de type classique : la guerre de Corée. La Corée présentait une situation très semblable à celle de l'Allemagne C'est, précisément, l'analogie entre les deux situations qui inquiète l'Europe occidentale. Si, en Extrême-Orient, le bloc communiste a décidé de recourir à l'épreuve de force pour annexer la Corée du Sud, pourquoi l'Allemagne orientale, aidée par le bloc soviétique, n'en ferait-elle pas autant aux dépens de l'Allemagne occidentale ? L'Europe passera, dans l'été 1950, par une psychose de panique. La Corée, comme l'Allemagne, avait été partagée en deux zones d'occupation : la Corée du Sud occupée par les Américains ; la Corée du Nord rattachée au bloc soviétique ; les deux séparées par une ligne de démarcation toute conventionnelle, puisqu'elle suit le 38e parallèle de latitude nord. Le 25 juin 1950 au matin, les troupes de la République populaire de Corée du Nord ont franchi le parallèle et envahi la Corée du Sud. Le président Truman réagit dans l'heure. Les États-Unis obtiennent ensuite – profitant de l'absence de l'Union soviétique du Conseil de sécurité – que leur intervention soit placée sous le patronage des Nations unies.

Mais, à son tour, la Chine intervient et envoie des volontaires par centaines de mille. La guerre durera trois longues années : elle prend fin en juillet 1953, après toutes sortes de péripéties, dont la destitution du général MacArthur qui voulait bombarder la Mandchourie chinoise, et d'interminables négociations.

Au sud de la Chine aussi, la victoire des communistes chinois a des conséquences : leur arrivée à la frontière du Viêt-nam ruine l'espoir des Français de venir à bout du mouvement d'indépendance vietnamien. L'aboutissement à terme de la victoire des communistes en Chine, c'est la défaite de Diên Biên Phu en 1954, la conférence de Genève, le partage du Viêt-nam ; il y aura deux Viêt-nams jusqu'à la chute de Saigon vingt ans plus tard et à la réunification sous l'égide communiste, comme il y avait deux Corées et deux Allemagnes. Conséquence tangible, manifestation topographique du partage idéologique du monde en deux blocs : tant en Europe qu'en Asie, l'affrontement des deux blocs entraîne le partage. C'est dans chaque pays que l'opinion est divisée entre les deux blocs.

La guerre froide, par sa nature même, tolère mal la neutralité. Aucun des deux blocs n'accepte volontiers que des tiers restent à l'écart. L'un et l'autre s'emploient à enrôler le plus de pays possible. C'est le moment où sévit ce qu'on a appelé la « pactomanie » des États-Unis : ils édifient pacte sur pacte, visant à constituer tout autour du bloc soviétique une ceinture de sécurité continue entre pays qui se lieraient par des accords militaires. A côté du Pacte atlantique (avril 1949) qui associe l'Europe occidentale à l'Amérique du Nord – États-Unis et Canada –, l'ANZUS, du nom des initiales des pays contractants – Australie, Nouvelle-Zélande et US (États-Unis) –, le pacte dit de l'OTASE ou de l'Asie du Sud-Est, qui associe à la Nouvelle-Zélande et à l'Australie les Philippines et la Thaïlande, et le pacte dit de Bagdad ou encore du CENTO, qui comportait à l'origine la Turquie – membre, elle aussi, du Pacte atlantique, point d'amarrage reliant un pacte à l'autre pacte –, l'Irak, l'Iran, le Pakistan.

Le système dessinait un immense arc de cercle allant de l'extrémité septentrionale de la Norvège – membre du Pacte atlantique – au Japon – lié aux États-Unis par un traité en 1951 – et à l'Alaska américain. Ce dispositif est matérialisé par plus d'une centaine de bases, occupées par l'aviation stratégique américaine en Europe, au Maroc, en Turquie, en Arabie, ailleurs encore. C'est la stratégie du « cordon sanitaire » de 1919, reprise sur une autre échelle, étendue à l'univers entier, encerclant, outre l'Union soviétique, les démocraties populaires et la Chine communiste.

L'assistance militaire prend d'année en année le pas sur l'aide économique. La politique du général Marshall est relayée, éclipsée bientôt, par une politique proprement militaire où la stratégie est maîtresse.

Les bouleversements de la technologie militaire modifient les rapports de forces. Les États-Unis sont en possession de la bombe atomique depuis l'été 1945, et ce monopole leur confère une situation exceptionnelle. Mais bientôt la Russie rattrape l'avance américaine et détient à son tour la bombe A. C'est alors au tour des États-Unis de reprendre l'avance en inventant la bombe thermonucléaire. La Russie les rejoindra.

1953 marque à la fois la disparition de Staline – un des artisans de la guerre froide –, la paix de Pan-Mun-Jom en Corée, et, à quelques mois près, la fin de la guerre en Indochine. Le monde paraît alors entrer, en 1953-1954, dans une phase de détente. Les nouveaux dirigeants soviétiques, qu'on distingue mal encore à l'époque, Boulganine et Khrouchtchev, paraissent désireux de voir du pays et de renouer des relations. Ils pratiquent une diplomatie activement itinérante. En 1955, ils renouent avec Tito. C'est en 1955 aussi qu'aboutit l'accord sur l'Autriche, un des rares succès de l'entente entre les deux blocs. En 1955 encore, à Genève, la rencontre au sommet : pour la première fois dialoguent Eisenhower pour les États-Unis, Boulganine et Khrouchtchev pour l'Union soviétique et les représentants de la France et de la Grande-Bretagne. Rien de concret ne sort de cette conférence, mais sa tenue a une portée symbolique ; elle eût été impensable du vivant de Staline. Un nouvel état des rapports s'établit ; ce n'est plus exactement la guerre froide, même si les formes en subsistent. C'est ce qu'on appelle la « coexistence pacifique » ; les deux Grands se résignent à vivre ensemble ; ils ne peuvent espérer se supprimer. Par ailleurs, ils ne peuvent pas non plus espérer gagner l'autre à leurs propres principes. Les relations internationales connaîtront dès lors une alternance de crises et de détentes où la volonté est partagée de ne pas pousser les choses jusqu'au bout.

Les principaux épisodes de cette histoire, après la conférence de Genève en 1955, sont d'abord l'échec de la conférence au sommet qui devait se tenir à Paris en mai 1960 : Khrouchtchev prend prétexte d'un avion espion américain aventuré dans l'espace aérien soviétique pour faire échouer la conférence. Deux ans plus tard, la crise de Cuba marque le paroxysme de l'affrontement ; rarement les deux adversaires sont allés aussi près de la rupture. Khrouchtchev avait pris le risque grave d'installer à Cuba des fusées soviétiques. L'ultimatum des États-Unis, le recul de l'Union soviétique, l'épreuve dont ils sont sortis l'un et l'autre à l'amiable les rendent plus solidaires encore que par le passé. C'est, dans l'été de 1963, l'accord signé à Moscou pour mettre fin aux expériences nucléaires sur terre, dans les airs et dans les mers, qui a un intérêt immédiat et plus encore une portée symbolique : c'est le signe que les deux Grands, détenteurs de la foudre atomique, n'en useront pas l'un contre l'autre et se considèrent comme conjointement intéressés au maintien de la paix.

La guerre froide ne connaîtra plus de tensions aussi fortes ni de situations aussi dramatiques. Avec le temps, les deux adversaires ont perdu l'espoir ou renoncé au projet d'évincer l'autre : le prix à payer serait trop élevé. L'épisode de la guerre des fusées les a convaincus que tout devait être fait pour éviter un conflit. Ils se sont habitués l'un à l'autre et ont trouvé un *modus vivendi*. Par ailleurs le monde autour d'eux a changé. En 1947, ils étaient quasiment seuls. L'Europe ne s'était pas encore relevée. Le continent africain était toujours entièrement colonisé. Mais ensuite, d'année en année, les deux Grands voient surgir des partenaires ou des concurrents. C'est l'émancipation des peuples colonisés, l'accession à l'indépendance de l'Asie, de l'Afrique, le réveil des nationalismes en Amérique latine. C'est, à côté de leur duopole, l'émergence d'un tiers-monde qui entend bien ne pas se laisser assujettir à l'un ou à l'autre des deux blocs et qui se définit comme non engagé. A cet égard, la conférence de Bandoeng en 1955 marque un moment capital de cette prise de conscience. Neutralistes, ces pays vont peser de plus en plus dans les organisations internationales, jusqu'à y détenir la majorité.

Un second phénomène joue dans le même sens : la dissociation progressive du bloc communiste qui modifie le rapport des forces. Après la rupture entre l'URSS et la Chine, ce furent les révoltes à l'intérieur de l'empire soviétique, les craquements et les fissures dans l'édifice auxquels on n'a pas toujours sur le moment accordé l'importance que leur restituera *a posteriori* l'effondrement du système en 1989.

Néanmoins, la guerre froide entre les deux Grands ne s'éteindra jamais tout à fait entre 1963 et 1989 : pendant ce quart de siècle, elle connaîtra des rebondissements. Moins à l'occasion des crises qui secouent le monde communiste qu'à cause des initiatives de Moscou qui tendent à remettre en question le *statu quo* et le partage du monde. L'Occident assiste sans réagir à l'étouffement du printemps de Prague en 1968, mais il s'inquiète des interventions en toutes directions de l'URSS. Sous Brejnev, un effort sans précédent de construction de sous-marins va de pair avec d'ultimes interventions, en Afrique notamment, en Éthiopie, en Angola, directement ou plus souvent par Cubains interposés. Cette politique culmine en 1979 avec l'entrée de l'armée soviétique en Afghanistan : elle s'y enlisera dans une lutte impitoyable avec les résistants afghans auxquels les États-Unis apportent leur assistance. En Europe, Moscou exerce avec la menace de ses missiles un chantage pour empêcher l'installation en Allemagne de missiles américains. L'élection à la Maison-Blanche du républicain Ronald Reagan marque le retour en force des États-Unis sur la scène internationale : il dénonce l'empire du Mal et engage un ambitieux projet de défense antimissiles qui rendrait le territoire de l'Union invulnérable. La guerre des étoiles a sonné le glas de la guerre froide. Gorbatchev est assez lucide et audacieux pour tirer les conséquences de l'inégalité entre les deux États réputés grands. Les États-Unis sont le seul grand. La Russie ne leur fera plus de difficultés : elle n'opposera pas son veto à leur intervention contre l'Irak dans la guerre du Golfe. Les historiens jugeront peut-être que la guerre froide a définitivement pris fin le 11 septembre 2001 quand le président Poutine, à la nouvelle des attentats perpétrés par les islamistes, fut le premier à téléphoner au président Bush pour l'assurer de son entière solidarité et lui offrir de mettre à la disposition des forces armées américaines les aéroports de l'Asie centrale. A l'antagonisme des deux systèmes, à la rivalité des deux puissances, succédait leur alliance contre l'ennemi commun : le terrorisme.

4

Le monde communiste
après 1945

1. Les éléments d'unité

On peut dire, en rigueur de termes, le « monde communiste » : il s'agit bien d'un univers à la fois différent du reste
du monde et ayant une unité propre. C'est un des deux blocs
entre lesquels le monde se divise en 1947. Aussi le communisme apparaît-il à la fois comme un principe de contradiction
entre les pays qui y adhèrent et ceux qui le rejettent, et comme
un principe d'unité pour tous ceux qui entrent dans la communauté des peuples communistes. Le communisme est ainsi
un facteur ambigu qui développe simultanément deux ordres
de conséquences contraires : division, unification.

Comme facteur de regroupement, le communisme ras-
semble des peuples fort dissemblables que séparent leur
passé, leur culture, leurs origines ethniques. A leur morcellement il surimpose une construction unitaire et la contrainte
d'une politique commune. La cohésion du bloc est fondée
sur l'idéologie : la référence au marxisme-léninisme est le
ciment de leur association. Ces pays sont tous engagés dans
la construction d'un ordre qui entend rompre radicalement
avec le passé. L'ensemble ambitionne de propager au-delà
de ses frontières du moment la doctrine qui les soude et de
l'étendre au monde entier.

Ces trois caractères font l'originalité de ce rassemblement,
très différent du Pacte atlantique, de la Communauté européenne, du Commonwealth ou de la Communauté des peuples
francophones : s'ils se réfèrent à des valeurs communes, aucun
de ces groupements ne réserve une telle place à l'idéologie et
n'aspire à englober le monde entier dans un système unique.

La doctrine d'abord : c'est le marxisme lu à travers Lénine, et temporairement, au début de notre période, interprété par Staline, et saisi, pour les autres pays que l'Union soviétique, à travers une expérience nationale, celle de la Russie. Cela est capital dans cette espèce de composé que constitue le communisme tel qu'il apparaît aux démocraties populaires ou aux partis communistes de l'étranger. La place de l'expérience soviétique depuis 1917 est considérable : c'est elle qui a transformé la théorie en pratique. De ce fait, l'URSS a tenu pendant un demi-siècle une place privilégiée dans les sentiments des communistes répandus dans le monde entier et été une référence indiscutable dans les débats comme dans la stratégie des partis communistes : en 1945-1950 son prestige est au zénith, ne craint aucune comparaison et ne donne prise à aucune critique. La Russie n'a-t-elle pas été la première ? Son antériorité devient primauté : pas seulement une primauté d'honneur mais une primauté de commandement : ses orientations sont des ordres. L'Union soviétique est le guide incontesté, le modèle exemplaire, la seconde patrie de tous les travailleurs : elle a qualité pour fixer les objectifs communs et arrêter la stratégie de l'internationalisme prolétarien. Elle est le pivot et le centre du système.

En 1945, cette cohésion est très forte : la dissolution du Komintern décidée en 1943 par Staline, pour faire plaisir à Roosevelt, n'a pas relâché les liens à l'intérieur du bloc. C'est seulement après la mort de Staline (1953), à partir du XXe Congrès (1956) et de la déstalinisation, que les liens vont se distendre, avec la querelle du polycentrisme, et surtout avec la rupture entre l'Union soviétique et la Chine. On reviendra plus loin sur cette divergence et sur ce phénomène si nouveau dans le monde communiste que constitue la pluralité des centres de décision, ou polycentrisme.

Ce système, cette idéologie sont beaucoup plus tournés vers l'avenir que vers le passé. L'avenir, c'est le communisme à instaurer, tâche de longue haleine, qui ne peut pas être l'effet d'une transformation instantanée : le communisme rencontre trop de résistances, les vestiges du capitalisme sont trop vivaces et trop nombreux. Il faudra des décennies, peut-être même des siècles, pour effacer les effets de l'aliénation. C'est donc par étapes, qui s'échelonneront sur des générations, que se fera l'instauration progressive d'une société sans classes. C'est dans cette perspective que la distinction classique entre socialisme et communisme prend sa signification. Elle entraîne des degrés et des nuances à l'intérieur du bloc soviétique. Tous les pays ne sont pas parvenus au même degré de socialisme : les appellations mêmes qu'on leur donne soulignent ces décalages. Le premier stade, c'est la démocratie populaire. Le deuxième stade, lorsque la socialisation de l'économie est suffisamment avancée, c'est la république socialiste : en 1960, la République tchécoslovaque sera ainsi promue « république socialiste » ; mais le communisme est encore une autre étape. La Russie devance naturellement les autres puisqu'elle a pris sur tous une avance d'un quart de siècle. Le XXIIe Congrès du parti communiste de l'Union soviétique prévoyait en 1960 que la Russie entrerait en 1980 dans l'ère du communisme.

Cette idéologie aspire à déborder de son cadre momentané ; elle porte en germe une expansion universelle. Toute idéologie tend plus ou moins à déborder de son aire initiale comme elle exerce naturellement une attraction contagieuse. La chose est plus vraie encore du marxisme-léninisme qui nie la réalité des frontières et aspire à réaliser leur suppression. L'internationalisme n'est pas un caractère secondaire : il est constitutif de l'idéologie.

La limitation à un espace géographique circonscrit ne peut donc être qu'une situation transitoire : le communisme postule l'universalisation. Mais elle s'accommode de toutes sortes de divergences sur le calendrier, les échéances, les modalités. C'était un des enjeux de la controverse entre Staline et Trotsky, Trotsky tenant déjà pour la révolution universelle immédiate, et Staline affirmant la possibilité de construire le socialisme dans un seul pays.

Ce fut aussi un élément de la controverse qui opposa un temps les dirigeants de la Chine populaire à ceux de l'Union soviétique dénoncés comme des révisionnistes.

En tout cas, il y a toujours eu corrélation entre l'action des partis communistes dans les pays qui vivent sous d'autres régimes, et la diplomatie de l'Union soviétique. La manifestation la plus spectaculaire en était la réunion périodique à Moscou des délégués des quelque 80 ou 85 partis communistes et ouvriers, quelques-uns au pouvoir, le plus grand nombre dans l'opposition.

2. Les étapes de la formation du monde communiste

Le bloc communiste s'est constitué en quatre ou cinq étapes successives, les unes en relation directe avec des guerres, générales ou locales, les autres à la suite de soulèvements de caractère révolutionnaire.

Le noyau initial, c'est la révolution d'Octobre 1917 dont procède l'Union des républiques socialistes soviétiques : l'appellation, qui ne comporte aucune référence à un pays donné, signifie que l'URSS a, dans l'esprit de ses fondateurs, vocation à agréger de par le monde tous les peuples qui choisiront de s'engager à sa suite dans la voie de la construction d'une société socialiste. L'Union soviétique restera seule de son espèce une trentaine d'années : après l'écrasement des révolutions en Allemagne et en Hongrie en 1919 et le reflux de la vague, elle est isolée et tenue à l'écart de l'Europe, contenue par un « cordon sanitaire » et ignorée des États dits bourgeois. Ses dirigeants en prennent leur parti : renonçant à réaliser immédiatement la révolution universelle, Staline a opté pour l'édification du socialisme en un seul pays. Tout est dès lors ordonné à faire de l'URSS une grande puissance dotée d'un pouvoir concentré entre les mains d'un seul. L'URSS ne renonce pas pour autant à agir à l'extérieur par l'intermédiaire des partis communistes nationaux dont l'action est subordonnée aux impératifs stratégiques de l'État soviétique, combattant la politique de leur propre pays quand elle est contraire aux intérêts de Moscou, la soutenant si elle a l'heur d'être en harmonie avec eux.

L'Union soviétique sort peu à peu de l'isolement : déjà, en 1924, l'Italie de Mussolini, le gouvernement travailliste et celui du Cartel des gauches l'ont reconnue *de jure*. En 1934, elle est admise à la Société des Nations : elle se range alors du côté des démocraties occidentales et encourage, quand elle ne la suscite pas, la formation des Fronts populaires qui associent les communistes à toutes les forces démocratiques dans la lutte antifasciste. Mais, à l'été 1939, Staline opère un surprenant renversement des alliances en signant un pacte avec Hitler qui lui permet de s'emparer sans coup férir d'une bonne partie des territoires polonais. Quelques mois plus tard, avec la connivence de Hitler, Staline procède à l'incorporation forcée des trois États baltes. En juin 1941, nouveau renversement, cette fois à l'initiative de Hitler, qui attaque l'URSS et la rejette dans le camp des démocraties auxquelles elle reste alliée jusqu'à la défaite du Reich.

La fin de la guerre inaugure une deuxième étape dans la constitution du bloc avec la transformation de huit États en démocraties populaires : Pologne, Roumanie, Bulgarie, Hongrie, Tchécoslovaquie, Yougoslavie, Albanie et République démocratique allemande (RDA) : un ensemble géographique considérable, d'un seul tenant. Dans aucun de ces huit pays les communistes ne sont arrivés au pouvoir à la suite d'une consultation libre par laquelle le suffrage universel leur aurait démocratiquement donné la majorité : la conquête du pouvoir s'est faite partout sous la protection de l'armée soviétique et la tutelle de ses diplomates, par la pression, l'intrigue, l'élimination physique des adversaires et même des partenaires. Voici l'Union soviétique flanquée de huit pays satellisés dont les gouvernements adhèrent à l'idéologie et entreprennent de transformer l'économie et la société sur le modèle soviétique. Elle noue avec eux des liens de subordination en tout point semblables à ceux que l'Europe avait instaurés avec ses dépendances coloniales : le rapprochement peut être suggéré sans crainte d'offusquer personne, depuis que Khrouchtchev lui-même a reconnu en 1956 que Staline avait imposé à tous ces pays une domination coloniale. C'est Moscou qui arrête les termes de l'échange, c'est-à-dire les quantités à livrer, les taux, la valeur du rouble fixée à un cours très supérieur à sa valeur réelle. Le gouvernement soviétique travaille à intégrer les démocraties populaires dans un système unifié : politiquement, économiquement – le Comecom –, militairement, le pacte de Varsovie.

Ce système a connu des échecs. Deux pays se soustraient à la domination de Moscou : la Yougoslavie puis l'Albanie, dans des circonstances bien différentes et avec des implications idéologiques contraires. La rupture avec la Yougoslavie survient en juin 1948 : le Kominform – créé à l'automne 1947 à l'issue de la conférence qui avait réuni en Pologne les partis communistes des démocraties populaires et les représentants des deux grands partis occidentaux, italien et français, pour coordonner leur action dans la guerre froide – excommunie Tito pour présomption de déviationnisme. A dire vrai cette accusation est un prétexte : la vérité est que Staline se défie de Tito, qui a libéré son pays sans l'aide de l'Armée rouge, et qu'il s'inquiète d'un projet de fédération balkanique dont la réalisation ferait obstacle à la volonté de l'Union soviétique de n'admettre que des relations bilatérales du fort au faible. En mettant Tito au ban du monde communiste, Staline ne doutait pas d'entraîner sa chute. Or, loin de s'incliner, Tito fait front et le peuple yougoslave se range derrière lui. Les autres démocraties populaires l'isolent et font le procès de tous ceux qui sont suspects de sympathie titiste. La Yougoslavie tient tête à Staline. À mesure, elle affirme son originalité : par réaction contre la bureaucratie soviétique, le parti met l'accent sur le dépérissement de l'État, proclame l'autogestion, développe le mouvement coopératif, pratique la décentralisation, accentue le caractère fédératif du pays. Le non-alignement est la règle de sa politique étrangère et la Yougoslavie regroupe peu à peu autour d'elle de nombreux pays qui refusent de s'agréger à l'un ou l'autre des deux blocs. Deux ans après la mort de Staline, Tito savoure la revanche d'accueillir à Belgrade ses héritiers venus faire amende honorable et reconnaître qu'il peut y avoir plus d'une voie pour construire le socialisme. L'Albanie d'Enver Hodja se séparera plus tard du bloc pour des raisons inverses : elle n'admettra pas la déstalinisation ; fidèle à l'exemple du Grand Timonier, elle refusera d'avoir rien de commun avec ses successeurs taxés de révisionnisme.

Si la deuxième étape de l'agrandissement du bloc communiste doit tout à l'action de l'Union soviétique, la troisième se situe sur une autre ligne et Moscou n'y est à peu près pour rien : c'est l'instauration du communisme en Chine. Les origines du communisme en Chine sont presque aussi anciennes qu'en Russie mais, à la différence de celle-ci où il avait suffi d'un coup de force pour une conquête définitive du pouvoir, celle-ci prendra en Chine une trentaine d'années. C'est seulement quatre ans après la fin de la Seconde Guerre mondiale et après des années de guerre, tantôt contre l'envahisseur japonais et tantôt contre le gouvernement national, que les communistes se sont rendus maîtres de la Chine continentale. La République populaire est proclamée le 1er octobre 1949. Événement historique d'une portée incalculable, à commencer par ses conséquences pour le monde communiste. Il y a désormais un deuxième pôle de ce bloc : même si, dans les débuts, les relations paraissent bonnes entre les deux capitales, il n'est pas concevable que ne surgisse pas à terme une compétition entre Moscou et Pékin pour la direction du mouvement. D'autant que d'entrée de jeu la Chine groupe à elle seule plus des trois cinquièmes des hommes qui vivent dans le monde communiste. En outre, elle va rayonner sur ses voisins. Déjà, depuis 1945, la Corée du Nord vivait en régime communiste. En 1954, les accords de Genève, qui mettent fin à la première guerre d'Indochine, consacrent la victoire du communisme vietnamien dans le nord de la péninsule. Vingt ans plus tard, avec l'entrée des troupes communistes à Saigon, rebaptisée Hô Chi Minh-ville, et la défaite des États-Unis, tout le Viêtnam, le Cambodge et le Laos sont passés sous domination communiste. Mentionnons pour mémoire l'arrivée au pouvoir des communistes dans un État du sud de l'Inde, le Kérala. S'est ainsi constitué un vaste ensemble asiatique qui présente par rapport à l'URSS et aux démocraties populaires d'Europe orientale des différences appréciables.

La Chine est le premier pays de couleur à avoir basculé dans le communisme. Elle bénéficie de ce fait auprès des autres pays jadis colonisés d'un avantage sur l'Union soviétique héritière de l'impérialisme russe. En second lieu, alors que la révolution d'Octobre a été faite par les ouvriers, le communisme chinois est un communisme de paysans : la Chine est composée à plus de 80 % de gens qui cultivent la terre. Elle propose aux pays en voie de développement un modèle qui leur paraît plus proche, plus facile à imiter que le modèle industrialiste d'une Russie qui avait déjà connu le capitalisme avant la révolution. Il va éclipser l'exemple russe et lui ravir la vedette auprès de tous les peuples pauvres. La chose est déjà manifeste à la conférence qui réunit, à Bandoeng en 1955, les dirigeants de la plupart des pays sous-développés autour de Nehru, Chou En-laï, Nasser.

Quatrième étape de l'expansion du communisme à travers le monde, une révolution dont l'inspiration première n'emprunte rien au marxisme, à plus forte raison au marxisme-léninisme : la révolution cubaine conduite par Fidel Castro, qui triomphe d'un régime corrompu et oppressif en 1959. Révolution plus proche des insurrections libérales ou démocratiques du XIXᵉ siècle que d'Octobre 1917. Mais tenu à distance par les États-Unis qui soutiennent les contre-révolutionnaires, et surtout condamné à l'asphyxie par leur refus de lui acheter sa récolte de sucre, unique ressource de l'île, Castro cherche et trouve assistance auprès de l'Union soviétique et s'intègre au bloc communiste au point d'accepter en 1962 que Khrouchtchev installe des fusées à Cuba. La révolution cubaine devient à son tour un exemple pour les révolutionnaires d'Amérique centrale et méridionale : elle inspire et soutient les mouvements de guérilla en Bolivie, en Colombie, au Pérou. La révolution triomphe au Nicaragua, elle gronde au Salvador. Le communisme est désormais présent dans l'hémisphère occidental autrement que par quelques intellectuels ou des appareils clandestins.

Dans les années 1970, l'Union soviétique, profitant de l'effacement momentané des États-Unis qui opèrent un repli après leur échec au Viêt-nam, a repris l'initiative et conduit ce qui pourrait dessiner une cinquième étape : secondé par Cuba qui envoie des milliers de soldats en Afrique, Brejnev déploie une action dans le monde entier, développe sa marine, pratique une politique d'intervention active en Angola, en Éthiopie, au Mozambique, ailleurs encore, et s'y assure des positions solides auprès des régimes qui dépendent de l'Union soviétique pour leurs armements. Le point d'orgue de cette dernière étape, c'est en 1979 l'invasion de l'Afghanistan, point de départ d'une guerre de huit années sans que les communistes puissent prendre un avantage décisif.

Ainsi s'est constitué, tantôt par la conquête, tantôt par la subversion, un bloc immense d'un milliard et demi d'hommes, en une petite vingtaine d'États, répartis sur quatre continents : à leur tête, tant pour la chronologie que par la puissance, l'Union soviétique ; puis les huit démocraties populaires d'Europe de l'Est, même si elles ont suivi des chemins divergents ; ensuite six pays d'Asie : Mongolie extérieure, Corée du Nord, Chine, Viêt-nam, Cambodge, Laos, enfin Cuba et plusieurs pays d'Afrique.

3. Un monde divisé, une idéologie contestée : la faillite du communisme

Dans sa sécheresse voulue ce raccourci d'un tiers de siècle d'expansion du communisme à travers le monde pourrait induire l'idée d'une évolution parfaitement linéaire, d'un développement continu et d'une croissance dont le terme inéluctable serait la domination universelle par la suppression des classes et des nations, vérifiant le caractère prétendu scientifique de l'idéologie marxiste-léniniste. Or la réalité historique est tout autre : nous avons déjà fait mention de deux dissidences, la yougoslave et l'albanaise. Elles ne sont pas les seules ; le monde communiste est loin d'être cet ensemble harmonieux qui aurait éliminé les rivalités que décrivait complaisamment la propagande. Il a été travaillé par des forces centrifuges : il a connu des tensions dramatiques allant jusqu'à l'affrontement et à l'intervention armée.

La direction du parti communiste de l'Union soviétique n'a jamais pu reconstituer après 1956 l'homogénéité du bloc comme Staline l'avait imposée. Dès le XXᵉ Congrès, le Parti communiste italien revendiquait, par la bouche de son secrétaire général, Palmiro Togliatti, le droit pour chaque parti d'aller au communisme par une voie propre : c'était la thèse du polycentrisme, opposée à la prétention de Moscou de décider pour tous de la route à suivre. Quelques années plus tard, la rupture entre Pékin et Moscou étalait la division du monde communiste : Mao reprochait aux Soviétiques de trahir la doctrine et aux « nouveaux tsars » de poursuivre des visées impérialistes. Union soviétique et Chine se sont combattues en Indochine par pays interposés, la Chine soutenant les Cambodgiens contre les troupes du Viêt-nam qui avaient l'appui de Moscou. Les partis communistes se sont divisés sur la politique de l'URSS. L'invasion de la Tchécoslovaquie en août 1968 par les armées du pacte de Varsovie fut même réprouvée par le Parti communiste français, l'un des plus rétifs cependant à la déstalinisation. Devant l'affirmation croissante des divergences Moscou dut renoncer à tenir désormais des conférences de tous les partis frères. En quelques pays, même des partis communistes rivaux se disputaient l'héritage et revendiquaient l'honneur d'être le seul orthodoxe.

La partie de l'Europe assujettie depuis 1945 à la domination soviétique a été périodiquement secouée par des révoltes. La première éclata en Allemagne de l'Est : le 17 juin 1953, à Berlin-Est, les ouvriers se sont insurgés contre l'instauration de normes nouvelles pour le calcul de la rémunération du travail. L'Armée rouge réprima avec brutalité le mouvement. C'était la première fois que le parti qui se disait de la classe ouvrière faisait tirer sur les travailleurs : sur le moment, l'opinion mondiale n'y prêta pas grande attention. Il en alla autrement pour les mouvements qui ébranlèrent à l'automne 1956 la Hongrie et la Pologne : contrecoup de la déstalinisation dont le XXe Congrès avait donné le signal en février, ils manifestèrent avec éclat que les peuples n'acceptaient pas leur asservissement à Moscou ni leur alignement idéologique. Khrouchtchev, qui amorçait en URSS une certaine libéralisation, ne pouvait admettre de relâcher sa tutelle sur les satellites : les troupes soviétiques entrèrent en force en Hongrie et écrasèrent l'insurrection, sous couleur de faire obstacle à une contre-révolution. Au même moment, l'Octobre polonais eut plus de chance ; le dirigeant communiste Gomulka, qui avait été écarté par la direction stalinienne, revenu au pouvoir, réussit à convaincre Moscou de ne pas intervenir. Douze ans plus tard, en 1968, ce fut au tour de la Tchécoslovaquie de faire l'expérience de l'incompatibilité entre l'appartenance au bloc soviétique et la liberté de choisir sa voie : le Parti communiste tchèque avait engagé un processus de libéralisation pour édifier un « socialisme à visage humain ». Redoutant la contagion, Brejnev décida l'intervention des troupes du pacte de Varsovie, qui mit fin au « printemps de Prague » : la nouvelle direction entreprit une « normalisation », c'est-à-dire une mise au pas. Ce qu'on appela la doctrine Brejnev légitimait l'ingérence dans les affaires intérieures d'un pays frère et le droit pour l'Union soviétique de se faire juge de l'opportunité d'une intervention armée au nom de la théorie de la souveraineté limitée par l'impératif de la préservation du socialisme : un raisonnement tout à fait analogue – la différence mise à part des idéologies inspiratrices – aux principes qui avaient jadis inspiré les souverains de la Sainte-Alliance contre les insurrections libérales après le congrès de Vienne. Par trois fois Moscou a manifesté qu'il ne laisserait pas les peuples choisir librement leur orientation.

Mais la répétition même de ces crises dix ou vingt ans après l'établissement de la dictature du parti démontrait que le communisme n'avait pas réussi à gagner l'adhésion des populations. Contrairement aux postulats de l'idéologie officielle, l'abolition de la propriété capitaliste n'avait pas fait disparaître tout vestige des mentalités antérieures. Le socialisme n'avait pas supprimé les inégalités ; il en avait créé d'autres : une classe d'apparatchiks, la *nomenklatura*, avait surgi à la place des anciennes classes dirigeantes. A l'encontre encore des prédictions, la constitution d'un vaste ensemble fondé sur l'internationalisme prolétarien n'avait aucunement fait dépérir le sentiment national : au contraire, l'opposition à la tutelle soviétique avait avivé la conscience de l'identité nationale ; en Pologne, où l'hostilité à la Russie était séculaire, elle s'était exaspérée ; dans les pays qui avaient pour le grand frère une amitié historique, le ressentiment remplaçait la sympathie. Les antagonismes ancestraux entre voisins n'avaient rien perdu de leur âpreté : ainsi entre Roumains et Hongrois à propos de la Transylvanie. L'avènement d'une société sans classes, en supprimant l'aliénation, devait encore éteindre tout sentiment religieux : or s'il était occulté en Tchécoslovaquie ou en Hongrie, en Pologne il exprimait l'âme même de la nation : l'Église catholique s'identifiait à l'histoire et à la personnalité de la Pologne. L'élection en octobre 1978 d'un Polonais à la chaire de saint Pierre devait avoir des conséquences incalculables : elle conférerait à tout ce qui se passerait en Pologne une portée universelle. Aussi est-ce en Pologne que l'opposition irréductible de la société civile au communisme apparut d'abord de la façon la plus manifeste. La grève des chantiers navals de Gdansk en août 1988, venant après les répressions de 1970 et 1976, arracha au pouvoir des concessions inouïes en régime communiste : la reconnaissance d'un syndicat indépendant, Solidarnosc, qui put se prévaloir de quelque dix millions d'adhérents volontaires, y compris de paysans et d'étudiants. Pendant seize mois, la Pologne vécut une expérience exceptionnelle qui prit fin brutalement le 13 décembre 1981 avec l'instauration de l'état de guerre par le général Jaruzelski qui dirigeait à la fois le parti et le gouvernement. Mais, malgré la contrainte, il fut impossible au pouvoir de réduire la fracture entre la nation et le régime. Devant la détérioration croissante de l'économie, il fallut se rendre à l'évidence ; au cours d'une longue négociation, gouvernement et opposition élaborèrent un compromis : des élections semi-libres amenèrent une majorité non communiste et Jaruzelski confia la direction du gouvernement à un intellectuel catholique, conseiller de Lech Walesa, Mazowieski. Pour la première fois le pouvoir échappait au parti communiste dans une démocratie populaire.

Les évolutions ultérieures furent précipitées et même rendues possibles par les changements dans la direction de l'Union soviétique. Depuis la mort de Staline, en mars 1953, son histoire intérieure dessinait une ligne brisée avec des poussées réformatrices suivies de retours en arrière. Le rapport présenté au XXe Congrès du PCUS, en février 1956, par Nikita Khrouchtchev qui divulguait pour la première fois les crimes de Staline et dénonçait le culte de la personnalité, amorça un début de libéralisation. Le mouvement ne tarda pas à s'enliser, il ne concernait du reste que la direction de l'économie, mais ne comportait aucun assouplissement sur le plan de l'idéologie. Khrouchtchev fut écarté en 1964. Dès lors, sous la direction de Brejnev et de ses deux éphémères successeurs, vieillards cacochymes, triompha l'immobilisme, la direction n'ayant pas d'autre préoccupation que de maintenir les choses en l'état. Sauf en politique extérieure où, profitant du vide dans les relations internationales qui résultait du repli des États-Unis mal remis de leur aventure vietnamienne, l'URSS pratiqua une politique offensive tous azimuts : pénétrant en Afrique et envahissant l'Afghanistan à partir de décembre 1979. A l'intérieur, l'antisémitisme, les tracasseries contre les intellectuels, la persécution de Sakharov, signifient le refus ou l'incapacité d'évoluer. Ces comportements, venant après les révélations sur le goulag et les écrits de Soljenitsyne, ruinent le prestige de l'Union soviétique à l'extérieur ; son image est gravement ternie. La référence soviétique qui avait été longtemps un atout pour les partis communistes devient, pour ceux qui ne prennent pas leurs distances, un boulet qui leur coûte la perte de beaucoup de sympathies : le Parti communiste français qui s'est réaligné inconditionnellement sur Moscou et a approuvé l'intervention en Afghanistan perdra les deux tiers de ses électeurs.

L'accession à la direction suprême de l'Union soviétique, en 1985, d'un homme encore jeune, Gorbatchev, a ouvert un nouveau chapitre de l'histoire de l'Union et, par voie de conséquence, des peuples dont le destin en dépendait et même de l'ensemble des relations internationales. A l'intérieur, il engage avec détermination une politique qui se caractérise par la modernisation et la transparence, la *perestroïka* et la *glasnost*, et qui va bouleverser de fond en comble les structures politiques et économiques de l'Union. Pour la première fois ont lieu des élections libres, une opposition se constitue, s'exprime, conquiert une représentation et devient même maîtresse du pouvoir en plusieurs républiques. C'est la fin du régime de parti unique. Gorbatchev soustrait l'État à la domination du parti et se fait élire à la présidence de l'Union. La presse s'affranchit de la censure. Une loi légalise la liberté religieuse. Les paysans se voient proposer des baux de longue durée qui remplaceraient l'exploitation collective des terres. On introduit une économie de marché. Ces réformes ne font d'abord qu'aggraver la désorganisation de l'économie. A l'extérieur, tirant les conséquences d'une guerre coloniale qui tourne mal et qui fait pendant à l'échec des États-Unis au Viêt-nam, il se dégage de l'Afghanistan. Il contribue efficacement aux efforts des Nations unies pour la résolution d'un certain nombre de conflits régionaux. Surtout, il fait des propositions pour un désarmement progressif et contrôlé qui aboutissent à des accords de grande portée avec les États-Unis. Il se retrouve à leurs côtés pour condamner l'invasion du Koweït par l'Irak et vote les résolutions du Conseil de sécurité ; à l'escalade a succédé la concertation.

La donnée absolument nouvelle du système international qu'introduit la personnalité de Gorbatchev a entraîné une réaction en chaîne dans les pays satellites. En quelques mois, à l'automne 1989, par des démonstrations pacifiques, les peuples imposent aux partis communistes la capitulation : tour à tour les Hongrois, les Allemands de l'Est, les Tchécoslovaques conquièrent leur liberté. Des régimes que l'on croyait solidement enracinés s'effondrent en quelques heures. Le 9 novembre 1989, la décision du gouvernement de la République démocratique allemande d'ouvrir le mur de Berlin est le geste historique qui clôt une époque et ouvre une ère nouvelle. Dès lors les événements se précipitent ; le cours des choses emporte les gouvernements constamment devancés par le mouvement de l'histoire, les aspirations des peuples, les contraintes de l'économie. L'Union soviétique n'est pas en mesure de s'y opposer : elle s'était épuisée dans ses interventions sur tous les continents ; elle s'est essoufflée dans la course aux armements où elle n'a pas pu suivre les États-Unis ; son économie est par trop délabrée et elle a un besoin pressant de capitaux extérieurs pour entreprendre de se moderniser. L'Allemagne se réunifie autour de la République fédérale solidement amarrée à l'Occident, intégrée dans la Communauté européenne et membre de l'Alliance atlantique dont la frontière est portée de l'Elbe sur l'Oder. L'URSS a reperdu tout ce qu'elle avait reconquis à la faveur du second conflit : le glacis qu'elle s'était aménagé, les satellites qui lui ont échappé. Les pays qui faisaient partie du pacte de Varsovie, à commencer par la Pologne, n'ont rien eu de plus pressé que de demander leur admission dans l'organisation rivale, et trois d'entre eux sont membres de l'OTAN qui n'est plus, il est vrai, maintenant dirigée contre l'URSS.

Il y a plus : par un choc en retour les nationalités assujetties à l'Union relèvent la tête et arrachent leur indépendance : les trois États baltes d'abord, que Staline avait annexés en 1940 à la faveur de la défaite de la France, puis, les unes après les autres, toutes les Républiques. L'échec du putsch tenté en août 1991 par les conservateurs précipite le mouvement : la Russie, sous l'impulsion de Boris Eltsine, reprend ses couleurs nationales, déclare sa législation supérieure aux lois de l'Union et prononce l'interdiction du parti

communiste. Ce processus de désintégration ruine irrémédiablement l'œuvre des tsars rassembleurs de terres et infirme
la prétention du régime soviétique d'avoir résolu le problème des nationalités : c'est l'échec de l'effort séculaire de
Moscou pour russifier les allogènes d'Europe et d'Asie. La
dislocation de l'empire est le dernier chapitre de la décolonisation, l'aboutissement ultime du grand mouvement dont la
Révolution française avait donné le signal et qui tendait à
l'émancipation de tous les peuples de la terre. Gorbatchev a
été acculé à la démission à la fin de 1991 par la disparition
des derniers vestiges de l'Union, les États successeurs se par-
tageant ses dépouilles, territoires, centrales nucléaires, bases
navales, unités de la flotte soviétique.

Depuis, la vie politique a été exceptionnellement agitée,
inspirant aux observateurs des interprétations opposées. Pour
les uns troubles et péripéties sont la contrepartie inévitable de
l'apprentissage de la démocratie par un pays qui n'en ayant
jamais eu une expérience durable, mais d'année en année les
institutions démocratiques iraient s'affermissant : de fait, les
pouvoirs publics émanent d'élections libres. Pour les autres,
la société russe ne serait pas sortie du processus de décompo-
sition ; les inégalités s'aggravent entre une minorité qui s'est
scandaleusement enrichie par l'appropriation des entreprises
d'État et une masse qui souffre de l'instabilité des prix, de la
dépréciation du rouble ; la corruption compromettrait tout
effort de restauration d'une économie saine ; la liberté de la
télévision serait menacée. Ces deux lectures de l'actualité
correspondent vraisemblablement à deux aspects d'une Russie en pleine évolution : il serait prématuré de prédire lequel
l'emportera. Reste que le président Poutine en travaillant à
restaurer un État fort et respecté répond à une aspiration profonde et générale du peuple russe, comme en s'employant à
reprendre dans le concert international une place qui fasse
oublier l'humiliation des années 1990.

L'effondrement des régimes communistes en Russie et en
Europe centrale et orientale a eu des répercussions sur les
autres continents : les États nouvellement indépendants
d'Afrique qui avaient adopté le marxisme-léninisme comme
philosophie officielle répudient aujourd'hui le modèle communiste et bannissent même parfois toute référence au socia-

lisme. En dehors de la Chine, de la Corée du nord et du Viêt-nam, il n'y a plus aujourd'hui à se réclamer du communisme que Cuba et encore ces pays ne se recommandent-ils plus de l'exemple de la Russie, et pour cause. Il n'y a plus en Europe aucun régime pour se référer au marxisme-léninisme : par le jeu d'élections libres la Roumanie et la Bulgarie aussi se sont débarrassées de la domination du parti communiste et ont rejoint les autres anciennes démocraties dites populaires. En plusieurs pays, de l'Italie à l'Allemagne, les partis commu-nistes eux-mêmes ont abandonné l'appellation communiste pour lui substituer une dénomination qui les apparente à la social-démocratie. En France, le parti communiste a suivi une voie différente : le plus lent et le plus réticent à se déstaliniser, il a conservé l'appellation mais, partagé entre la défense des droits acquis et la participation à l'exercice du pouvoir, il a perdu son identité. Ce parti qui avait été pendant trente années la première force politique descend d'élection en élection l'es-calier qui le conduit à n'être plus qu'une modeste force d'ap-point et à survivre sous la protection du parti socialiste.

Le communisme a entraîné le marxisme dans son sillage du fait de leur identification, encore qu'ils soient loin de se confondre : le discrédit qui a rejailli sur la pensée de Marx a creusé un vide que ne remplit pas complètement le retour en force du libéralisme. D'une certaine façon, l'antiaméricanisme a pris le relais et le combat contre la mondialisation est le dernier avatar de la dénonciation du capitalisme libéral.

Toujours est-il que cette grande lueur qui s'était allumée à l'Est en 1917 est aujourd'hui éteinte après avoir illuminé ou embrasé le monde pendant sept décennies, soulevé d'im-menses espérances, suscité des dévouements innombrables, fait aussi des millions de morts, asservi de nombreux peuples et infléchi le cours de l'histoire.

Ne nous pressons pas cependant d'enterrer le communisme. On observe dans l'Allemagne réunifiée depuis 1990 que la division entre les Ossies et les Wessies persiste. Quelques années ont suffi pour que les héritiers des partis communistes, chassés du pouvoir par les peuples qui aspiraient à tourner la page, y soient ramenés par la confiance des électeurs dans des élections parfaitement démocratiques. Tour à tour, en Litua-nie, en Hongrie et même en Pologne, symbole s'il en est de la résistance au totalitarisme. En Russie même, le groupe communiste est un des plus importants à la Douma et le candidat du parti est le seul qui compte dans les élections à la présidence en face d'Eltsine et de Poutine dont on ne saurait oublier qu'eux-mêmes avaient fait toute leur carrière dans le parti et les organismes en dépendant. Certes, ces néo-communistes ont répudié l'idéologie et il n'y a pas lieu de douter de la sincérité de leur conversion à l'économie de marché ; ils poursuivent à l'envi la politique de privatisation amorcée par leurs adversaires. Le rapprochement avec l'Occident, l'entrée dans l'Union européenne, l'adhésion à l'OTAN n'ont pas de partisans plus ardents. Suprême habileté des communistes pour se survivre ou triomphe absolu de la démocratie libérale ?

5

La décolonisation

1. Sa portée historique

L'évolution des relations internationales dans les deux décennies qui suivirent la fin de la Seconde Guerre mondiale a été largement dominée par la lutte des peuples colonisés pour s'émanciper et l'émergence d'un tiers-monde aspirant à rester neutre entre les deux blocs antagonistes. C'est un des événements les plus importants de l'histoire contemporaine que l'accession des colonies à l'indépendance et l'entrée sur la scène internationale comme acteurs et sujets de peuples qui n'y avaient si longtemps figuré qu'à l'état d'objets. Si l'on voulait réduire l'histoire du monde depuis deux siècles à quelques éléments majeurs, il faudrait assurément retenir la décolonisation avec la Révolution de 1789, le mouvement des nationalités européennes, la révolution de 1917. C'est la succession, ou le concours, de ces grands faits historiques qui a façonné le visage du monde contemporain, qui a aussi créé quelques-uns de ses problèmes. La décolonisation a modifié tout ensemble l'état des relations entre les continents, la vie des anciennes colonies et, par contrecoup, celle des anciennes métropoles. Le système des relations internationales a cessé de se réduire au concert d'un petit nombre de grandes puissances, quatre ou cinq États européens avec les États-Unis et le Japon, encore que se soit constitué depuis une dizaine d'années un directoire des sept pays les plus riches du monde – ce qu'on appelle le G7 – qui tient une rencontre annuelle élargie à la Russie. Le nombre des partenaires s'est multiplié : la SDN n'avait jamais réuni plus d'une cinquantaine d'États ; avec 189 membres l'ONU en compte aujourd'hui près du quadruple.

Pour bien évaluer la portée du phénomène il n'est que de l'inscrire dans une perspective historique à long terme. A la veille de la Première Guerre mondiale le monde était presque entièrement assujetti à l'Europe. Peu de pays avaient réussi à échapper à sa domination : le Japon en était, au prix d'un effort volontaire de modernisation. Les quelques autres contrées devaient leur indépendance à leur éloignement ou à leur isolement : elles l'avaient généralement payée de la stagnation, tels l'Éthiopie et le Liberia. Le mouvement de colonisation est encore dans une phase ascendante dans l'entre-deux-guerres et continue sur sa lancée. Ainsi, la France poursuit au Maroc la réduction de la dissidence : le mouvement de pacification ne s'achève qu'en 1935. C'est en 1935 aussi que l'Italie entame la dernière guerre de conquête coloniale, contre l'Éthiopie. Pendant la Seconde Guerre mondiale, il n'y eut guère de mouvements à ébranler la cohésion des empires et la fidélité des colonies aux métropoles : même la défaite de la France en 1940 ne provoqua de soulèvement dans aucune partie de l'empire, et l'arrivée des Japonais aux frontières de l'Inde ne déclencha pas d'insurrection. Il est vrai que le racisme professé par l'Allemagne national-socialiste a efficacement concouru à maintenir les peuples de couleur dans l'orbite des démocraties occidentales. Le problème ne s'en posera à partir de 1945 qu'avec une urgence accrue.

En quelques années, la situation se transforme de fond en comble. C'est un des retournements les plus rapides de l'histoire. Il n'avait pas fallu moins de quatre ou cinq cents ans pour édifier patiemment les grands empires coloniaux : deux décennies suffiront à les défaire. Si l'on cherche un exemple qui illustre la thèse de l'accélération de l'histoire, je n'en sais pas de plus approprié.

Cette impression saisissante de dissymétrie entre les quatre ou cinq siècles nécessaires pour la construction des empires et les vingt années qui les ont disloqués, pour être globalement vraie, appelle cependant quelques correctifs. Les mouvements d'émancipation qui ont triomphé entre 1945 et le début des années 60 ne sont pas un commencement absolu : ils avaient des antécédents. Ce n'est pas du lendemain de la Seconde Guerre que date la revendication de l'indépendance.

Nous en avons précédemment relevé plusieurs signes avant-coureurs : ainsi la rupture des liens politiques entre les colonies britanniques de l'Amérique du Nord et Londres ainsi qu'entre les colonies espagnoles et portugaises de l'Amérique latine et les capitales ibériques. En 1825, nous avons pu dresser le constat de disparition de tous les empires européens d'Amérique, britannique, français, espagnol, portugais. A l'exception du Canada, le continent américain est déjà presque tout entier indépendant. Il y avait donc bien avant 1945 des phénomènes précurseurs. Mais une différence essentielle entre ces guerres d'indépendance et les luttes pour la décolonisation des années 1945-1960 interdit de pousser jusqu'à son terme le parallèle : dans le cas de l'Amérique du Nord et du Sud, les *insurgents* étaient d'origine européenne et de race blanche : c'étaient les descendants des conquérants : ils sont venus des métropoles qu'ils combattent. Le véritable nom du phénomène n'est pas décolonisation, mais sécession. Un seul de ces mouvements est le précédent direct des mouvements contemporains : la révolte de Saint-Domingue, qui a donné naissance à la république noire de Haïti : c'est Toussaint Louverture le véritable précurseur des émancipations du XXᵉ siècle.

Les mouvements d'émancipation d'aujourd'hui sont tous le fait de populations autochtones, fixées souvent depuis des millénaires sur les territoires qu'elles habitent, et d'une autre couleur. De ce fait, le phénomène a une tout autre portée et des conséquences plus graves : il peut affecter la civilisation même. La rupture des liens de dépendance entre les colonies anglaises d'Amérique du Nord et la Couronne britannique n'avait pas changé grand-chose au mode de vie, aux institutions, aux croyances des Blancs d'Amérique. La rupture entre colonies et colonisateurs, dès lors qu'elle est l'expression d'un mouvement venu des profondeurs nationales, en réaction contre les apports extérieurs, peut porter atteinte à l'imprégnation occidentale : la décolonisation s'accompagne généralement d'un retour au passé précolonial, d'une volonté de retrouver ses sources, de réaffirmer son originalité et porte en germe la contestation de l'universalité de la civilisation européenne.

2. Les sources du mouvement d'émancipation

Sur les origines du mouvement, l'essentiel est dit quand on a affirmé que la décolonisation sort de la colonisation. Lapalissade ? Pas seulement : le phénomène n'est pas uniquement l'envers de la colonisation, il en procède aussi par un lien de filiation. C'est en effet d'abord au contact du colonisateur que les peuples d'Asie et d'Afrique se sont découverts différents et ont pris conscience de leur identité. En outre, c'est à l'Europe qu'ils ont souvent emprunté l'inspiration de leurs mouvements et le modèle à reproduire.

Cette dualité de facteurs restitue la distinction déjà observée en Europe des deux composantes principales de tout sentiment national : l'une qui plonge ses racines dans le passé, l'autre qui se réfère à des idéologies orientées vers un avenir à construire. Comme les nationalismes européens, leurs aînés, les nationalismes coloniaux présentent ainsi deux faces qui ne se rejoignent que sur la commune aspiration à devenir maîtres de leur destin.

La face tournée vers le passé cultive l'histoire : au besoin, à défaut d'une histoire avérée, on l'invente ou on la recrée. Cette histoire, elle est celle des résistances à la colonisation. Et c'est un fait que la pénétration européenne a rencontré des résistances dont elle a eu souvent beaucoup de peine à venir à bout. Ce serait une vue bien inexacte de l'histoire de la conquête coloniale que de s'imaginer que les conquérants venus d'Europe ont été partout accueillis à bras ouverts et n'avaient suscité que de la reconnaissance pour les bienfaits apportés. S'il en avait été ainsi, on s'expliquerait mal qu'il ait fallu parfois des générations pour soumettre les populations indigènes.

Si les résistances ont été relativement faibles en Afrique noire où les Européens n'ont plus trouvé de grands États constitués (les grands empires du Mali ou du Ghana avaient disparu, en partie rendus exsangues par la traite des Noirs qui a peut-être déporté en Amérique dix millions d'hommes), la conquête fut beaucoup plus dure et longue en Afrique du Nord. Abd el-Kader tint tête aux Français dix ans ; ensuite la soumission de la Kabylie mobilisa des troupes en nombre et il fallut encore réduire des insurrections. Au Maroc, la pacification prit un quart de siècle, de la signature en 1912 du traité de Fez, qui instituait le protectorat, à 1935, et en plusieurs circonstances les Français se trouvèrent en difficulté, notamment lors de la guerre du Rif en 1925. En Asie aussi les Européens se heurtèrent à de tenaces résistances : les Français en Indochine, les Hollandais à Sumatra dans le sultanat d'Atjeh. Les Allemands ne triomphèrent de la résistance dans le Sud-Ouest africain qu'au prix d'une répression dont la cruauté révolta l'opinion européenne. Aux Indes, la Grande-Bretagne avait dû faire face à la révolte des Cipayes qui compromit un temps sa présence (1857).

On peut légitimement s'interroger sur la signification de ces résistances initiales et de ces brusques sursauts de rébellion : étaient-ils bien les précurseurs de la lutte pour l'indépendance ? Pavillons Noirs au Tonkin, Tai-pings ou Boxers en Chine, Samory au Soudan étaient-ils animés par un sentiment patriotique ? Les Occidentaux ne voulurent y voir que du banditisme ou une forme d'anarchie endémique réfractaire au progrès et à la civilisation. La décolonisation conduit à reconsidérer ces jugements et à réviser l'interprétation traditionnellement proposée de ces mouvements par les historiens des puissances coloniales.

Certes, ces mouvements ne pouvaient au XIXᵉ siècle être analogues à ceux du XXᵉ et il y aurait anachronisme à projeter sur eux la réalité contemporaine : il était inévitable que leur inspiration et leur contenu idéologique fussent différents. Mais il y avait aussi dans ces mouvements autre chose que le refus de potentats dérangés dans la mise en coupe réglée de populations opprimées et renonçant malaisément à leur domination. Les réactions contre l'envahisseur étaient une forme fruste, une expression élémentaire d'un patriotisme encore peu élaboré mais qui préparait l'apparition d'un authentique sentiment national. Ce n'était pas encore un nationalisme véritable, car la conscience de la différence était liée à des communautés restreintes, à l'échelle du clan ou de la tribu, fondée sur l'appartenance à une même ethnie.

Cette composante de la réaction contre la domination étrangère s'applique à remettre en honneur les traditions locales, cultive tout ce qui constitue le passé : croyances, coutumes, costumes, langues. Ce nationalisme a généralement partie liée avec la religion qui fait partie du fonds le plus ancien et est un élément de l'identité nationale. Aussi est-il ordinairement associé à une interprétation intransigeante, fondamentaliste, du dogme et des rites, et dans les sociétés islamiques, il s'appuie sur les confréries et tend à reconstituer une société théocratique. Il est aussi souvent refus de la modernité identifiée à l'occidentalisation.

L'éveil de l'aspiration à l'indépendance n'est pas seulement rejet des apports extérieurs et retour exclusif au passé, il procède aussi du contact avec les sociétés européennes et de l'imprégnation par leur culture. C'est l'autre face du mouvement de décolonisation. C'est dans la rencontre avec l'Europe que des élites cultivées ont pris conscience de leur propre identité. Surtout, c'est l'Europe qui a introduit l'idée de nation. A sa façon, l'histoire des mouvements nationalistes du XXe siècle, en Asie, en Afrique, au Proche-Orient, en Amérique latine, prolonge le mouvement des nationalités européennes du XIXe siècle. Ayant atteint au lendemain de la Première Guerre mondiale ses objectifs en Europe avec la dislocation des empires multinationaux, l'émancipation des nationalités sujettes et la réorganisation du continent sur le principe du droit des peuples à disposer d'eux-mêmes, le mouvement s'est ensuite propagé en dehors de l'Europe. Les luttes des peuples coloniaux après 1945 sont comme un rebondissement du combat mené par les nationalités contre la domination ottomane, celle des Habsbourg ou la politique de russification des allogènes. C'est par cet aspect que la décolonisation s'inscrit dans la continuité de l'histoire européenne et apparaît comme l'universalisation d'un phénomène historique dont l'Europe avait, la première, conçu l'idée, énoncé les principes et tiré les premières applications. Aussi, d'une certaine façon, la décolonisation, qui signifie le recul de l'Europe comme puissance, est aussi la victoire de ses principes et la conséquence de sa pénétration.

Les nationalismes coloniaux procèdent de l'Europe par une autre voie encore. Si certains nationalismes ne rêvent que de restaurer le passé et d'abolir l'héritage colonial, il en est d'autres qui savent que le retour pur et simple à un état antérieur est utopique et qu'on ne peut effacer les traces de la présence coloniale. Ils nourrissent aussi des ambitions pour leur peuple et aspirent à lui donner les moyens de la puissance : il ne sera véritablement indépendant qu'effectivement maître de son destin. Or il n'est pas d'autre voie pour accéder à l'égalité avec les grandes puissances que d'emprunter les méthodes qui avaient permis à l'Europe d'instaurer sa domination sur le monde. Ces nationalismes sont donc modernistes et acceptent, sous bénéfice d'inventaire, les apports de l'Occident. Cette diffraction des nationalismes est le pendant du partage observé en Europe entre slavophiles et occidentaux en Russie, ou entre Jeunes et Vieux Tchèques en Bohême : la scission qui survient en 1935 en Tunisie entre le Vieux Destour et le Néo-Destour à l'initiative de Bourguiba est la transposition des ruptures qu'avaient connues en leur temps les nationalismes de la vieille Europe.

De surcroît, l'idée de nation ne se suffit pas entièrement : c'est une forme vide qui appelle un contenu, le sentiment national ne préjugeant ni la forme du régime ni les orientations de sa politique. L'idée, le sentiment s'associent ordinairement à une idéologie qui comble le vide en fixant des objectifs. Nous avons pu ainsi constater dans l'histoire des mouvements nationaux en Europe au XIXe siècle, des conjonctions successives avec le libéralisme, la démocratie radicale, voire même le socialisme, encore qu'il s'y prêtât moins bien du fait de sa contestation du caractère primaire et absolu de la réalité nationale. La même loi se vérifie pour les mouvements des peuples colonisés. La seule différence – elle n'est pas mince – est que ces mouvements ont généralement emprunté au colonisateur leur inspiration idéologique. On retrouve dans leurs manifestes, leurs prises de position, la plupart des philosophies politiques européennes. Ces philosophies, les colonisés les ont connues par l'enseignement, dispensé dans les territoires colonisés, ou en Europe même, à la source, pour une élite qui a fréquenté les universités britanniques ou françaises, par la presse aussi, par les contacts noués avec les partis politiques, par les missions religieuses ou les loges maçonniques. Les évolués ont alors tout naturellement demandé aux Européens, au nom de leurs principes, à bénéficier des mêmes droits qu'eux. C'est ainsi que

la colonisation portait en elle le germe de sa propre disparition et c'est souvent la contradiction entre les valeurs profes-
sées par l'Europe et la pratique restrictive des administrations coloniales ou le comportement des colons qui fut à
l'origine des révoltes.

La courbe idéologique des mouvements d'émancipation
reproduit la succession des philosophies qui avaient inspiré
en Europe l'action des mouvements nationalitaires. Les premières générations ont d'abord reçu les enseignements du
libéralisme ou de la démocratie. Ainsi aux Indes, le parti dit
du Congrès, qui se fonde en 1885, répond au projet de former une élite anglo-indienne qui se prépare à réclamer le
droit de s'administrer elle-même dans le cadre d'institutions
représentatives imitées du parlementarisme britannique. De
même, le triple démisme qui est le thème majeur du programme de Sun Yat-sen, fondateur du Kouo-min-tang, est-il
le décalque de l'idéologie de la démocratie américaine, avec
le droit des peuples à disposer d'eux-mêmes, l'établissement
d'un gouvernement authentiquement représentatif du peuple
et l'instauration d'une démocratie sociale. Si depuis d'autres
idéologies ont pris le relais, toute trace de ce premier âge n'a
pas disparu : le parti du Congrès a détenu le pouvoir sans
discontinuité en Inde depuis l'indépendance.

Ensuite les idées socialistes ont pénétré les mouvements de
décolonisation comme en Europe les écoles de pensée socialistes avaient imprégné la pensée de gauche : leur programme se teinte de préoccupations sociales, attachent plus
d'importance aux données économiques. Leur recrutement
aussi se fait plus populaire : les premières générations de leaders appartenaient généralement à une élite sociale et
culturelle ; fils de mandarins en Indochine française, héritiers
de la grande bourgeoisie aux Indes, fils de chefs en Afrique
noire, qui avaient pu faire des études supérieures et exerçaient des professions libérales (Gandhi était avocat). Les
générations suivantes comptent davantage de militants d'origine populaire venus du syndicalisme.

Entre toutes les écoles qui se réfèrent au socialisme,
le communisme a joué un rôle capital. Au regard de la
cohérence logique des systèmes, rien de plus paradoxal que
l'alliance qui s'est historiquement établie entre l'aspiration

des peuples à devenir des nations indépendantes et une doctrine qui tient le fait national pour un leurre appelé à disparaître devant les progrès de l'internationalisme prolétarien.
Ce rapprochement n'a pourtant pas obéi uniquement à des
calculs stratégiques. Il s'est enraciné dans une interprétation
du fait colonial que Lénine a intégré dans la vision marxiste :
l'impérialisme est un autre aspect de l'exploitation de
l'homme par l'homme qui doit être combattu au même titre
que l'asservissement des prolétaires au capitalisme. C'est le
même combat, et le communisme se fixe deux objectifs
concourants : dans les pays industrialisés soutenir la lutte des
prolétaires ; dans les pays soumis à la domination coloniale
épouser la cause des peuples assujettis contre l'oppression
étrangère. Dès sa constitution, le gouvernement bolchevique
a poussé son assistance aux peuples colonisés : le congrès de
Bakou en 1920 dresse le programme de cette action. En
Chine, les communistes ont d'abord combattu aux côtés de
Sun Yat-sen. L'osmose entre nationalisme et communisme
fut très inégale selon les moments et les régions : au Viêt-
nam elle sera totale. Sur le continent américain, l'animosité
suscitée par la domination économique des États-Unis facilite les rapprochements. Ailleurs, le nationalisme sera au
contraire coloré d'anticommunisme mais il se charge presque
partout de préoccupations économiques et sociales. C'est
une des différences entre les nationalismes de l'un et l'autre
siècle. Au XIXe siècle, le nationalisme était essentiellement
politique, mettant tous ses espoirs dans la proclamation de
l'indépendance, et comptant sur l'instauration d'un pouvoir
politique souverain pour exaucer les aspirations patriotiques.
Les nationalismes du XXe siècle ont pris conscience que l'indépendance politique pouvait n'être qu'apparence ou illusion si elle ne s'accompagnait pas de l'indépendance économique. Aussi la nationalisation des ressources devient-elle
un objectif majeur, même pour les nations qui avaient accédé
depuis longtemps à la souveraineté juridique : l'Iran et le
Mexique nationalisent leur pétrole, la Bolivie ses mines
d'étain et l'Égypte de Nasser le canal de Suez. La domination politique étrangère n'est pas seule visée, mais celle aussi
du capitalisme étranger : on dénonce l'emprise des multinationales. La revendication de l'indépendance économique est

la forme que revêt aujourd'hui la postérité de l'anticolonialisme : quand les pays moins développés incriminent le néocolonialisme, c'est cette forme de domination et cet aspect de l'inégalité entre les peuples qu'ils remettent en question.

Le grand mouvement par lequel les continents colonisés se sont soustraits à la domination coloniale depuis 1945 ne s'est pas opéré au même rythme ni n'a reproduit partout le même processus. On dénote d'un continent à l'autre, d'un pays à ses voisins, des décalages dont certains appréciables ; mais entre tous il y eut interaction : les premiers à conquérir leur indépendance devenaient exemple pour les autres. Aussi cet aperçu général sur les origines et les caractéristiques du phénomène doit-il être complété et illustré par des études de cas sur les principales régions du globe.

6

Le réveil de l'Asie

C'est par l'Asie qu'il convient de commencer pour retracer le processus de décolonisation : c'est en effet le premier continent à s'être « réveillé ». Elle a précédé l'Afrique sur la voie de l'émancipation d'un bon demi-siècle. L'ordre de succession comportant toujours des enseignements, pourquoi donc l'Asie a-t-elle ainsi devancé l'Afrique ?

1. L'antériorité du réveil de l'Asie

A cette question capitale j'entrevois au moins trois réponses possibles.

La première emprunte à des données propres à l'Asie. Continent très anciennement civilisé, elle n'a pas de complexe d'infériorité à l'égard des Occidentaux : ses peuples s'estiment même plus civilisés et tiennent les Européens pour des « barbares ». La Chine n'a-t-elle pas devancé l'Europe pour nombre d'inventions techniques : la poudre à canon, la roue, le papier ? Dans la supériorité politique, militaire, technique de l'Occident, les Asiatiques ne voient que le triomphe momentané de la force brute et n'en conçoivent aucun respect pour les dominateurs : au-dessus de la supériorité matérielle leur civilisation place la sagesse, la politesse et la courtoisie dans les relations, le raffinement des mœurs, l'intelligence. Les Asiatiques méprisent l'avidité des Européens, leur cupidité dans les relations commerciales, leur soif d'enrichissement. Plutôt que de se mettre à leur école, leur réaction est de cultiver leurs valeurs tradition-

nelles, de célébrer le culte des ancêtres, de respecter la tradition. D'autre part, la plupart des peuples d'Asie ont une histoire d'une longueur incomparable et dont ils n'ont pas
perdu le souvenir : ainsi celle de la Chine se déroule-t-elle
sur quatre millénaires sans solution de continuité, à la différence par exemple de celle de l'Égypte. Quant au Japon, si la
référence à l'origine divine de la dynastie impériale est
mythique, son histoire remonte à plus de deux mille ans, ce
qui lui donne un singulier avantage sur les nations européennes dont les plus anciennes ne peuvent pas se prévaloir
d'une durée supérieure à un millier d'années. Ces données
culturelles et historiques comptent aujourd'hui encore plus
qu'on ne saurait dire dans le comportement des États asiatiques, même de ceux qui ont choisi de s'établir sur des fondements nouveaux, telle la Chine communiste, ou ont opté
pour la modernisation comme le Japon.

Avec le deuxième type d'explication, on passe du culturel
au politique : l'Asie, quand l'Europe la force à s'ouvrir à sa
pénétration, comptait de grands ensembles politiquement
organisés : rien de comparable à la poussière d'ethnies de
l'Afrique. La Chine, le Japon sont des États policés, unifiés
par la civilisation et la religion, qui ont une conscience aiguë
de leur singularité.

Troisième cause possible du décalage entre les continents :
l'Asie avait été en rapport avec l'Europe plus tôt que
l'Afrique. Elle disposait donc d'une expérience plus longue
qui l'avait quelque peu familiarisée avec sa civilisation, ses
méthodes et lui avait enseigné l'art de traiter avec l'Occident.

Des différentes parties de l'Asie les réactions furent très
différentes au défi lancé par l'irruption de l'Occident. Ici, on
se ferme à son influence ; ailleurs, on se met à son école,
mais le résultat est identique : les deux voies se rejoignent
pour provoquer ce qu'on est convenu d'appeler le réveil de
l'Asie.

Au début du XXe siècle, l'Asie est dans sa plus grande partie assujettie à l'Occident, sous des formes dissemblables.
Toute la partie méridionale, à l'exception du Siam, l'Asie
des moussons, connaît la dépendance coloniale : l'Inde,
l'Indochine, l'Indonésie ont été conquises par la Grande-
Bretagne, la France, les Pays-Bas. La domination de l'Eu-

rope unifie ici, divise ailleurs, mais son influence n'est pas profonde sur les croyances et les mœurs. La Chine, elle, a préservé nominalement sa souveraineté, elle n'a pas réussi pour autant à échapper à la domination de l'Europe qui lui a imposé son contrôle par des « traités inégaux » : le « dépècement » a détaché des provinces de l'empire du Milieu. Les puissances se sont fait octroyer des concessions soustraites à la Chine ; elles contrôlent ses relations extérieures. Le Japon a réussi à demeurer indépendant : il s'est même imposé aux Occidentaux comme un partenaire à égalité et a participé au partage des dépouilles de la Chine.

Nous étudierons tour à tour trois cas qui s'échelonnent dans le temps, du milieu du XIXe siècle au milieu du XXe : le réveil du Japon date de 1868 ; celui de la Chine s'opère au XXe, et ce n'est qu'en 1947 que l'Inde accède à l'indépendance, même si le mouvement pour l'obtenir plonge ses racines dans un passé plus lointain. Ces trois pays se trouvent illustrer aussi trois types d'évolution et trois formes de réveil et d'émancipation.

2. La modernisation du Japon

La portée de l'exemple japonais a été considérable. Seul grand pays d'Asie à avoir su préserver son indépendance, il a indiqué la voie pour y parvenir dans laquelle d'autres s'engageront à sa suite : se rénover en prenant l'initiative des réformes. C'est une modernisation conduite de l'intérieur et non imposée de l'extérieur qui a fait l'originalité et le succès de l'expérience japonaise. L'empire du Soleil-Levant fut aussi la première nation non européenne à remporter une victoire sur une nation d'Europe dans la guerre qui l'opposa en 1904-1905 à l'empire des Tsars.

L'ère Meiji.

Sommé par la marine des États-Unis d'ouvrir ses ports au commerce international, le Japon, qui vivait depuis plusieurs siècles dans une réclusion totale, décide de se transformer : le jeune empereur Mutsuhito amorce en 1868 ce qu'on va appeler le *Meiji*, c'est-à-dire la révolution des lumières. Appellation significative, qui suggère une analogie avec le mouvement des Lumières que l'Europe avait connu au XVIIIᵉ siècle, en particulier avec une des ses expressions politiques : le despotisme éclairé. Ce qu'entreprend l'empereur, c'est bien l'application à l'archipel nippon de ce qu'avaient voulu faire les souverains éclairés de l'Europe centrale et orientale. Comme eux, il s'en prend aux routines du traditionalisme et brise les résistances féodales. Comme eux aussi il se met à l'école de l'Occident et, comme avait fait Pierre le Grand, envoie en Europe des missions s'informer à la source.

L'introduction des méthodes de production occidentale fait du Japon une grande puissance industrielle. La modernisation affecte à la fois l'économie, les techniques et le gouvernement. On copie les institutions, on adopte les codes, on imite l'armée prussienne, la marine britannique, l'administration française.

Le paradoxe de l'expérience japonaise est que cette modernisation de grande envergure s'est accomplie sans rompre avec le passé. C'est l'étonnante réussite du Japon d'avoir su juxtaposer les emprunts et les imitations avec le respect de ses traditions ; rien n'est changé aux relations entre les hommes ni aux croyances : les Japonais continuent de professer la croyance à l'origine divine de l'empereur et, dans le même temps, pratiquent les méthodes les plus modernes et les plus scientifiques. Ils ont sauvegardé l'âme de leur civilisation tout en se hissant au premier rang des puissances.

Expansion économique et domination politique.

La puissance nouvelle qu'il tire de l'acquisition de ces moyens, le Japon la met au service d'une ambition : il aspire à devenir le maître de tout l'Extrême-Orient. Pour réaliser ce dessein, deux voies s'ouvraient auxquelles correspondaient deux types d'expansion que les Japonais pratiqueront tour à tour ou simultanément. Le dilemme oppose deux écoles.

L'une vise essentiellement à la domination par l'économie : le Japon devrait devenir l'usine, l'entrepôt, le banquier de l'Asie, en conquérant les marchés de tout le continent et en évinçant les concurrents occidentaux ; il achèterait les matières premières et revendrait les produits manufacturés. Le Japon serait l'Angleterre de l'Asie : la géographie y invite, l'archipel n'occupe-t-il pas en bordure du continent asiatique une position insulaire très semblable à celle des îles Britanniques à la périphérie de l'Europe ? Cette forme d'expansion a naturellement la faveur des industriels, des banquiers, des armateurs, des grands trusts qui s'édifient avec l'industrialisation. La préférence d'autres milieux – l'armée, la noblesse – va à une autre forme : une expansion armée aboutissant à la conquête politique. Le modèle n'est plus l'Angleterre du libre-échange, mais la Prusse bismarckienne : le rêve est alors de construire un vaste empire soumis à la domination du Japon. Entre les deux voies le Japon balancera de 1890 à 1945. Depuis sa défaite en 1945, il semble qu'à la lumière de l'expérience il ait opté définitivement pour la première forme d'expansion ; mais pendant un demi-siècle ses initiatives avaient grandement contribué à la tension armée et à l'insécurité dans le monde.

Ce grand dessein s'est réalisé par étapes. Ce fut d'abord, en 1894-1895, une guerre contre la Chine : le Japon fait la première démonstration de sa jeune puissance et triomphe sans mal de sa voisine ; sa moderne marine envoie par le fond les vieux navires en bois de la flotte chinoise. En 1900, le Japon s'associe à l'expédition internationale envoyée dégager les légations assiégées à Pékin par les Boxers. Le Japon est alors plus soucieux d'obtenir des puissances occidentales sa reconnaissance comme un égal que de tirer parti d'une solidarité avec les peuples de couleur. Quand il ouvre, quatre ans plus tard, les hostilités contre la Russie, ce n'est pas une déclaration de guerre à l'Occident ni à la race blanche ; il a signé en 1902 un traité d'alliance et de commerce avec la Grande-Bretagne et, en 1914, il se rangera au côté des Alliés contre l'Allemagne afin d'être présent au règlement de la paix et de s'assurer des prises de gage. De la guerre contre la Russie et de la défaite de celle-ci on a déjà dit la portée historique : c'est la première fois qu'une nation blanche et européenne est défaite par un peuple de couleur. Le retentissement de l'événement est immense dans toute l'Asie, en Chine, en Indochine et jusqu'en Inde. Le Japon a démontré qu'on pouvait triompher d'une nation occidentale. C'est le point de départ du mouvement qui aboutira soixante ans plus tard à l'émancipation de toute l'Asie et de l'Afrique entière. Dans une vue cavalière la victoire du Japon en 1905 préfigure la conférence de Bandoeng dont il sera du reste absent.

Après la Première Guerre mondiale, le Japon qui avait déjà pris pied sur le continent en annexant en 1910 la Corée, commence à mettre la main sur la Chine. En 1931-1932 l'« incident de Mandchourie » le rend maître de cette riche province sur laquelle il établit sa domination sous le voile transparent d'une indépendance fictive : l'impuissance de la SDN en cette affaire fut le premier échec de l'organisation et contribua à son discrédit. A partir de là le parti de la guerre l'a emporté au Japon sur le parti de l'expansion pacifique par le commerce : une caste militaire entraîne le Japon dans la constitution par les armes de ce que le prétentieux vocabulaire du temps appelle « la sphère de coprospérité asiatique », euphémisme pour désigner l'hégémonie de l'impérialisme nippon. En 1937, il porte la guerre au cœur de la Chine : ses soldats occupent les côtes et bloquent l'une après l'autre toutes les voies par lesquelles le gouvernement nationaliste chinois pouvait recevoir du matériel et des armes. La défaite de la France en 1940 sert les desseins du Japon en lui livrant la voie qui va du Tonkin au Yunnan : ne subsiste plus que celle par la Birmanie avant que les Japonais ne la coupent aussi. Cependant, le Japon n'est pas venu à bout de la résistance chinoise conduite concurremment par Tchang Kaï-chek et les communistes.

A partir de décembre 1941, le conflit entre Japon et Chine se fond dans le conflit mondial et il est clair que c'est l'issue de celui-ci qui décidera du sort des ambitions japonaises. Le Japon, qui a engagé les opérations contre les États-Unis par surprise, commence par remporter des succès spectaculaires : il porte des coups terribles, en quelques mois il a détruit tous les empires coloniaux de l'Occident, occupé la Malaisie et Singapour, les Philippines et l'Indonésie, la

Birmanie même, ses forces arrivent aux portes de l'Inde et aux avant-postes de l'Australie. Mais c'est bientôt le reflux et la défaite de 1945 qui entraîne avec la capitulation la ruine des ambitions hégémoniques du Japon et sa renonciation à l'expansion armée.

Le Japon d'aujourd'hui.

Depuis, il a subi de très profondes et sans doute irréversibles transformations. Tirant les enseignements de sa défaite, il a renoncé à la domination politique et militaire. La Constitution qui lui fut imposée par le vainqueur l'a même obligé à renoncer à assurer sa défense. Le Japon a un régime qui s'apparente à ceux des démocraties occidentales. L'empereur a été maintenu mais a perdu l'essentiel de ses pouvoirs. Surmontant sa défaite, l'archipel a établi des relations confiantes avec les États-Unis et les autres nations industrielles. Surtout, il a fait preuve d'un étonnant dynamisme et atteint un niveau technologique souvent supérieur à celui des pays les plus avancés ; tant dans la miniaturisation de l'électronique que dans la robotisation, il est pionnier. Le yen est une des monnaies les plus fortes et les plus stables. La Bourse de Tokyo occupe sur les marchés financiers une position égale aux plus grandes places. Le Premier ministre japonais participe aux rencontres des chefs de gouvernement des plus grands pays industrialisés. Le modèle japonais est en passe d'éclipser et de supplanter le modèle américain ; on s'y réfère aussi bien pour la compétitivité sur les marchés extérieurs que pour le système éducatif. Dans cette réussite éclatante cinquante ans après une défaite sans précédent, le Japon d'aujourd'hui, démocratique, industrialisé, ne risquet-il pas de perdre, cette fois pour de bon, son âme et l'originalité de sa civilisation traditionnelle ? Toujours est-il que son histoire du dernier siècle offre l'exemple d'un pays qui a parfaitement réussi à préserver son indépendance parce que, au lieu de subir indistinctement les influences étrangères, il a su prendre l'initiative et garder le contrôle de sa modernisation.

3. Les révolutions chinoises

La Chine a décrit une trajectoire toute différente et le parallèle est fertile en enseignements. Le Japon est un exemple de continuité : son unité n'a jamais été menacée. Les seuls moments où la concorde a été troublée furent ceux qui opposèrent, au lendemain du *Meiji*, la féodalité au Mikado et, dans les années 30, celui où une caste d'officiers confisqua le pouvoir. Mais, à travers ces turbulences, la continuité dynastique atteste la permanence des traditions et des forces politiques.

L'histoire de la Chine est au contraire celle d'une succession de crises, de révolutions, où l'unité faillit plusieurs fois sombrer. Elle débute à l'extrême fin du XIXe siècle, en 1898, par une tentative de réforme dite des Cent Jours inspirée des mêmes intentions que le *Meiji*, qui aurait peut-être épargné à l'Empire du Milieu les convulsions ultérieures si elle n'avait été brisée par l'impératrice douairière Tseu-hi, qui s'opposa aux projets de l'empereur et de ses conseillers. Toute réforme est différée. Deux ans plus tard, la réaction xénophobe culmine avec le mouvement des Boxers et le siège des légations : ils sont mis au pas par l'intervention armée des puissances occidentales coalisées.

Le régime n'ayant pu se réformer, la transformation va se faire par la voie révolutionnaire. Alors que la modernisation s'est opérée au Japon sous la conduite de la monarchie, en Chine la révolution emporte la dynastie mandchoue que trois siècles n'avaient pu naturaliser complètement (1911). Sun Yat-sen, qui dirige le mouvement, avait vécu à l'étranger, connaissait bien les États-Unis, admirait leurs institutions : son triple démisme s'en inspirait. La révolution débute dans le sud à Canton : phénomène classique ; c'est presque toujours du sud que sont partis en Chine les mouvements réformistes, révolutionnaires ou nationalistes : ainsi les Taipings au XIXe siècle. La révolution gagne rapidement tout le territoire. La République est proclamée, la dynastie déchue, l'empereur, le petit Pou-Yu, déposé.

Avec la révolution s'ouvrait pour la Chine une possibilité de rattraper son retard : en fait, elle ouvre une ère d'instabi-

lité prolongée et de guerre civile intermittente pour une trentaine d'années. Le pouvoir est bientôt confisqué par un général, Yuan Che-Kaï, le premier d'une longue succession de
« seigneurs de la guerre », les Toukioun, qui vont se disputer
des morceaux de Chine avec leurs armées privées : au dépècement de la Chine par l'étranger succède son écartèlement
par le retour à la féodalité. Après la mort de Yuan Che-Kaï, il
y a des gouvernements rivaux à Pékin et Nankin. L'anarchie
met la Chine à la merci du Japon qui tente de prendre pied
sur le continent ; la masse continentale de la Chine la pré-
serve plus que son aptitude à se défendre. Sun Yat-sen s'attache à réunir les forces divisées de la Chine en les dérivant
contre les traités inégaux et l'exploitation économique par
l'étranger, et en recourant à des méthodes inspirées de
l'exemple de Gandhi aux Indes : boycott de Hong Kong,
grève des achats pour atteindre la Grande-Bretagne dans son
commerce, Sun Yat-sen se rapproche de l'Union soviétique,
qui apparaît comme la protectrice naturelle des peuples assujettis à la domination de l'Occident capitaliste : Kouo-min-
tang et Parti communiste chinois font alors cause commune.
Le Komintern envoie en Chine des conseillers militaires et
Tchang Kaï-chek va se perfectionner à Moscou dans l'art de
la guerre. Mais, après la mort de Sun Yat-sen (1925), survient bientôt la rupture entre le parti nationaliste, le Kouo-
min-tang, que dirige le maréchal Tchang Kaï-chek, et les
communistes.

C'est le début d'une guerre civile de plus de vingt ans et
qui, même aujourd'hui, n'est pas terminée puisque Formose –
ou Taiwan – est gouvernée par les successeurs de Tchang Kaï-
chek. Mais cette guerre civile est différente des précédentes,
ce n'est plus la compétition de généraux ambitieux qui se dis-
putent le pouvoir, elle oppose idéologie à idéologie, le communisme au nationalisme. Le Kouo-min-tang est longtemps
le plus fort. Staline se désintéresse de la compétition, il ne
croit pas à l'avenir immédiat du communisme en Chine et,
fidèle à sa stratégie de traiter avec le plus fort, il s'entend avec
Tchang Kaï-chek, seul gouvernement qu'il reconnaisse jusqu'en 1945. Les communistes chinois ne peuvent donc compter que sur eux-mêmes ; cette situation aura sa part dans la
rupture ultérieure entre les deux métropoles du marxisme-

léninisme. Les communistes sont acculés, pour échapper à la destruction, à la « Longue Marche », une anabase de cent mille hommes qui s'étire sur dix mille kilomètres pendant une année et demie et qui entraîne une double mutation : géographique et sociologique. Géographique : une translation du sud au nord ; principalement implanté dans la Chine méridionale, de Canton à Shangai, le communisme est contraint de chercher refuge dans l'extrême nord où il s'enracine durablement. Cette conversion territoriale s'accompagne d'un transfert des villes vers les campagnes. Auparavant le communisme était principalement urbain, recrutant chez les intellectuels et les ouvriers. Dorénavant il va se faire rural : c'est une armée de paysans qui fondera le communisme, et la réforme agraire sera la pierre angulaire de la transformation sociale. A côté du communisme industrialiste de l'Union soviétique, le communisme chinois fait éclore une variété rurale. A Yenan, Mao Tsé-toung forge une armée, forme des cadres militaires et politiques, élabore une stratégie de la guerre révolutionnaire fondée sur l'immersion du parti dans la population. Le parti communiste ne contrôle guère plus du cinquième de la Chine. Tchang réussit presque à reconstituer l'unité de la Chine autour du Kouo-min-tang et du mouvement de la Vie nouvelle qui s'efforce d'insuffler un patriotisme moderne aux Chinois. Le sentiment national s'éveille dans la résistance aux entreprises du Japon à partir de 1937. Dans la guerre que mènent parallèlement nationalistes et communistes contre l'envahisseur, la Chine prend conscience d'elle-même, non plus seulement comme civilisation commune, mais comme nation. Les réactions antérieures d'animosité contre les barbares de l'Occident relevaient d'une xénophobie élémentaire : à partir de 1937, on peut parler d'un authentique patriotisme. La Chine a tenu tête huit années au Japon de 1937 à 1945, la généralisation du conflit à partir de Pearl Harbor la sauve du désastre. Elle se retrouve en 1945 du côté des vainqueurs : elle obtient de ses alliés l'abrogation des traités inégaux, recouvre sa pleine souveraineté et dispose d'un siège permanent aux Nations unies avec droit de veto à l'instar des plus grands. Elle a effacé les traces de la domination étrangère.

Mais la fin de la guerre étrangère relance la guerre civile entre les deux Chines. Entre elles, le rapport des forces est

très inégal, au désavantage des communistes qui ne contrôlent qu'environ 90 millions de Chinois : la Chine nationaliste
en compte 450 et étend son autorité sur les provinces les plus
peuplées, les plus riches, les plus industrialisées et les plus
commerçantes, celles aussi tournées vers l'extérieur. Tout
donne l'avantage à Tchang et pourtant, en quatre ans, les
communistes se rendront maîtres de la totalité de la Chine
continentale. Ils le devront presque autant aux faiblesses de
leurs adversaires qu'à leur courage propre et au génie de
Mao : la corruption et la vénalité entraîneront la désintégration du Kouo-min-tang. En une génération le dynamisme a
changé de camp, les communistes bénéficient du contact
avec le petit peuple, de la sympathie des masses rurales, du
prestige de la réforme agraire et de leur intégrité morale. En
1949, l'armée populaire entre dans Pékin, franchit le Yang-
tsé et est bientôt maîtresse de toute la Chine continentale
dont l'unité est refaite autour du parti communiste. Mao
Tsé-toung a achevé ce qu'avait commencé Sun Yat-sen et
qu'avait poursuivi le Kouo-min-tang : d'une certaine façon
la révolution communiste, qui trouve son accomplissement
dans la proclamation, le 1er octobre 1949, de la République
populaire de Chine, prolonge et parachève la révolution de
1911. La Chine est totalement libérée des influences étrangères – la soviétique exceptée – et réunifiée.

Mais le projet inspirateur de cette révolution est singulièrement plus ambitieux : faire table rase du passé et instaurer
une société communiste. C'est un nouveau chapitre de l'histoire de la Chine qui débute. Le régime est décalqué du
marxisme-léninisme : le parti y détient toute la réalité
du pouvoir ; théoriquement, d'autres partis lui sont associés
qui représentent diverses catégories sociales, mais ces alliés
ne sont que des simulacres. Le parti communiste exerce une
dictature sans partage. Il entreprend de transformer l'économie et la société, les terres sont rassemblées dans les
communes populaires où tout est mis en commun. Désireux
de doter la Chine d'une industrie lourde qui lui donne les
moyens de devenir une grande puissance, le pouvoir suscite
dans les communes rurales l'essor d'une petite industrie
métallurgique à base d'une multitude de bas-fourneaux :
c'est un désastre économique tout comme le « Grand Bond

en avant », mal conçu et précipité. La Chine réussit néanmoins à se donner la bombe atomique qui l'affranchit de sa
dépendance à l'égard de l'Union soviétique avec laquelle les
rapports se sont rapidement altérés au point de tourner à
l'antagonisme déclaré. Pour échapper à l'isolement, la
Chine, après avoir d'abord combattu les États-Unis par centaines de milliers de volontaires interposés dans la guerre de
Corée (1950-1953), avoir fait de l'antiaméricanisme un axe
de sa diplomatie, et affecté de tenir une troisième guerre
mondiale pour une éventualité inéluctable qui ne lui faisait
pas peur, assurée qu'elle se disait de triompher de ce qui
n'était qu'un tigre de papier, esquisse un rapprochement
avec les États-Unis.

En 1966, Mao a déclenché une révolution dans la révolution en lançant les gardes rouges contre la bureaucratie du
parti : c'est la « Révolution culturelle » qui nourrit l'ambition
démentielle d'effacer tout vestige du passé et d'édifier un
homme entièrement renouvelé. Les universités sont fermées
plusieurs années et les élites décimées. A quoi bon conserver
des institutions qui transmettent un savoir antérieur à la révolution ? Cette révolution est, avant la folie sanguinaire des
Khmers rouges qui s'en inspirera, l'exemple le plus poussé
de l'histoire du volontarisme, l'application la plus systématique de la conviction que tout est possible à qui le veut et
qu'il n'est pas de réalité qui ne doive fléchir devant la
volonté d'un gouvernement. La Révolution culturelle se
révélera un désastre qui a fait perdre dix ans à la Chine ;
ajoutées aux erreurs du Grand Bond en avant, les orientations imprimées par le Grand Timonier au cours de la révolution se soldent pour la Chine par un retard considérable.
Depuis la mort de Mao, la Chine s'est dégagée de son
influence : la démaoïsation fait pendant à la déstalinisation
et s'est traduite par des mesures de même inspiration. Le
retour de Teng Siaoping, la condamnation sans appel de la
révolution culturelle, la dénonciation de la « Bande des
Quatre » soulignent l'infléchissement du régime qui a abandonné le volontarisme et subordonne ses choix à l'ambition
de faire de la Chine une grande puissance économique par
une tout autre voie : ouverture sur l'extérieur, appel aux capitaux et aux techniciens étrangers. Le régime s'attache dans

sa politique, dite des quatre modernisations, à susciter l'initiative et encourage l'économie de marché ; les communes populaires ont été dissoutes et la libre disposition de la terre restituée aux paysans. L'économie chinoise connaît depuis quelques années un taux de croissance des plus élevés. Sans relâcher pour autant ni la rigueur idéologique ni le contrôle sur la société, le parti a noyé dans le sang (massacre de la place Tien An Men en juin 1989) le mouvement démocratique dont les étudiants étaient le fer de lance et qui aspirait à une libération.

Avec une population évaluée à un milliard trois cents millions d'êtres humains – un habitant de la planète sur quatre est un Chinois –, des ressources exceptionnelles d'intelligence, d'ingéniosité, de savoir-faire, la fierté d'être un grand peuple avec une grande civilisation, la Chine est virtuellement une grande puissance avec laquelle il faudra compter de plus en plus en politique aussi bien qu'en économie.

4. L'émancipation de l'Inde

Troisième grand ensemble asiatique, l'Inde est un troisième cas d'évolution. Son statut au début de ce siècle était différent de celui du Japon, resté effectivement indépendant, et de la Chine qui le demeurait fictivement : elle était colonie britannique. La présence des Anglais remontait au XVIIIᵉ siècle et, depuis, la Grande-Bretagne n'avait cessé d'étendre son autorité, organisant sur tout le pourtour du subcontinent indien des frontières « scientifiques ». Après la guerre des Cipayes (1857) et l'abrogation du statut qui faisait de l'Inde la propriété de la Compagnie des Indes, elle devint colonie de la Couronne. Mais le gouvernement britannique, procédant avec son empirisme coutumier, a maintenu, à côté des territoires qui relèvent de l'administration directe, la souveraineté de centaines de princes. Malgré cette diversité, l'Inde fait pour la première fois de son histoire l'expérience de son unité sous la domination britannique, la construction d'un réseau ferroviaire crée un début de marché national et la langue du conquérant permet aux populations de l'Inde, qui parlent quelque 180 langues, de communiquer entre elles : c'est toujours le cas aujourd'hui.

Sur la fin du XIXᵉ siècle, il existe déjà une élite anglo-indienne qui a souvent étudié dans les universités britanniques et qui aspire au *self government* ; elle raisonne naturellement par référence aux institutions britanniques, réclame des institutions représentatives et conçoit l'avenir de l'Inde sous la forme d'un dominion associé à la métropole ; elle trouve dans le parti du Congrès, fondé en 1885, le lieu où faire son apprentissage politique et un moyen d'expression et de revendication.

Au sortir de la Première Guerre où l'Inde a apporté à la métropole un concours appréciable – elle a fourni 80 000 hommes –, les nationalistes espèrent en rétribution des réformes qui les associeraient au gouvernement. Rien de tel n'a lieu et la vive déception qui en résulte suscite un mouvement de résistance qui trouve désormais de profonds échos dans les masses, le thème de l'indépendance devenant dès lors populaire. Gandhi commence à s'imposer comme la figure représentative de l'Inde. Il préconise le recours à des formes originales d'action : boycott des produits de fabrication britannique, remise en honneur du rouet pour remplacer les cotonnades venues d'Angleterre, refus d'acheter le sel et d'acquitter les taxes, désobéissance civile sans violence, démonstrations pacifiques : autant de formes qui embarrassent les autorités coloniales. L'entre-deux-guerres est une alternance de concessions et de répressions, de négociations et de ruptures. Périodiquement, les vice-rois des Indes engagent des conversations avec les leaders du Congrès, aux Indes ou à Londres où le gouvernement organise une table ronde : les pourparlers échouent devant l'intransigeance des uns et des autres, et les leaders retournent en prison dont on les avait fait sortir jusqu'à la négociation suivante. En 1935, le gouvernement britannique octroie une Constitution qui instaure un certain partage des attributions dans les provinces, mais ces concessions surviennent trop tard : les revendications indiennes se sont durcies. Avec la Seconde Guerre mondiale le gouvernement remet en prison la plupart des leaders, Gandhi, Nehru, d'autres encore. En 1945, l'Inde est à peu près dans la même situation qu'en 1919.

La mutation sera d'une extrême rapidité : le gouvernement travailliste prend la décision d'accorder l'indépendance à l'Inde, qui passe ainsi presque sans transition du statut de complète dépendance à l'indépendance totale. Dans la pratique la rupture est moins tranchée : depuis un demi-siècle les Britanniques avaient préparé toute une classe politique à prendre la relève. L'Inde est probablement l'exemple de colonie la mieux préparée à se passer du colonisateur, à la différence d'autres pays, à qui ont fait défaut les cadres administratifs et les responsables politiques, comme le Congo belge. Ce n'est pas de là que sont venues les difficultés qui ont assailli l'Inde : elles ont surgi des tensions et des animosités entre des populations que la Grande-Bretagne avait, tant bien que mal, et souvent en jouant de leurs divergences, obligées à vivre ensemble.

L'unité du continent indien ne résista pas à l'annonce de l'indépendance : les forces centrifuges l'emportèrent sur la volonté de rester unis. L'initiative de la dislocation vint des musulmans qui étaient à peu près un cinquième de la population et principalement groupés aux deux extrémités de l'Inde septentrionale. A l'instar du Congrès, ils s'étaient organisés au sein d'une Ligue musulmane qui avait à sa tête un leader dont l'autorité morale faisait pendant à celle de Gandhi, le Dr Jinnah. Bien résolus à ne pas être une minorité dans un État dominé par les hindous, les musulmans exigèrent de constituer un État distinct. La date de l'accession à l'indépendance, le 15 août 1947, fut aussi celle de l'éclatement de la péninsule : Inde, Pakistan (à cette date le principal État musulman du monde, constitué de deux territoires séparés par la masse de l'Inde), Ceylan et Birmanie. La partition s'accompagna de massacres qui ternirent la joie de l'indépendance. Depuis, Inde et Pakistan n'ont cessé de s'opposer, pratiquant des choix contraires de politique étrangère, l'Inde longtemps proche de l'Union soviétique, le Pakistan se rangeant résolument dans le camp occidental ; récemment encore, passant outre à ses sympathies pour l'islam fondamentaliste, il a apporté son concours aux États-Unis en guerre contre le régime des talibans en Afghanistan. L'Inde a appuyé par les armes la sécession de la partie orientale du Pakistan qui s'est constituée en État indépendant, le Bangladesh. Depuis cinquante ans, le Cachemire est entre les deux États l'objet d'un conflit qui connaît périodiquement des accès de fièvre ; leur rivalité entretient dans la région une tension d'autant plus inquiétante qu'ils se sont l'un et l'autre dotés de l'arme nucléaire. Il y a d'autres sujets de discorde dans l'ancien empire des Indes : au Sri Lanka, les Tamouls revendiquent leur indépendance et entretiennent une guérilla ; l'Inde est aux prises avec une agitation sikh.

5. Le Sud-Est asiatique

Entre la Chine au nord et l'Inde à l'ouest s'étend un vaste domaine, carrefour de civilisations où s'entremêlent depuis des siècles les influences chinoise, indienne, malaise : c'est l'Asie du Sud-Est, expression géographique forgée pendant la dernière guerre, qui englobe Indochine, Indonésie, Malaisie. La plus grande partie de cette région était assujettie à l'Occident avant 1939 : le sentiment national et la revendication d'indépendance y existaient déjà. En Indochine, l'administration locale avait eu à faire face dès 1930 à des troubles : mutineries de tirailleurs annamites, jacqueries. La guerre et l'occupation japonaise, qui fait perdre la face aux puissances européennes et supplante leur administration, puis l'effondrement du Japon qui avait eu l'habileté avant sa capitulation de remettre le pouvoir aux nationalistes locaux, et parfois les intrigues américaines précipitent le processus. Ni les Vietnamiens, nouveau nom des Annamites, ni les Indonésiens n'étaient disposés à accepter la réinstallation de l'ordre colonial : la France et les Pays-Bas se heurtent à une lutte armée qui, en Indochine, prend la forme d'une véritable guerre à partir de l'échec des pourparlers et de l'offensive du Viêt-minh le 19 décembre 1946. L'Indonésie obtiendra la première son indépendance, les États-Unis ayant fait pression sur les Pays-Bas. La situation en Indochine est plus complexe du fait de l'osmose entre nationalisme et communisme : la guerre d'Indochine s'inscrit dans la perspective de la guerre froide et le déclenchement de la guerre de Corée en juin 1950 vient justifier la position française qui présente son combat comme un élément de la défense de l'Occident contre l'impérialisme soviétique. Néanmoins le Viêt-nam s'achemine vers l'indépendance par étapes : dès 1949 la France a signé avec l'ancien empereur d'Annam, Bao Dai, des accords par lesquels la France reconnaît l'indépendance des États associés. Après huit ans de guerre et la chute de Diên Biên Phu, les accords de Genève (juillet 1954) consacrent le partage du Viêt-nam en deux États, l'un, dominé par les communistes, fait partie du bloc soviétique, l'autre de la zone d'influence occidentale. Les États-Unis s'y substituent à la France et sont progressivement entraînés dans une seconde guerre qui dure une dizaine d'années : elle oppose le peuple vietnamien à la machine de guerre la plus puissante du monde et se termine, elle aussi, par la défaite de l'Occident : les États-Unis évacuent le Sud-Viêt-nam, les Viets entrent à Saigon et réunifient les deux Viêt-nams. L'ancienne Indochine est depuis tout entière sous domination communiste, Laos et Cambodge compris.

Au terme de cette longue histoire, tumultueuse et souvent dramatique des relations entre l'Asie et l'Occident, l'Asie est aujourd'hui tout à fait émancipée : n'y subsiste plus aucune colonie depuis que les Pays-Bas ont rétrocédé à l'Indonésie la Nouvelle-Guinée. La Grande-Bretagne a négocié le retour de Hong Kong à la Chine. Ce n'est pas qu'aient disparu les traces de la présence européenne ou que l'Asie soit retournée à son isolement. Au contraire, jamais elle n'a entretenu de rapports plus étroits avec le reste du monde. Elle pèse de plus en plus lourd dans l'équilibre mondial. A elle seule elle compte plus de la moitié des six milliards d'hommes qui vivent sur la terre. On y trouve les ensembles politiques les plus peuplés : la Chine avec un milliard trois cents millions d'individus, l'Inde près du milliard.

A vrai dire ce vaste ensemble géographique et démographique est loin d'être homogène : il se décompose en plusieurs sous-ensembles qui suivent des voies de plus en plus divergentes. C'est en Asie qu'il y a quelques-uns des peuples les plus pauvres du globe : tel le Bangladesh et ses cent millions d'habitants. Le Viêt-nam et la Birmanie s'enfoncent dans le sous-développement : le niveau de vie ne cesse d'y baisser. Des centaines de milliers de Vietnamiens ont pris le risque de s'enfuir par mer ou par terre au péril de leur vie pour échapper à un régime étouffant et à une économie en perdition. A l'inverse, plusieurs pays d'Asie, dont la concurrence est redoutable pour les anciennes puissances, ont décrit des expansions foudroyantes et se sont hissés en deux décennies au premier rang des nouveaux pays industrialisés. Le Japon dépassera peut-être bientôt les États-Unis. Il tient une place importante dans la gestion collective de l'économie mondiale. Dans son sillage les petits pays qu'on appelle les dragons, États insulaires, cités-États ou presqu'îles, qui dessinent sur le pourtour de la masse continentale comme une guirlande : Corée du Sud, Taïwan, Hong Kong, Singapour, Malaisie, Thaïlande, constituent une aire de prospérité. Leur taux de croissance annuel est de 7 à 8 % : en une décennie, leur part dans les exportations mondiales est passée de 5 à 10 % ; depuis 1986 les produits manufacturés constituent plus de la moitié de leurs exportations. L'Inde aussi est une grande puissance : elle a résolu le problème de son agriculture sans recourir à des solutions collectivistes. Elle a réussi sa « révolution verte » et se suffit en temps normal pour sa subsistance.

Politiquement aussi cette région du monde est loin d'honorer les mêmes valeurs : elle se divise entre les grands systèmes et ce partage n'est pas sans correspondance avec les résultats économiques, soit que l'accession à la propriété éveille des aspirations à la liberté, soit inversement que les encouragements prodigués par les sociétés libérales à l'initiative privée aient concouru à l'essor économique. Les pays sous régime communiste font figure d'îlots de pauvreté comparés à la richesse des voisins. Récemment la démocratie a marqué des points : sous la pression des masses populaires, les dictatures ont dû céder du terrain devant l'agitation étudiante, l'intervention des religions, l'Église catholique aux Philippines et en Corée du Sud, les bonzes en Birmanie : un soulèvement général a entraîné la chute du régime Marcos aux Philippines, et, en Corée du Sud comme en Birmanie, le régime a dû jeter du lest pour éviter la guerre civile. Cette partie du monde joue chaque jour un rôle plus important dans l'histoire de l'humanité.

Forte de ses progrès et de sa richesse, fière de sa réussite et de ses performances financières et technologiques, cette région tend à s'émanciper de la fascination des modèles occidentaux : elle conteste le caractère universel des principes de la démocratie telle que la pratiquent l'Europe et les États-Unis et entend affirmer des valeurs propres à l'Asie ; c'est la signification du mouvement d'idées qu'on appelle l'asiatisme.

7

L'Islam
et le monde arabe

De l'Extrême-Orient et de l'Asie continentale revenons plus à l'ouest vers l'Asie antérieure, ce vaste ensemble de terres qu'on désigne communément sous l'appellation de « monde arabe ». Les termes demandent à être précisés : ils concernent trois réalités géographiques, ethniques, culturelles qui s'emboîtent les unes dans les autres et dessinent comme trois cercles concentriques autour d'un même point central et recouvrant des superficies inégales.

L'espace peuplé par les Arabes s'étend du Taurus au nord du golfe qu'on appelait Persique et des rives de la Méditerranée orientale au plateau iranien : ni l'Anatolie ni l'Iran n'en font partie. En rigueur de termes, seule cette portion de la surface du globe peut être désignée sous l'appellation de monde arabe. Autour de ce premier cercle s'en est constitué un second dès les premiers temps de l'histoire de l'Islam par la conquête et la conversion, beaucoup plus vaste, qui s'étend en direction de l'ouest jusqu'à l'Atlantique et inclut toute l'Afrique du Nord, de l'Égypte au Maroc. Les populations n'y sont pas arabes mais elles ont été arabisées, la Ligue arabe regroupe ainsi des États dont la population n'est pas toute arabe. L'arabisme n'est plus alors référence à une identité ethnique mais à un fait de civilisation : il désigne l'imprégnation par une culture commune, liée à la diffusion de l'islam ; l'arabe s'est imposé comme langue sacrée et langue de culture ; un peu comme la Gaule latinisée avait donné naissance à une civilisation gallo-romaine. C'est la religion qui est le principe unificateur.

Troisième cercle : le monde musulman. Son centre est le monde arabe au premier sens et plus précisément la péninsule arabique avec les villes saintes de Médine et

La Mecque, dont le royaume saoudien est le gardien, mais ses frontières passent à des milliers de kilomètres. A la limite il n'en a pas : l'islam est une religion universelle. De fait, le monde musulman s'est répandu sur tout l'ancien monde : en Asie, il s'est étendu jusqu'à l'Indonésie, qui est pour le nombre des croyants un des tout premiers pays avec le Pakistan et le Bangladesh ; le centre de gravité du monde musulman est ainsi très largement décalé vers l'Extrême-Orient. Les musulmans se comptent par dizaines de millions en Chine et dans les Républiques méridionales de l'ancienne Union soviétique. L'islam a enjambé le Sahara et compte plus de cent millions de fidèles en Afrique noire. L'islam est présent en Europe aussi : plusieurs des États issus de la fédération yougoslave, Bosnie-Herzégovine, Macédoine, sont peuplés de musulmans. L'émigration a implanté d'importants noyaux en Europe du Nord et de l'Ouest : entre douze et quinze millions de musulmans habitent l'Angleterre, la France, l'Allemagne. On trouve des musulmans aux États-Unis et l'islam fait des conversions parmi les intellectuels occidentaux. Ni géographiquement ni ethniquement ces masses musulmanes n'ont rien de commun avec le monde arabe, mais l'arabe étant la langue sacrée, les villes saintes étant en Arabie et le pèlerinage à La Mecque étant une des obligations prescrites à tout croyant, tout musulman a le regard tourné vers le monde arabe et rien de ce qui affecte son destin ne le laisse indifférent. Aussi tout ce qui survient dans l'espace primitif retentit-il dans les autres cercles et entraîne des conséquences en chaîne sur l'histoire générale.

1. Le réveil du monde arabe

Le mouvement des nationalités a touché aussi le monde arabe. Ses sources sont analogues à celles où avaient puisé les peuples de l'Europe : recherche des origines, conscience de leur identité, réaction contre la domination étrangère. Au début du XXe siècle, les Arabes ont retrouvé la mémoire, et naturellement la nostalgie, d'une histoire qui avait été glorieuse aux premiers temps de l'Islam : entre le VIe et le XIIe siècle, cette région du monde était en avance sur l'Europe : jusqu'aux Croisades, c'est l'Occident qui est barbare et le monde arabe dont la civilisation est plus raffinée ; du reste, une partie de la culture antique est transmise à l'Occident par le détour des Arabes, tant la philosophie aristotélicienne que la médecine d'Hippocrate. Puis le rapport s'était inversé comme si le monde arabe s'était assoupi. De surcroît la direction du monde musulman avait changé de mains : depuis l'arrivée des Turcs et la formation de l'Empire ottoman, les Arabes étaient sujets de Constantinople. Certains n'avaient, au XIXe siècle, échappé au joug turc que pour tomber sous celui des Européens : les Égyptiens sous la tutelle britannique, les Maghrébins sous la domination de la France, la Libye au pouvoir des Italiens. Au début du XXe siècle, le monde arabe et arabisé est à la fois morcelé et assujetti à des dominations extérieures, partie aux Ottomans, partie aux nations chrétiennes. Le réveil du monde arabe et arabisé porte de ce fait en lui une double aspiration : à l'indépendance et à l'unité. Ce dernier thème est spécifique et fondamental : refaire l'unité de la nation arabe, traduire la communauté de croyance – l'Oumma – en communauté politique. Le nationalisme arabe s'inspire aussi de l'exemple des mouvements unitaires européens ; dans la pensée des théoriciens du réveil arabe se conjuguent le souvenir de la grandeur du monde arabe et la référence au succès des nationalismes allemand ou italien. Par là le mouvement procède aussi de l'Europe.

Le réveil est précipité par le premier conflit mondial où le monde arabe est entraîné par son appartenance à l'Empire ottoman : celui-ci s'est rangé aux côtés des empires centraux. Par ricochet, les Alliés, qui se trouvent être par leurs prolongements outre-mer des puissances musulmanes – Grande-Bretagne en Égypte et aux Indes, France avec l'Algérie et ses protectorats tunisien et marocain, l'Italie depuis qu'elle a conquis la Tripolitaine –, s'emploient à attiser le sentiment national arabe et à le diriger contre Constantinople : la diplomatie britannique en particulier encourage les ambitions de la dynastie hachémite qui est maîtresse des villes saintes. C'est le grand projet de Lawrence qui vise à reconstituer un royaume arabe, de la Méditerranée à l'océan Indien et de l'Anatolie à la mer Rouge, au bénéfice de Hussein et de sa maison.

L'écroulement de l'Empire ottoman en 1918, consommé par le traité de Sèvres, fut un événement de première grandeur, comparable en importance à l'effondrement de l'empire des Habsbourg : les deux empires, si longtemps rivaux, disparaissent simultanément, emportés par la même tempête. C'est la ruine d'une construction d'un demi-millénaire qui avait longtemps terrifié l'Europe chrétienne : la Turquie est réduite à Constantinople et à l'Anatolie. Sous le choc de la défaite elle entreprend de se régénérer : Kemal, un général qui a refoulé les Grecs, tire les leçons de la défaite ; si l'Empire a succombé, c'est parce qu'il n'avait pas réussi à se moderniser. Il faut se mettre à l'école de l'Occident : Kemal rompt avec le passé ottoman, supprime le califat, laïcise l'État et la société, fonde un régime moderniste et autoritaire. Il fait de la Turquie une nation à la place du conglomérat de peuples que juxtaposait l'Empire des sultans.

Pour les Arabes aussi la chute de l'Empire ottoman est un événement capital de leur propre histoire : brusquement affranchis du joug turc, ne vont-ils pas réaliser leur double rêve : indépendance et unité ? Il sera doublement déçu. Les dissensions l'emportent sur l'aspiration unitaire. Tandis que Hussein et ses fils, appuyés par la Grande-Bretagne, se taillent des royaumes dans le croissant fertile, entre la Méditerranée et le Tigre et l'Euphrate, Ibn Seoud les chasse des villes saintes et unifie la péninsule arabique sous sa domination. Les Français reprennent Damas et la Syrie à Hussein : c'est la ruine du grand projet de Lawrence. Syrie et Liban sont attribués à la France, qui reçoit mandat de la Société des Nations. La Palestine constitue un mandat britannique. Les deux fils d'Hussein doivent se contenter, Fayçal de l'Irak, Abdallah de la Transjordanie. Le rêve du royaume arabe est en miettes. Comme la disparition de l'Autriche-Hongrie a entraîné le morcellement de l'Europe danubienne, l'effondrement de l'Empire ottoman provoque l'émiettement du Proche-Orient : on peut à son propos parler de balkanisation.

Quant à l'aspiration à l'indépendance, elle n'est pas moins trahie : les populations arabes n'ont fait que changer de

maîtres. Les puissances occidentales, qui ont toutes sortes de
raisons de s'intéresser à cette région – une tradition historique
pour la France, la préoccupation stratégique d'assurer le
contrôle des lignes de communication, la route des Indes et le
canal de Suez pour l'Angleterre, les richesses pétrolières
– ont pris la relève de Constantinople. France et Grande-
Bretagne se sont partagé les mandats : Liban et Syrie pour
l'une, Palestine, Irak et Transjordanie pour l'autre.

Le nationalisme arabe ne renonce pas pour autant à ses
objectifs : émancipation et unité. L'immigration juive en
Palestine, qui se développe à la suite de la promesse faite par
Londres en 1916 au mouvement sioniste de laisser s'établir
un Foyer national du peuple juif, coalise contre les colonies
sionistes et la puissance mandataire l'animosité des Arabes
et cimente leur unité contrecarrée sur tous les autres points
par les rivalités. Compte tenu de la domination des puissances occidentales, certains nationalistes arabes voient dans
une victoire de l'Axe la voie pour accéder à l'indépendance :
en outre, le national-socialisme n'a-t-il pas déclaré la guerre
aux juifs ? C'est à Berlin que se réfugie le Grand Mufti de
Jérusalem. Quand l'Afrika Korps de Rommel parvient à
quelques centaines de kilomètres du canal de Suez, les Égyptiens sont rien moins que des alliés sûrs pour les Britanniques. En 1941 éclate en Irak une insurrection qui menace
la présence britannique : c'est pour envoyer aux hommes de
Rachid Ali du matériel et des renforts que le gouvernement
allemand exige du gouvernement de Vichy, qui ne le lui
refuse pas, au mépris des engagements de l'armistice de
1940, le droit d'utiliser les aérodromes de Syrie. Et c'est
pour la même raison que les Britanniques envahissent Syrie
et Liban. Ici aussi l'avenir des nationalismes locaux est lié
au cours de la guerre mondiale.

2. L'accession à l'indépendance après 1945

Le premier objectif est atteint : en quelques années le
monde arabe tout entier se dégage de la domination politique

occidentale. Dès avant 1939 la Grande-Bretagne avait renoncé à son mandat sur l'Irak. C'est d'abord sur la France, affaiblie par sa défaite et contre laquelle les nationalismes ont l'appui de la Grande-Bretagne, qu'ils remportent leurs premiers succès : le gouvernement français doit concéder l'indépendance à la Syrie et au Liban. Ils se retournent ensuite contre la présence britannique. Tout le Proche-Orient, surtout après l'éviction de la France, est alors zone d'influence britannique. Sans doute Londres avait fait droit en 1936 à la revendication nationale des Égyptiens, dont le parti du Wafd était l'expression principale, en leur accordant l'indépendance. Mais celle-là était plus nominale qu'effective : en vertu du traité les Anglais continuaient d'occuper le pays, y avaient des bases militaires, exerçaient sur le Soudan un condominium avec l'Égypte où le partage des pouvoirs n'était pas égal. C'est sous l'égide de la Grande-Bretagne que s'était constituée la Ligue arabe qui regroupait tous les États de la région. A l'époque, les États-Unis en sont absents ; ils ne commenceront à intervenir que sur la fin des années 50, en particulier au Liban, où les « marines » débarqueront en force. Les nationalistes sapent les bases stratégiques et économiques de la suprématie britannique, s'en prennent à ses créatures : le roi de Transjordanie, Abdallah, est assassiné en 1951 à Jérusalem ; en 1958, la dynastie irakienne et l'inamovible Premier ministre, jugés trop complaisants pour les intérêts britanniques, sont massacrés. En Égypte, une guérilla harcèle les unités britanniques dans la zone du canal : en juillet 1952, le roi Farouk est contraint par le mouvement des Officiers libres d'abdiquer. Partout s'établissent, par des coups d'État militaires, des régimes autoritaires qui se colorent de références à un socialisme vague dont ils pensent parfois trouver les prémices dans le Coran, qui est une manière de s'opposer à l'Occident capitaliste et de reconnaître le soutien empressé d'une Union soviétique trop heureuse de disposer de positions dans son affrontement avec le bloc atlantique.

Les mouvements nationalistes s'attaquent autant à la suprématie économique de l'Occident qu'à son hégémonie politique. Dans ce combat, deux décisions font date : en 1951, le gouvernement iranien du Dr Mossadegh décrète la nationali-

sation du pétrole, mettant fin au monopole de l'Anglo-Iranian
Oil Company ; en juillet 1956, le colonel Nasser, ulcéré par le
refus américain de financer la construction du barrage d'As-
souan, annonce la nationalisation du canal de Suez. Les deux
nationalisations portent un coup au prestige de l'Occident et
l'atteignent dans ses intérêts. C'est un retournement de situation par rapport au régime des capitulations hérité de l'Empire
ottoman, comparable à ce que la Chine avait tenté au temps
des Boxers, mais la différence est qu'après 1945 l'Occident a
dû dévorer l'affront : l'expédition de Suez, déclenchée par la
France et la Grande-Bretagne avec le concours d'Israël pour
faire reculer Nasser et entraîner sa chute, se termine par un
fiasco ; les deux gouvernements doivent rembarquer sous la
pression des deux Grands pour une fois solidaires (1956). Le
temps est révolu de la politique dite de la canonnière : la solidarité des puissances occidentales n'existe plus, l'Europe ne
peut plus imposer sa loi.

Au Proche-Orient, c'est indirectement sur les décombres
de la domination ottomane que s'était établie l'indépendance
des États de la région. Plus à l'ouest, de la Cyrénaïque à
l'Atlantique, le réveil du sentiment national trouve en face
de lui des gouvernements européens, français et italien, une
colonisation européenne, une imprégnation occidentale plus
profonde. Les sources du nationalisme n'y sont cependant
pas substantiellement différentes : l'influence occidentale y
est seulement plus forte et la revendication se nourrit de références aux principes démocratiques. La défaite a arraché à
l'Italie la Libye qui accède à l'indépendance dès 1950. En
Afrique du Nord française, la revendication était antérieure à
la Seconde Guerre : la Tunisie a été le théâtre d'une agitation
intermittente dans les années 1930 ; sous l'impulsion de
Habib Bourguiba le Néo-Destour réclame l'autonomie. En
Algérie, le nationalisme d'inspiration religieuse, qui oppose
la fidélité à l'Islam aux influences de l'Occident, se cristallise dans le mouvement des ulémas autour du cheikh Badis ;
vers 1936, un autre courant plus populiste, proche un temps
du communisme, surgit à l'appel d'un tribun populaire, Messali Hadj ; les éléments cultivés et réformistes trouvent au
même moment dans le manifeste de Fehrat Abbas l'expression de leur aspiration à une Algérie s'administrant libre-

ment mais restant associée à la France. Au Maroc se constitue autour de la personnalité d'Allal el-Fassi le parti de
l'Istiqlal, appellation qui signifie indépendance. Les troubles
qui affectent le 8 mai 1945 le Constantinois, dans la région
de Sétif, sont réprimés avec la dernière énergie. Le Parlement adopte en 1947 un statut de l'Algérie mais ses dispositions sont rendues inopérantes par la fraude systématique et
les pressions administratives. L'insurrection, qui débute à la
Toussaint 1954, pose la question en termes radicalement
nouveaux : il ne s'agit plus d'autonomie et les éléments
modérés se rallient progressivement au Front de libération
nationale. Au terme de huit ans de guerre qui ont entraîné la
chute de la IVe République et ramené au pouvoir le général
de Gaulle, les accords d'Évian (mars 1962) accordent à l'Algérie l'indépendance complète : ils parachèvent l'émancipation de toute l'Afrique du Nord après l'indépendance de la
Tunisie et du Maroc négociée en 1954-1955. En 1962, le
monde arabe, du golfe Persique à l'Atlantique, a dans sa
totalité conquis l'indépendance.

3. L'échec de l'aspiration unitaire

Si le nationalisme arabe a atteint son premier objectif, l'indépendance, il n'a pas réussi à constituer une nation arabe
unifiée. Le rêve de l'unité est demeuré une chimère. Les tentatives de regrouper tout ou partie du monde arabe autour
d'un État ne manquèrent pourtant pas (on en compte une
bonne demi-douzaine) ni les prétendants à prendre la direction de cet ensemble : Nasser, Kadhafi s'y essayèrent tour à
tour. Mais les projets aboutirent tous à des échecs, les
quelques regroupements qui dépassèrent le stade des intentions ne durèrent guère : la tentative la plus avancée fusion-
nant Syrie et Égypte dans la République arabe unie sous
l'autorité de Nasser se disloqua au bout de trois ans et demi
(février 1958-septembre 1961). Les autres projets – Fédération de l'Irak et de la Jordanie, Confédération des États
arabes unis, union totale de l'Égypte et de la Libye, ou de la

Libye avec la Tunisie – n'auront même pas un début de réalisation ou avorteront à la première difficulté.

De cette impuissance à donner consistance à l'aspiration unitaire, les causes sont nombreuses. En premier lieu les contradictions entre ambitions concurrentes des États dont chacun rêve de réaliser l'unité sous son autorité : au temps de Nasser, dont la popularité était sans pareille dans les masses populaires, l'Égypte était la mieux placée ; la mort du Raïs, puis la paix séparée conclue par Sadate avec Israël anéantirent ses chances : pour avoir traité avec le sionisme ennemi elle fut mise en quarantaine par les autres États. Kadhafi, fort de la richesse que lui fournissait le pétrole, chercha à reprendre le flambeau, mais ses initiatives brouillonnes lui aliénèrent les sympathies et suscitèrent une défiance générale. Entre États voisins des litiges frontaliers et des convoitises contraires sur les mêmes territoires entretiennent des tensions : ainsi à propos de l'ancien Sahara espagnol entre le Maroc qui, au nom des liens historiques, le tient pour partie intégrante, et l'Algérie, qui n'a pas ménagé son appui au Front Polisario, qui combat pour l'instauration d'une République sahraouie. Ou entre l'Irak et l'Iran sur le Chatt el-Arab, qui se sont épuisés huit années dans une guerre fratricide.

Autre obstacle à tout progrès vers l'unité : les différences de régimes et l'antagonisme des idéologies. Le monde arabe est divisé entre régimes conservateurs, les monarchies, telles l'Arabie saoudite et la Jordanie, qui pratiquent un anticommunisme sans faille et une politique étrangère généralement solidaire de l'Occident, et régimes dits progressistes, qui se sont généralement instaurés sur les ruines d'une monarchie, se sont proclamés Républiques – Syrie, Irak –, se disent révolutionnaires, se réfèrent à un socialisme mal défini qui est une façon de prendre appui sur les masses et dont la politique extérieure s'accorde souvent avec les orientations soviétiques. La division des deux grands blocs passe aussi à travers cette partie du monde.

La disposition de vastes réserves pétrolières, dont l'embargo en 1973 a révélé qu'elle pouvait constituer un moyen de pression sur l'Europe, a creusé l'écart entre les États riches en pétrodollars, où le PNB par habitant rejoint celui des pays les plus riches, et les autres que le dénuement et le surpeuplement précipitent dans le camp des pays pauvres.

La religion même, qui est le principal facteur d'unité, la référence commune, divise parfois plus radicalement encore que tous les autres facteurs : la haine que se vouent depuis quinze cents ans sunnites et chi'ites est une des composantes de la guerre que se sont faite Irak et Iran.

La seule donnée qui maintienne, ou rétablisse, quelque unité dans ce monde déchiré est l'existence d'Israël : contre le sionisme d'abord, l'État hébreu depuis 1948, l'ensemble du monde arabe s'est retrouvé solidaire. Dès la proclamation de l'existence d'Israël les armées égyptienne, syrienne, jordanienne, irakienne convergent pour étouffer dans l'œuf l'État naissant : en vain. Depuis, trois autres guerres, tantôt à l'initiative des Arabes, tantôt à celle d'Israël, ont opposé l'État hébreu à ses voisins : 1956, 1967, 1973. Elles tournèrent toutes à la défaite des voisins d'Israël. Ces défaites répétées ne furent pas sans incidences sur les belligérants : en Égypte la chute de la monarchie fut la sanction de l'amertume des officiers. Les échecs successifs rompirent le front uni : l'Égypte, dont quelques succès initiaux en 1973 avaient relevé le prestige, accepta de traiter avec Israël et les accords de Camp David, négociés sous l'égide des États-Unis, ramenèrent la paix sur un des fronts. A partir de sa victoire foudroyante de 1967, Israël occupe la Cisjordanie : depuis s'affirme chez les habitants des territoires occupés la revendication d'une patrie. Convaincus qu'aussi longtemps que le conflit entre l'État d'Israël et ses voisins n'aura pas trouvé une solution amiable et surtout que n'aura pas été réglé le sort des Palestiniens, il ne pourra y avoir de sécurité pour Israël ni de paix durable au Proche-Orient, des hommes politiques lucides et courageux en Israël, Yitzhak Rabin et Shimon Peres avaient fait le choix de l'échange de territoires contre la paix : par les accords d'Oslo négociés en secret avec l'OLP, ils avaient amorcé le règlement, l'OLP acceptant l'existence de l'État hébreu et Israël reconnaissant Arafat et évacuant Gaza et Jéricho. Les deux artisans israéliens de cette ouverture l'ont payée, l'un de sa vie, l'autre de la perte du pouvoir. Un Juif fanatique a assassiné Rabin et les électeurs ont porté au pouvoir les adversaires de toute solution négociée : depuis le début de la deuxième Intifada (septembre 2000), c'est une escalade où se répondent les attentats-suicides d'un terrorisme aveugle et les représailles de Tsahal qui réoccupe périodiquement les villes palestiniennes, le gouvernement israélien reprochant contradictoirement à Arafat de ne pas entraver le terrorisme et s'évertuant à le priver des moyens d'exercer la moindre autorité. Le processus paraît plus bloqué que jamais.

Le dernier grand événement a avoir affecté cette région et dont on a pu penser un temps que la portée historique pour le monde arabo-musulman approchait de celle de la révolution de 1917 ou de la victoire du communisme en Chine, est la révolution islamique qui renversa le shah d'Iran. L'onde de choc qui a suivi le retour de Khomeyni a déferlé sur tout le monde islamique, menaçant les régimes conservateurs, ébranlant tous les pouvoirs, stimulant les aspirations révolutionnaires et remettant en question l'équilibre des forces dans cette région et bien au-delà. Ainsi en Algérie les détenteurs du pouvoir, héritiers du FLN, n'ont pu contenir la poussée du Front islamique du salut qui traduisait la revendication des masses déçues par l'échec du socialisme et scandalisées par la corruption, qu'en ajournant les élections et en suspendant les libertés publiques. Depuis la violence aveugle règne sans partage sur ce malheureux pays : le terrorisme fondamentaliste qui s'en prend à tous, mais frappe particulièrement les intellectuels, les journalistes, et aussi les chrétiens, et la répression brutale menée par le pouvoir ont fait depuis 1992 peut-être 60 000 victimes. C'est par crainte du régime des ayatollahs que les régimes monarchistes du Moyen-Orient ont fait des vœux pour l'Irak dans la guerre qui l'opposait à l'Iran, bien qu'il fût indubitablement l'agresseur et qu'ils n'eussent aucune sympathie pour son régime et son inspiration. Ils se sont ensuite retrouvés au temps de la guerre du Golfe aux côtés des États-Unis contre Saddam Hussein, alors que dans leurs pays les masses populaires manifestaient en faveur de l'Irak.

4. L'islam dans le monde

Portons le regard au-delà du deuxième cercle – le monde arabe au sens strict ou large du mot – et agrandissons la perspective aux dimensions de l'ensemble des pays où l'Islam est présent : l'islam est une des grandes religions universelles dont le message s'adresse à tout homme et qui s'affranchit donc des conditions de lieu et de temps qui ont entouré son apparition. L'islam est de fait répandu par tout l'univers, mais principalement en Asie et en Afrique. Le nombre des croyants a atteint le milliard ; un homme sur six est musulman, un quart des États membres de l'ONU font aussi partie de l'Organisation de la Conférence islamique. Le monde musulman est donc une composante majeure du monde d'aujourd'hui et constitue en puissance une des lignes de force qui dessineront la figure de celui de demain.

Sa pesée sur le destin de l'humanité sera d'autant plus décisive que, à la différence du christianisme qui a reçu de l'Évangile la distinction entre le religieux et le politique, le domaine de la conscience individuelle et la compétence de la société, l'islam ignore la laïcité et la différence entre les conduites privées et les comportements collectifs. La loi religieuse est la loi de l'État, le Coran est à la fois le Code civil et la Constitution. Cette confusion, qui implique la confessionnalité de l'État – le roi du Maroc est aussi le commandeur des croyants –, interdit aux musulmans de changer de religion, exclut la liberté d'autres cultes, prohibe tout prosélytisme et réduit les citoyens ou les sujets d'une autre religion à un statut diminué : ainsi de la minorité copte en Égypte, qui en comprend quelque sept ou huit millions, dont les droits sont inférieurs à ceux de leurs compatriotes musulmans. Les sociétés à dominante islamique vivent toujours sous le régime, que les nations occidentales ont peu à peu répudié, de la religion d'État. Nombre de ces États comportent dans leur dénomination officielle la référence explicite à l'islam, République islamique d'Iran ou de Mauritanie. La capitale du Pakistan s'appelle Islamabad, et Pakistan signifie « pays des purs ». L'Arabie saoudite qui est, à certains égards, un pays très moderne, ne tolère aucune activité religieuse ni aucun autre culte qu'islamique.

Il y a aussi, mais le fait n'est pas propre à l'islam, osmose entre la fidélité aux prescriptions du Coran et le sentiment d'appartenance nationale : l'observance scrupuleuse du ramadan en pays européen est, par exemple, une manière d'affirmer son identité nationale autant qu'un signe de fidélité religieuse. L'attachement à l'islam est le ressort du nationalisme : en Afghanistan, la résistance à l'invasion de l'armée soviétique fut autant le rejet d'une idéologie athée que le sursaut d'indépendance d'un peuple envahi et occupé. C'est dire que la réalité de l'islam est appelée à avoir de grandes conséquences sur les relations internationales.

Or le monde de l'islam est parcouru depuis quelques décennies par un mouvement de renouveau qui se caractérise par le rejet de toute valeur étrangère à l'islam, une interprétation littéraliste du Coran rigoriste de ses prescriptions et qui est l'homologue pour l'islam des fondamentalismes protestants ou de l'intégrisme catholique : les islamologues sont convenus d'appliquer à cette forme de réveil l'appellation d'islamisme. Le phénomène ne date pas d'hier : il se manifeste périodiquement dans l'histoire de l'islam : le wahhabisme, dont s'inspire aujourd'hui encore la dynastie régnante en Arabie, était en son temps une variante de ce fait récurrent. Plus proche de nous, la confrérie des Frères musulmans fondée en 1929 en Égypte, qui a connu dans ce pays un essor rapide jusqu'à compter plusieurs millions d'adeptes au début des années 1950 et qui a causé aux gouvernements de graves difficultés. Loin de perdre de sa pugnacité avec l'émancipation de la domination occidentale, l'islamisme a trouvé dans les évolutions récentes du monde arabe de nouvelles raisons d'être : la révolution iranienne lui a conféré un dynamisme accru. Il milite pour que la *charia*, la loi religieuse, devienne loi de l'État et s'impose à tous, croyants ou non ; c'est chose faite en plusieurs pays, Pakistan, Iran, Soudan. Dans les pays où, du fait de la présence européenne, s'était élaborée une synthèse heureuse entre les racines historiques et les apports occidentaux, en particulier en Afrique du Nord, l'attirance de l'islamisme compromet les fruits de cette symbiose : sa réaction contre la modernité et la laïcité menace d'effacer les effets de l'éducation démocratique.

Apprécié dans une perspective à long terme, le réveil du fondamentalisme musulman comporte une inconnue dont l'enjeu importe à l'ensemble du monde. Cette région du globe est appelée à jouer un rôle croissant, ne serait-ce que du fait de son explosion démographique en face du vieillissement de l'Europe : or elle est sollicitée par des courants contraires et des influences qui s'opposent. D'une part une solidarité, que j'appellerais horizontale, car elle s'exerce dans le sens des latitudes, d'est en ouest, qui procède de la communauté de religion et de civilisation, qui a son foyer au cœur du monde arabe et son épicentre en Asie : le Maroc et l'Irak, la Tunisie et le Pakistan ont en commun l'appartenance à l'islam. C'est l'héritage d'une histoire plus que millénaire. Dans le même temps d'autres influences orientent ces pays dans le sens vertical, en direction de l'Europe : résultante d'une symbiose plus ou moins prolongée avec leurs métropoles. La première joue en faveur du retour aux traditions les plus anciennes, de la restauration d'un islam fermé sur lui-même ; les secondes militent en faveur de l'ouverture et de la modernité.

A cette interrogation, les attentats criminels du 11 septembre 2001 ont brusquement conféré une actualité dramatique en donnant une consistance inattendue et une certaine vraisemblance à la thèse du choc des civilisations qui voudrait que les conflits futurs dressent les unes contre les autres dans des duels implacables les civilisations et tout particulièrement l'islam fondamentaliste contre l'Occident judéo-chrétien. De ces deux attirances qui pourrait dire laquelle prévaudra ? On pouvait penser hier, lors de la décolonisation, que l'influence du passé le plus récent, celle de l'Occident, serait la plus forte et que le temps travaillerait à l'affirmer. Mais l'expérience du dernier quart de siècle montre que le passé le plus ancien n'est pas aboli : il émerge des profondeurs de la mémoire collective. Cette incertitude est un exemple, peut-être le plus saisissant, d'une interrogation qui domine l'avenir du monde depuis la fin de la suprématie de l'Occident : la colonisation avait assuré, dans des conditions qu'il est permis de trouver discutables mais qui furent efficaces, une certaine unité de civilisation, la référence à des valeurs communes, même si les comportements les démentaient parfois. En l'absence de cette contrainte l'humanité saura-t-elle trouver le moyen d'édifier une civilisation commune, ou bien les particularismes de toute nature, historiques, religieux, idéologiques, culturels, auront-ils le dernier mot, transformant le monde en une immense Babel et ruinant ce qui reste probablement la meilleure part de la colonisation ?

8

Les autres mondes

Si, dans l'immédiat après-guerre, l'affrontement des deux grands vainqueurs et la constitution, forcée ou volontaire, autour d'eux de deux blocs antagonistes ont pu donner, un temps, le sentiment que le monde se réduisait à cette bipolarité, il apparut assez vite que les partenaires ne s'accommodaient pas tous de cette situation : dès 1948, la dissidence yougoslave ébranlait la cohésion du bloc communiste. La décolonisation, en émancipant de nombreux peuples, diversifiait le paysage international. Ces pays, qui commençaient à exister par eux-mêmes, n'étaient pas tous disposés à passer de l'état de dépendance coloniale et de sujétion à celui de satellites de l'un ou l'autre des deux Grands : pour peu que leur position sur la planète le leur permît ou que leurs ressources propres aient pu les soustraire à une totale dépendance à l'égard des plus riches, ils optèrent pour un non-alignement. Dès 1955, la rencontre à Bandoeng des pays qui venaient d'accéder à la souveraineté, autour de l'Égypte de Nasser, de l'Inde de Nehru et de la Chine représentée par Chou En-laï manifestait l'émergence d'un tiers-monde et affirmait une volonté de neutralité.

Le rapide succès de l'appellation « tiers-monde », inventée par Alfred Sauvy, universellement adoptée en quelques années, était le signe de l'émergence d'un troisième groupe de pays avec lequel les Occidentaux et le monde communiste devraient compter toujours davantage. Aujourd'hui, avec la multiplication des États nominalement souverains, cette troisième composante du système des relations internationales est de beaucoup la plus nombreuse : près des trois quarts des Nations unies.

La dénomination de tiers-monde avait aussi une autre

signification qui, à ses origines, se confondait peu ou prou avec la précédente : elle désignait des pays qui, du fait de leur pauvreté naturelle ou des séquelles de la décolonisation, souffraient d'un retard économique et d'un décalage pour le niveau de vie de leurs ressortissants. L'appellation était synonyme de pays sous-développés, expression qui, jugée péjorative et infamante pour les intéressés, fit bientôt place à celle, moins offensante, de pays en voie de développement.

En un demi-siècle les grands changements qui se sont opérés dans ces pays ont fait éclater l'unité du groupe : le tiers-monde amalgamerait aujourd'hui une grande variété de situations. Ils ont suivi des évolutions divergentes : certains pays ont accédé à un degré de développement très avancé et presque rejoint les pays les plus développés ; nous avons évoqué les « dragons » de l'extrême Asie. Le niveau de vie des habitants de Singapour est supérieur à celui des Français. D'autres stagnent, d'autres encore ont régressé soit par l'application d'une politique subordonnée à des chimères ou à des utopies idéologiques, soit à cause du surpeuplement qui fait que le nombre des bouches à nourrir croît plus vite que les subsistances : c'est le cas de plus d'un pays africain ou asiatique. Pour éviter de perdre irrémédiablement la course de vitesse engagée entre la progression démographique et les progrès de l'agriculture, nombre de gouvernements ont essayé de freiner la croissance de la population. Certains ont recouru à des solutions radicales : l'Inde en imposant la vasectomie, ou la Chine en frappant de sanctions très lourdes les secondes naissances. C'est dire que sous la rubrique tiers-monde coexistent tous les cas de figure. Avec les grands pays d'Asie et le monde arabe nous avons déjà évoqué plusieurs types.

Deux autres mondes font partie de ce tiers-monde : deux grands ensembles géographiques et démographiques, à l'échelle d'un continent chacun ; d'une part l'Afrique au sud du Sahara, principalement peuplée de Noirs, et l'Amérique latine, du Rio Grande jusqu'aux confins de l'océan Antarctique. Deux grandes masses humaines, plus de quatre cents millions pour l'un et l'autre, mais avec des taux de croissance présageant qu'au siècle prochain elles pèseront lourd dans la balance des forces.

1. L'Afrique noire

Ce continent est l'exemple le plus accompli de colonisation. Il avait fait l'objet d'un partage total entre les puissances européennes : le Congrès de Berlin, en 1885, a à la fois pris acte des conquêtes déjà faites et formulé les règles pour l'appropriation ultérieure des territoires qui n'avaient pas encore été colonisés. Quelques années plus tard, il n'en restait presque aucun qui ne fût pas passé sous domination étrangère. La plupart des nations européennes ont pris part au partage, dans des proportions certes inégales. Les premières, Grande-Bretagne et France, s'y sont taillé de vastes empires dont elles ont patiemment rabouté les fragments pour constituer au terme des ensembles d'un seul tenant ; les autres, venues plus tard, se sont contentées des restes et ont rempli les vides interstitiels, mais qui faisaient encore d'assez beaux morceaux : l'Allemagne, l'Italie, la Belgique, par l'intermédiaire de son roi Léopold II, l'Espagne, le Portugal.

Le fait que les Européens, s'ils se sont heurtés ici ou là à de vives résistances, n'y ont cependant pas rencontré comme en Asie ou en Afrique du Nord de grands empires ou des royaumes riches d'une histoire glorieuse, le sous-peuplement de certaines régions, les rivalités ethniques, le retard économique, l'absence d'élites instruites firent que les populations de cette Afrique supportèrent avec plus de résignation qu'ailleurs le statut colonial et qu'il n'y eut pas avant la Seconde Guerre mondiale de mouvements de révolte comparables à ceux qui avaient commencé ailleurs de remettre en cause la domination de l'Europe.

C'est à partir de 1945 que s'amorce le mouvement qui va conduire presque toute cette Afrique à l'indépendance. Il s'effectue à des rythmes inégaux, à des moments décalés et il emprunte des voies différentes selon les métropoles, mais le terme est partout le même : la fin de la dépendance, au moins politique. Comme elle avait devancé en Asie les autres puissances, en Afrique aussi la Grande-Bretagne est la première à accorder l'indépendance à un territoire : en 1954, la Gold Coast, rebaptisée Ghana par les nouveaux dirigeants, du nom d'un ancien empire qui avait eu une histoire glorieuse ; le Nigeria suivra. La France, fidèle à sa politique traditionnelle d'assimilation, n'envisage pas de se séparer de ses colonies : elle se propose à la suite de la conférence de Brazzaville de faire de leurs habitants des Français. L'évolution des rapports entre la métropole et les territoires d'outre-mer épouse les fluctuations de la politique intérieure. La Constitution de la IVᵉ République intègre l'Afrique noire dans la République française ; tous ses habitants, Européens et Africains, députent à l'Assemblée nationale des élus qui prennent part aux délibérations parlementaires et même aux responsabilités gouvernementales. Ainsi se prépare la relève par un personnel qui fait l'apprentissage de la vie politique dans le cadre des institutions françaises. Le travail forcé, survivance ou prolongement de l'esclavage, a été aboli en 1946 : il n'y a plus désormais que le travail volontaire et rémunéré. Une loi-cadre marque en 1956 une nouvelle étape en organisant l'accession au *self government*. En répondant massivement « oui » au référendum du 28 septembre 1958, à l'exception de la Guinée dont le refus est sanctionné sur-le-champ par son exclusion de la Communauté, l'Afrique et Madagascar ont exprimé la volonté de rester dans un ensemble français ; quatre années suffiront pour que tous demandent et obtiennent du général de Gaulle leur indépendance et leur admission à l'ONU avec le parrainage de la France. Si les liens de dépendance politique sont tranchés, subsistent tous les autres : économiques et culturels.

Si l'émancipation s'est ainsi réalisée pour les colonies françaises par étapes et sans violences, il en alla différemment pour le Congo belge et les colonies portugaises, Angola et Mozambique. Le gouvernement belge n'ayant rien prévu ni préparé, la rupture se fit dans les pires conditions : l'absence d'élites préparées à prendre le relais et l'explosion des rivalités tribales précipitèrent la colonie, rebaptisée Zaïre, dans le chaos. Quant au Portugal, le régime Salazar opposa un refus catégorique à l'idée de perdre les derniers vestiges de ce qui avait été un des plus anciens empires ; pour tenir tête à la guérilla il envoya le contingent en Afrique. C'est la « révolution des œillets » en renversant le régime en 1974 qui mit fin à la guerre : les nouveaux dirigeants issus du soulèvement militaire accordèrent l'indépendance aux colonies.

Le mouvement de décolonisation a ainsi progressé du nord vers le sud pour s'arrêter au seuil de l'Afrique du Sud : vingt ans après l'indépendance du premier territoire, tout le continent était affranchi à l'exception de l'Afrique australe où la situation présentait des traits tout à fait particuliers : y coexistent une population blanche – Afrikaners descendants des immigrants hollandais, les Boers, et aussi britanniques – et une population noire autochtone, beaucoup plus nombreuse. Pour maintenir sa domination, la minorité blanche avait en 1948 édifié un régime de séparation rigoureuse entre les deux populations, fondé sur la discrimination et l'inégalité – l'apartheid – qui avait fait contre ses dispositions l'unanimité des peuples africains et amené les autres pays à appliquer à l'Afrique du Sud un ensemble de sanctions. Le courage et la clairvoyance de deux hommes qui se révélèrent comme des hommes d'État ont brisé le cercle infernal : le Blanc De Clerck a libéré celui qui était le symbole pour les Noirs de leur aspiration à la liberté, Mandela, et celui-ci eut la sagesse de se prêter à la recherche d'une solution qui surmonte les préjugés de race. Des élections libres auxquelles participaient pour la première fois Blancs et Noirs ont instauré un pouvoir qui a démantelé tout l'édifice juridique de l'apartheid. L'aspiration à l'unité du continent, héritée du mouvement panafricaniste, a suscité l'Organisation de l'Unité africaine, qui réunit périodiquement tous les chefs d'État de l'Afrique devenue indépendante, mais l'institution s'est montrée impuissante à arbitrer les différends entre ses membres, et plus encore à définir et à appliquer une politique commune.

L'accession à l'indépendance s'est faite dans le cadre des anciennes colonies : c'est donc le découpage opéré par les puissances européennes, par la conquête ou la négociation, qui a conditionné le nombre et la configuration des nouveaux États. Découpage éminemment artificiel qui ne tient pas compte des données géographiques et moins encore démographiques : il était le résultat de circonstances contingentes. Par exemple, en Afrique tropicale, la colonisation, partant de la côte, s'était enfoncée en doigt de gant vers l'intérieur, accolant des bandes climatiques et végétales dissemblables, de la forêt tropicale à la savane, dissociant des ethnies, en agglomérant d'autres. Le sentiment d'appartenance ethnique étant encore plus fort que la conscience nationale ne facilite pas la constitution des nouvelles entités où l'État a précédé la nation. Pis, les mêmes ethnies ayant été souvent partagées entre États voisins, alors que des ethnies qui se combattaient depuis des siècles étaient contraintes de vivre à l'intérieur des nouvelles frontières, la colonisation a légué aux nouveaux États un héritage d'aspirations à se retrouver par-delà les limites des jalousies intestines. Aussi l'émancipation a-t-elle été suivie d'une profusion de guerres tribales, de tentatives de sécession : du Katanga contre le gouvernement de Kinshasa dans l'ancien Congo belge, des Ibos pour créer un État Biafra dans la fédération nigérienne, entre Tutsi et Hutu au Burundi et au Ruanda qui ont dégénéré dans ce dernier pays en massacres d'une telle ampleur qu'ils méritent d'être qualifiés de génocide. Partout ces mouvements ont été réprimés, et les tentatives de remettre en cause les frontières héritées de la colonisation étouffées. S'il est un point sur lequel les gouvernements africains se retrouvent tous solidaires, c'est sur l'intangibilité du découpage : ils savent trop bien que l'unité nationale est encore précaire pour prendre le risque d'une révision des frontières.

La construction territoriale est fragile : la constitution politique ne l'est pas moins, en l'absence d'une conscience nationale, d'une tradition de service public, d'une élite cultivée, la plupart des Africains instruits préférant rester en Europe. A l'exception de quelques pays qui ont échappé à l'instabilité, tels le Sénégal de Léopold Senghor, la Côte d'Ivoire dirigée depuis son indépendance par Félix Houphouët-Boigny, qui avaient acquis une grande expérience dans les gouvernements de la République française, ou de la Tanzanie, les gouvernements civils ont été renversés par des coups d'État militaires. L'armée n'est pas seulement l'unique force, elle s'estime investie d'une responsabilité nationale car elle est la seule à être le creuset de l'unité nationale. La dictature militaire est aujourd'hui la forme de régime la plus répandue au sud du Sahara. Des officiers dont la carrière avait débuté au service de l'ancienne métropole et qui en ont gardé des habitudes de discipline et parfois d'autorité, révoltés par la corruption des dirigeants politiques ou inquiets des menaces de division que comporte le régime des partis, se sont saisis du pouvoir, ont suspendu les libertés et les garanties juridiques, dispersé les politiciens et dissous les partis. Ces gouvernements militaires ne sont même pas assurés de la stabilité car souvent un officier plus jeune et ambitieux évince son aîné par un nouveau coup de force. Pour justifier leur intervention ces dictateurs soutiennent que l'État est trop jeune pour adopter telles quelles les institutions occidentales, que le peuple n'est pas encore mûr pour la démocratie et que seul un pouvoir autoritaire peut à la fois extirper les germes de dissension, rattraper le retard de l'économie, et garantir un minimum d'égalité et de justice sociales.

De fait, la situation économique de la plupart de ces pays n'est guère satisfaisante. La dépendance économique a survécu à la subordination politique. Trop souvent la prospérité collective et le niveau de vie individuel sont étroitement dépendants d'une monoculture ou de l'exploitation d'une seule ressource minérale, le cacao pour le Ghana ou la Côte d'Ivoire, le cuivre pour la Zambie. Le pays producteur n'est pas maître du processus de fixation des prix : les cours varient en fonction de la demande et les termes de l'échange sont arrêtés en Europe ou aux États-Unis ; une simple diminution de la demande peut ruiner les producteurs. La vente des productions nationales ne suffit pas à former un capital qui permette d'investir et de diversifier les sources de richesse. De ces États beaucoup n'équilibrent leur budget que grâce aux crédits ou aux subventions à fonds perdus des anciennes métropoles. Quelques années après l'indépendance, l'agronome René Dumont publiait un livre qui fit alors quelque bruit : il avait pour titre *L'Afrique noire est mal partie*. Il ne semble pas qu'il y ait lieu de réformer ce jugement, même si dans quelques pays le pluralisme s'est imposé et si les gouvernements y procèdent à des élections libres. Même la Côte d'Ivoire a connu, après la disparition de son président fondateur, des troubles graves. De surcroît, l'épidémie de sida est une catastrophe pour cette région qui souffrait déjà d'une pénurie d'hommes. Le Congo-Kinshasa, l'Angola sont déchirés depuis des décennies par les guerres tribales.

La décolonisation s'était presque partout opérée à l'amiable et sans conflit ouvert, à la différence du cours qu'elle a suivi en Asie ou en Afrique du Nord, la plupart des nouveaux États ont conservé, ou rétabli, avec leurs anciennes métropoles des relations étroites et cordiales. Les anciennes colonies britanniques ont adhéré au Commonwealth et gardé les usages, les habitudes de vie, la langue, les sports des Britanniques. Les anciennes colonies françaises font partie de la zone franc, bénéficient d'une coopération technique et culturelle substantielle de la France : le français est la langue commune de ce vaste ensemble et des dirigeants africains ont joué le rôle principal dans la constitution d'un ensemble francophone qui regroupe une cinquantaine de pays à travers le monde : le Zaïre et les colonies espagnoles, portugaises s'y sont rattachés, formant un vaste espace où la culture latine a trouvé un champ où se déployer. En retour, ces rassemblements de peuples et d'États dont le principe d'unité réside dans l'héritage de la période coloniale les ouvrent sur le monde et les soustraient aux inconvénients de l'isolement dont le cas de la Guinée, où le niveau de vie s'est dégradé, souligne qu'il ne saurait être la solution pour sortir du sous-développement.

2. L'Amérique latine

Bien qu'on englobe souvent l'Afrique et la partie méridionale du continent américain sous la commune appellation de tiers-monde, au regard de l'histoire les différences entre ces deux régions l'emportent sur ce qui peut les rapprocher. Elles ont certes en commun d'avoir été colonisées par l'Europe, mais si le moment dans la succession temporelle est un élément déterminant de la dimension historique des faits sociaux, les différences sont éclatantes : l'Amérique latine a été découverte, conquise, aménagée quelque trois cents ans avant l'Afrique et elle était émancipée bien avant que la colonisation ne pénètre la masse du continent africain : les États d'Amérique latine sont indépendants depuis plus d'un siècle et demi et leur existence a ainsi une ancienneté supérieure à celle de la majorité des États aujourd'hui représentés aux Nations unies. Et pourtant le sens commun n'a pas tout à fait tort de rapprocher ces deux ensembles géographiques : ils présentent des ressemblances pour les institutions politiques, certains aspects de leur économie et plus encore pour les problèmes que pose aujourd'hui leur développement.

L'histoire politique de cette partie du monde ne le cède pas à celle des nouveaux États d'Afrique pour l'instabilité. Ainsi en Bolivie on compte presque autant de coups d'État ou de révolutions – quelque 130 – que d'années écoulées depuis l'indépendance. La démocratie a eu de grandes difficultés a s'y implanter et son enracinement est encore précaire : était-ce l'héritage de trois cents ans de domination coloniale, les circonstances dans lesquelles l'indépendance a été arrachée, l'absence de bourgeoisie intermédiaire entre les grands propriétaires fonciers et une masse de paysans sans terre, du peuplement indien dans les États andins ? Toujours est-il que le pouvoir a été souvent confisqué par des généraux : c'est la terre d'élection de ce qu'on a appelé le caudillisme. Au XXᵉ siècle ces régimes se teintent de préoccupations sociales et donnent quelque satisfaction aux aspirations populaires, des dictateurs comme Getulio Vargas au Brésil et Perón en Argentine s'appuient sur les masses populaires – les *descamisados* argentins –, effectuent des réformes qui leur gagnent la reconnaissance et l'attachement durables des plus démunis : aujourd'hui encore le péronisme conserve en Argentine des sympathies puissantes. Ces régimes présentent quelque parenté avec les fascismes contemporains en Europe par le mélange d'autoritarisme, de populisme, l'ambition de marier autorité de l'État et politique sociale. Ils exploitèrent le sentiment national contre la domination des États-Unis et procédèrent à la nationalisation de certaines ressources nationales.

Depuis une quarantaine d'années une autre force contribue à la fragilité des régimes : un courant révolutionnaire d'inspiration marxiste qui prend modèle sur Cuba. Dans plusieurs pays les forces révolutionnaires ont recouru à la guérilla et au terrorisme pour déstabiliser les gouvernements : les Tupamaros en Uruguay, le Sentier lumineux au Pérou, d'autres mouvements similaires en Bolivie, en Colombie. Au Nicaragua les sandinistes ont renversé une tyrannie et entrepris une transformation révolutionnaire. La menace de subversion que suspend cette agitation a suscité en réaction un contre-terrorisme et fourni un prétexte ou une justification à la prise du pouvoir par des mouvements contre-révolutionnaires : entre 1960 et 1980 s'instaurent des dictatures militaires au Brésil, en Uruguay, au Chili, en Argentine. Ces juntes militaires, qui jouissent souvent de la sympathie des États-Unis, s'inspirent d'une idéologie dite de la sécurité nationale, et font régner une terreur officielle. Mais, depuis quelques années, la violence a nettement reculé, la guérilla a perdu de sa virulence et de son attirance, sauf en Colombie et au Pérou, et tous les régimes autoritaires ont dû accepter le rétablissement de consultations électorales libres et la restauration d'une vie démocratique : au Brésil d'abord, puis en Argentine à la suite de la malheureuse guerre des Malouines où le régime militaire s'était imprudemment engagé, et même au Chili où le général Pinochet a dû admettre le retour de son pays à sa tradition démocratique. Entre les pays du cône méridional du continent la constitution du Mercosur tend à établir une solidarité économique qui n'est pas sans incidences pour la consolidation de la démocratie.

L'instabilité chronique et les convulsions politiques qui ont éprouvé ce continent trouvent une de leurs explications dans une répartition des plus inégales de la richesse ou même du simple nécessaire : l'opulence y côtoie l'extrême misère. Dans le *Nordeste* brésilien, les paysans souffrent de la faim et se heurtent au refus des grands propriétaires de toute réforme agraire. Sur les plateaux andins, des millions d'Indiens vivent encore à l'écart de la civilisation. Cette situation n'est pas nouvelle : à certains égards elle remonte aux temps de la domination coloniale, mais la nouveauté, comme en d'autres régions du monde, est que les masses misérables, qui s'entassent dans les *favellas* ou travaillent la terre pour un salaire dérisoire, ont pris conscience que leur sort n'était pas une fatalité de la nature ou de l'histoire, que des réformes ou un changement révolutionnaire pouvaient transformer leur condition ; ils ne se résignent plus avec le même fatalisme à subir l'ordre social établi. La révolution mexicaine autrefois, la révolution cubaine plus récemment ont éveillé des échos : la guérilla trouve dans les masses rurales des sympathies qui lui permettent de tenir tête aux offensives des forces gouvernementales. Surtout – c'est peut-être la donnée qui modifie le plus l'état de choses – l'Église catholique, qui reste dans cette partie du monde la force principale, malgré le progrès des sectes, au Brésil en particulier, et qui était traditionnellement le défenseur de l'ordre établi et en préconisant la résignation légitimait indirectement les inégalités, tend de plus en plus à se ranger du côté des pauvres ; si l'engagement dans la lutte armée au côté des révolutionnaires n'a été le fait que de quelques-uns, tel le prêtre Camillo Torrès en Colombie, dans la plupart des pays une partie du clergé, et même de l'épiscopat, dénonce les situations d'injustice et prend fait et cause pour les revendications populaires, la réforme agraire en particulier. Sans aller toujours jusqu'à épouser les positions des théologiens de la libération, depuis une vingtaine d'années l'Église officielle a fait une « option préférentielle » pour les pauvres : tour à tour Paul VI à Medellin et Jean-Paul II ont cautionné cette orientation. Cette évolution, si elle affaiblit la résistance des conservateurs, pourrait indiquer une troisième voie entre la défense inconditionnelle des régimes sociaux et le recours à la violence révolutionnaire.

L'économie de ces pays souffre d'un déséquilibre structurel dans ses rapports extérieurs. D'une part, plusieurs d'entre eux tirent l'essentiel de leurs ressources d'un ou deux produits, végétaux ou minéraux, et sont de ce fait dans la situation de tous les pays de monoculture et de mono-industrie de dépendance absolue du marché international. D'autre part, les plus avancés se sont engagés dans une politique d'investissements et ont contracté des emprunts auprès des pays plus riches ou des organismes internationaux : leur endettement a atteint un niveau tel que le seul remboursement des intérêts absorbe la totalité de leurs disponibilités. Plusieurs ont même été contraints de suspendre le paiement des annuités et leurs créanciers ont dû négocier un rééchelonnement de la dette pour éviter un écroulement de toute l'économie mondiale : ce fut le cas pour le Mexique. L'Argentine connaît aujourd'hui une situation catastrophique qui a déstabilisé l'État et ruiné la société. Le poids des capitaux nord-américains, la dépendance à l'égard des États-Unis pour l'écoulement de leur production ainsi que la tutelle qu'ils exercent sur les institutions financières internationales dont dépendent les allocations de crédits entretiennent une animosité contre le grand voisin dont se nourrissent les courants révolutionnaires.

Néanmoins, l'ensemble de l'Amérique latine a de grandes ressources, un dynamisme démographique, une population jeune, des richesses abondantes, des économies en expansion qui feront probablement de quelques-uns de ces États de grandes puissances au cours de ce siècle. De surcroît, en Amérique du Nord, l'élément hispanophone croît plus vite que les autres et s'affirme toujours davantage : d'ores et déjà, dans plusieurs États de l'ouest des États-Unis, l'espagnol concurrence l'anglais. L'hispanité fera peut-être au XXIe siècle un contrepoids efficace à l'influence anglo-saxonne prédominante.

3. Pays développés et pays en voie de développement

Avec la décolonisation, la traditionnelle division du monde entre puissances coloniales et colonies s'est effacée pour faire place à une autre qui est aujourd'hui une dimension constitutive du monde : entre pays riches et pays pauvres. L'opposition que se complaisaient à évoquer dans les années 30 les régimes totalitaires entre pays capitalistes, supposés repus, et les nations réputées prolétaires, les *having* et les *having not*, paraît dérisoire par comparaison avec les écarts qui se creusent aujourd'hui entre les pays développés et les autres. La conscience de cette disparité a suscité depuis une trentaine d'années toutes sortes d'initiatives : elle a mobilisé la réflexion des économistes, l'attention des politiques, la générosité des Églises et des bonnes volontés. Le développement est devenu le mot d'ordre des relations internationales. Depuis les années 70, l'idée du dialogue ou du trilogue entre les groupes de pays distingués en fonction de leur niveau de vie est un lieu commun.

Or, loin de se résorber, le décalage entre riches et pauvres tend plutôt à s'accentuer. Malgré les crises, en dépit des accidents de conjoncture, en particulier les deux chocs pétroliers, les pays les plus riches poursuivent leur progression : ils ne cessent d'accroître leur productivité et le niveau de vie moyen de leurs ressortissants s'élève, alors que le retard des autres s'aggrave et que chez certains, en Asie ou en Afrique, l'explosion démographique détruit tout le fruit des efforts pour améliorer les rendements. La complexité des évolutions révèle le caractère trop grossier d'une division dualiste ou même trialiste avec un tiers-monde constitué en entité distincte par rapport aux deux blocs fondés sur la nature des régimes et des idéologies. Impossible aujourd'hui de parler du tiers-monde comme d'un ensemble homogène. Dans le groupe des pays dont on disait autour de 1960 qu'ils étaient en retard, certains ont fait de tels progrès qu'ils sont en passe de rejoindre le peloton de tête et qu'ils sont devenus de redoutables concurrents pour les pays les plus développés : tels les petits « dragons » de l'extrême Asie qui dessinent comme une guirlande de péninsules et d'îles autour de la masse de la Chine continentale : Corée du Sud, Taïwan, Hong Kong, Singapour, Malaisie, Thaïlande même. A l'inverse, d'autres ne cessent de perdre du terrain et s'enfoncent dans le sous-développement : c'est le cas d'une grande partie du continent africain. On distingue aujourd'hui une nouvelle catégorie, celle des pays dits les moins avancés, au nombre de 41. Les pays qui ont choisi la voie du communisme et pris pour modèle l'Union soviétique ou la Chine, ont connu de graves déconvenues : le Viêt-nam, sinistré, est entouré de voisins qui accèdent à une certaine prospérité. L'effondrement du communisme en URSS et en Europe de l'Est a cruellement mis en lumière le retard de ces pays et la faillite d'un système dont une propagande habile avait laissé croire qu'il avait enregistré des performances exceptionnelles et qu'il était une solution de rechange au capitalisme. La Pologne, la Tchécoslovaquie sont sorties de quarante années d'économie soustraite aux règles du marché, dans un état de pénurie généralisée. Sans parler de la malheureuse Roumanie que la mégalomanie d'un tyran avait précipitée à grands pas dans le sous-développement. La réunification de l'Alle-

magne révèle soudain que même la République démocratique allemande, qu'on créditait de réussites industrielles,
accuse un retard considérable sur la République fédérale :
la différence des niveaux de vie entre les deux parties de
l'Allemagne est approximativement de deux à cinq. Le
contraste entre ces deux Europes, dont la résorption sera un
problème majeur dans la prochaine décennie, réactive une
coupure que nous avons vu se reproduire d'âge en âge, en
dépit des efforts de tous les régimes autoritaires qui se sont
succédé dans la partie orientale, des despotes éclairés aux
partis communistes, pour rattraper leur retard sur l'autre
Europe, celle ouverte sur la mer, l'Europe marchande, l'Europe industrielle, l'Europe libérale et démocratique.

Le trait le plus récent est que les pays qui tiennent la tête se
savent aujourd'hui dépendants des autres : leur propre prospérité requiert que les autres y participent. Il ne peut plus y
avoir de progrès d'une économie dans le cadre étroit d'un
État-nation, même des plus grands et des plus riches ; le
commerce international est le moteur de l'expansion. A l'occasion des chocs pétroliers l'opinion des pays développés a
ainsi découvert à quel point leur économie était tributaire de
l'approvisionnement extérieur en énergie comme en matières
premières et a pris conscience de leur fragilité. L'énormité de
la dette des pays qui cherchent à se développer est une autre
voie par laquelle on s'est avisé de l'interdépendance des économies : la banqueroute des pays débiteurs entraînerait
l'écroulement de l'économie mondiale. Pour prévenir pareille
catastrophe les créanciers sont contraints, dans leur propre
intérêt, à consentir des délais et des réductions des taux d'intérêt et même d'annuler une partie de la dette. Ainsi, diversi-
fication croissante des évolutions et interdépendance de plus
en plus étroite de tous les pays définissent l'état présent des
relations entre les peuples et les continents, qui a succédé au
statut colonial.

9

Et l'Europe ?

Au terme de ce périple à travers les différents continents, revenons à notre point de départ : l'Europe, dont l'histoire a été le fil conducteur de toute cette étude. Faut-il redire que, si le récit de ces deux siècles et demi de l'histoire du monde s'est ordonné essentiellement, surtout pour les temps les plus anciens, autour des événements dont l'Europe a été le théâtre et les Européens les acteurs, ce ne fut pas parce que cette histoire serait la seule à mériter d'être retracée, ni non plus, comme l'ont parfois cru des Occidentaux qui parlaient à propos des autres continents de peuples endormis ou d'histoire immobile, parce que ceux-ci n'auraient pas eu d'histoire. On a vu, notamment pour l'Asie, qu'ils en avaient une : à mesure que progresse la connaissance des autres continents, on découvre et l'ancienneté de leurs civilisations et la richesse de leur passé. Même ceux que l'absence d'écriture prive des sources ordinaires de l'historiographie, comme en Afrique au sud du Sahara, la tradition orale et même quelques vestiges archéologiques attestent qu'il y eut bien une histoire. Mais c'est l'Europe qui est partie à la découverte des autres continents et non l'inverse : ce sont les Européens qui se sont aventurés sur les océans et ont découvert l'existence d'autres mondes, qui ont ainsi mis en communication des humanités qui, sans eux, auraient continué à s'ignorer et seraient restées séparées. De ce fait, c'est l'Europe qui a présidé aux entreprises d'unification du globe par le biais de la constitution des empires coloniaux. C'est elle encore qui a exporté ses hommes, ses modes de vie et d'organisation, ses institutions, ses idées, sa religion, sa civilisation. Voilà la raison qui justifie qu'on accorde à son histoire une attention préférentielle : c'est la clé pour l'intelligence du monde contemporain. Mais quelle place l'Europe tient-elle aujourd'hui encore dans l'univers ? Il importe de la situer par rapport à elle-même, à son rôle passé et au reste du monde.

1. Déclin de l'Europe ?

Le thème du déclin de l'Europe, et plus généralement de la décadence de l'Occident, ne date pas d'aujourd'hui ni même des lendemains de 1945 : après 1918 les nations d'Europe ont pris conscience de la fragilité de la civilisation. Avant même la fin du XIXe siècle les Européens s'effrayaient du péril jaune : la foudroyante ascension du Japon, la perception de la masse démographique asiatique, les premiers soubresauts de la Chine suscitaient déjà l'inquiétude. Prématurées en 1900, ces craintes n'anticipaient-elles pas sur l'évolution ?

Le déclin – ou l'ascension – d'un pays ou d'un continent s'apprécie relativement, par comparaison avec l'état antérieur et avec les autres, proches ou éloignés, engagés dans la compétition : le déclin de l'Espagne au XVIIIe siècle ne se mesure que par référence au Siècle d'Or et au temps de la prépondérance espagnole sur l'Europe. Si les Européens – et le monde avec eux – ont aujourd'hui le sentiment d'un déclin de l'Europe, c'est parce que les uns et les autres ont le souvenir, parfois idéalisé, de ce qu'était sa situation au début de ce siècle. En 1900, bien qu'il fût le plus petit des continents et loin d'être le plus peuplé, il est le premier à tous égards. Sa primauté est manifeste sur tous les plans. L'Europe est la première puissance politique et militaire au monde. Les autres n'ont pas les moyens de s'opposer à elle : quand ils ont tenté de faire obstacle à sa volonté, leur résistance a été brisée par la force, il a généralement suffi à l'Europe d'une simple démonstration pour obtenir les concessions exigées ; quand la résistance fut plus tenace, elle en vint néanmoins à bout. Jusqu'au conflit russo-japonais, l'Europe n'a perdu aucune guerre. Les épreuves de force ont toujours tourné à son avantage. Rares sont d'autre part les pays peuplés d'autochtones qui ont échappé à sa domination ; quant à ceux qu'on appelle les nouvelles Europes, qui sont sorties d'elle, ils ne font pas encore figure de concurrents, ils ne prétendent pas, même les États-Unis, à une succession qui n'est pas ouverte.

La prépondérance économique de l'Europe n'est pas moins indiscutable : elle a organisé le monde dont elle est à la fois l'usine, puisqu'elle transforme les produits qui lui parviennent du monde entier, la Bourse et la banque. Les autres continents – États-Unis compris – sont ses fournisseurs, ses clients, ses débiteurs. Il n'y a encore que peu de relations bilatérales entre pays non européens ; l'Europe fait office de régulateur de l'activité internationale. Presque tout passe par elle, en part, y revient : achats, ventes, placements, transactions.

Elle jouit d'un prestige sans pareil pour l'activité de l'esprit. On ne conçoit guère qu'il puisse exister une civilisation en dehors de la sienne et les autres peuples s'inspirent de son exemple, empruntant ses idées, copiant ses institutions, imitant ses comportements, décalquant ses mœurs, parlant ses langues, adoptant ses croyances. Les plus ambitieux espèrent en l'imitant lui dérober les secrets de sa réussite. Telle est la situation au début de ce siècle qui marque l'apogée de la puissance et du rayonnement du continent européen.

Depuis, sa position s'est modifiée du fait de ses épreuves. L'Europe a connu de grands malheurs. Les deux guerres que l'on dit mondiales furent essentiellement des guerres européennes où l'Europe se déchira, dilapida ses ressources et tourna contre elle-même ses propres forces. Certes, ce n'était pas la première fois que les nations d'Europe se combattaient : avaient-elles rien fait d'autre depuis des siècles ? Mais auparavant les guerres n'étaient pas aussi ruineuses et les autres continents n'étaient pas en mesure de tirer parti de l'affaiblissement de l'Europe. Dès la Première Guerre la nécessité où les belligérants se trouvent de faire appel à des appuis extérieurs et de solliciter des crédits, de chercher au-dehors aliments, armements, munitions déplace les positions relatives sur l'échelle des puissances financières et industrielles. Si l'expression, parfois usitée, pour qualifier la Première Guerre de guerre civile européenne a quelque chose d'excessif, elle n'est pas tout à fait dénuée de vraisemblance.

Avec le recul du temps on reconnaît que certains aspects du règlement territorial de la Première Guerre ont porté préjudice à l'ensemble du continent : la destruction de l'Autriche-Hongrie, en morcelant l'Europe danubienne, a créé une zone de faiblesse dont le vide devait attirer les convoitises des nations de proie. Sur le plan culturel le dommage fut immense, on découvre tout ce que Vienne a représenté dans la civilisation européenne. La dislocation de la double monarchie, aboutissement ultime du grand mouvement des nationalités, s'il a exaucé un vœu puissant des peuples, a affaibli l'Europe comme entité collective.

Ces conséquences ne sont rien comparées à celles de la Seconde Guerre : le tableau de l'Europe libérée en 1945 fait le plus saisissant contraste avec l'évocation de sa situation en 1900. On ne saurait imaginer retournement de situation plus total et plus dramatique. L'Europe n'existe plus comme puissance ; dans l'épreuve suprême qu'est la guerre, elle a été un champ de bataille, un enjeu, non pas un acteur. Les vainqueurs sont extérieurs au continent : le plus européen des trois, la Grande-Bretagne, est insulaire et plus tournée vers le « grand large », la Russie est à cheval sur l'Europe et l'Asie, les États-Unis sont au-delà de l'océan. Le sort de l'Europe se décide en dehors d'elle. L'Europe ne compte plus comme puissance militaire : les seules armées qui fassent encore figure après 1945 sont celles de pays neutres – la Suède et la Suisse. Sa sécurité dépend de la protection des Grands : l'Europe est fractionnée en morceaux intégrés dans des alliances rivales et dont la direction est exercée d'ailleurs : Alliance atlantique par les États-Unis et pacte de Varsovie par l'Union soviétique. L'Europe est ruinée, elle a dilapidé toutes ses richesses pour financer l'effort de guerre : elle a dû liquider son portefeuille de valeurs et contracter des emprunts : elle est endettée. Si elle amorce un relèvement à partir de 1947 et commence à remonter la pente, c'est grâce à une aide extérieure, celle des États-Unis, en application du plan Marshall.

L'Europe ne recouvrera pas de sitôt la possibilité d'une action autonome : à cet égard le fiasco qui conclut l'expédition de Suez à l'automne 1956 est probant. Les deux anciennes grandes puissances mènent en commun une expédition contre une petite nation et elles sont contraintes de rembarquer sous la menace de l'URSS et la pression des États-Unis. L'Europe ne peut plus se permettre d'aller à l'encontre de la volonté des Grands qui ne sont pas des Européens.

Le système des relations internationales qui s'ordonnait depuis l'aube des Temps modernes autour de quelques grandes capitales européennes, Paris, Vienne, Londres, Berlin, Saint-Pétersbourg, qui s'y réduisait même, a cessé de graviter autour de l'Europe. En veut-on un symbole ? Nous le trouvons dans la localisation des sièges des institutions internationales. Au lendemain du premier conflit, c'est tout naturellement en Europe qu'on fixe celui de la nouvelle Société des Nations : à Genève. En 1945, c'est à San Francisco que se tient la conférence qui a pour objet de rédiger la Charte des futures Nations unies et personne ne songe qu'elles puissent élire domicile dans l'Ancien Monde. C'est à New York que l'ONU établit son siège : il y est toujours. Il y a plus : dans l'entre-deux-guerres les États-Unis et la Russie étaient absents de la SDN – l'URSS jusqu'en 1934 ; leur absence n'empêcha pas l'organisation d'être entre 1920 et 1932 un centre de décision, une tribune recherchée, un point de convergence et d'influence sans pareil. Imagine-t-on que les États-Unis et l'Union soviétique pourraient aujourd'hui se retirer de l'ONU sans entraîner l'institution dans un échec irrémédiable ? Elle serait privée de toute autorité et de toute efficacité. La comparaison de la composition des deux institutions corrobore la démonstration. La SDN comptait une cinquantaine d'États membres : la moitié au moins étaient des États européens. L'ONU en comprend près du quadruple et le nombre des États d'Europe n'a naturellement pas crû. Mais de ce fait l'Europe est devenue minoritaire : elle pèse peu dans l'Assemblée générale au regard de la masse des nouveaux États. Comment les Européens ne s'aviseraient-ils pas qu'ils habitent le plus petit de tous les continents ?

De surcroît l'Europe n'est pas unie. Certes elle ne l'avait jamais été, mais en dehors des conjonctures conflictuelles qui opposaient l'une à l'autre deux coalitions, elle n'était pas durablement divisée en deux blocs antagonistes : chaque État nouait et dénouait des alliances. Pendant quarante années le continent a été divisé entre deux systèmes que tout oppose. La ligne de partage passe au beau milieu du continent, séparant artificiellement des pays qui avaient été associés pendant des siècles. Du fait de cette division, dont le mur qui coupe en deux Berlin et l'Allemagne est le symbole, la partie occidentale est rétrécie et la partie orientale rivée à l'empire russe. Prague, Varsovie, Budapest sont coupées de l'Occident auquel elles étaient jadis associées. Dans les années 50 l'Europe est éclatée, partagée en morceaux eux-mêmes agrégés à des systèmes dont le centre est extérieur à l'Europe et il n'est pas au pouvoir des Européens de mettre fin à pareille situation.

On conçoit que, la guerre finie, devant les ruines accumulées, nombre d'Européens aient pu avoir un sentiment de décadence et penser que l'histoire de ce continent était terminée. Nombreux furent alors ceux qui songèrent à émigrer et firent la queue aux portes des consulats étrangers. La plupart de ceux qui fuirent les démocraties populaires ne s'arrêtèrent pas comme l'avaient fait les émigrés des années 30 en Europe occidentale : ils se dirigèrent d'emblée vers le Nouveau Monde. Quant aux Occidentaux, ils vivent dans la double crainte de la subversion intérieure et de l'invasion par l'Armée rouge, à moins qu'ils ne soient fascinés par le modèle soviétique. Quand éclate en juin 1950 la guerre des deux Corées, beaucoup sont en proie à un mouvement de panique. Quel avenir pour l'Europe ?

2. Le « miracle » européen : un été de la Saint-Martin ?

Quinze ans seulement après la fin des hostilités, ce pessimisme n'était plus de saison : les craintes étaient dissipées et déjoués les pronostics apocalyptiques. La détente internationale avait écarté le spectre d'une troisième guerre mondiale et d'une invasion par les armées de l'Est. Surtout, l'Europe occidentale avait réussi un étonnant redressement. Elle avait retrouvé la prospérité et dépassé les résultats des meilleures

années de l'avant-guerre, celles d'avant la crise. Elle avait
un taux de croissance régulier, qui n'était dépassé que par le
Japon. Vrai globalement de l'ensemble de l'Europe occidentale, ce l'était au détail de la plupart des pays qui la compo-
saient. Les vaincus, Allemagne, Italie, n'étaient pas les derniers, comme si d'avoir dû repartir de rien avait stimulé
l'activité et comme s'ils avaient cherché dans la réussite économique une compensation à l'échec de leurs ambitions
hégémoniques. Le même phénomène s'observe pour le
Japon. Il n'est certainement pas sans signification que les
deux États qui avaient précipité le monde dans la guerre et
qui avaient dû capituler sans conditions se retrouvent vingt
ans plus tard dans le peloton de tête et que leurs dirigeants
participent aux rencontres annuelles des sept pays les plus
riches de la planète. Il est vrai qu'ils ont été déchargés par
les vainqueurs du souci de leur défense et du poids qu'elle
fait peser sur la richesse nationale. L'économie de l'Allemagne de l'Ouest, totalement ruinée en 1945 – année zéro
pour elle –, a connu à partir de la réforme monétaire de 1948
un extraordinaire redressement, qui a permis de parler de
« miracle allemand ». L'Italie aussi a eu, autour des années
60, son miracle d'autant plus méritoire que la faiblesse de
l'État, à la différence de ce qui s'est passé en France, où il a
joué un rôle décisif, n'y fut pour presque rien. Bien qu'à son
propos on ait moins parlé de miracle, la performance de la
France supporte la comparaison : la reconstruction achevée,
à un rythme plus enlevé qu'après 1918, elle s'est engagée
dans un processus de modernisation qui, après le redressement des finances publiques opéré par Charles de Gaulle en
1958-1959, fit de la France la quatrième puissance industrielle et le troisième pays exportateur au monde. Entre le
début des années 1950 et celui des années 1970 elle a effec-
tué la plus profonde et la plus rapide mutation de son histoire. La Grande-Bretagne, davantage à la traîne, se laissait
dépasser par la France. Mais toute cette partie de l'Europe a
redressé sa balance des comptes, raffermi ses monnaies dont
quelques-unes sont parmi les plus stables. Dans le même
temps l'Europe a rajeuni : une vitalité démographique retrou-
vée a réparé les pertes de la guerre et insufflé à la société un
allant renouvelé. Le cas de la France est à cet égard le plus

significatif : ce vieux pays qui avait été le premier à prati-
quer la restriction des naissances dès le XVIIIe siècle et dont la
population, après avoir été la première d'Europe, n'avait pratiquement plus varié depuis 1870, se laissant dépasser par
tous ses voisins, a connu à partir de 1943 une natalité élevée : en vingt ans la population française a augmenté de près
d'un tiers. Cet afflux de jeunes a été une des clés du relèvement de l'Europe. Les nations européennes, déchargées du
fardeau colonial, les unes par la défaite, les autres par la
guerre ou la négociation, retrouvent leur liberté d'action
diplomatique. Dans les années 60, cette Europe qui s'interro-
geait en 1945 sur ses chances d'avenir et doutait d'elle-
même, qui attendait tout de l'aide ou de la protection extérieures, a repris confiance dans son destin. Libérée du
cauchemar de la guerre, de l'invasion, de la révolution, elle
entreprend, investit, innove.

   Comment s'explique pareil renversement de tendance ? La
question nous remet en face d'une interrogation rencontrée à
notre point de départ : quels avaient été les ressorts du dynamisme européen ? Quels sont les facteurs de sa supériorité
sur les autres continents ? La réponse, eu égard à la différence des situations – non plus une initiative en avance sur le
reste du monde, mais un rattrapage –, ne peut être tout à fait
la même. La part des causes extérieures ou des facteurs communs à tous les pays est nécessairement plus importante.
C'est toute l'économie mondiale qui a vécu, entre le début
des années 1950 et le premier choc pétrolier en 1973, une
phase d'expansion sans précédent par son rythme et sa régu-
larité : l'Europe y a participé mais n'en a pas toujours été
l'initiatrice. Les États-Unis ont eu un rôle plus déterminant.
L'Europe a été aidée : l'impact de l'assistance étrangère, en
particulier du plan Marshall, a été décisif. Elle est survenue à
un moment critique où les pays européens manquaient du
minimum pour relancer leur économie. L'aide américaine
leur a apporté cet élément indispensable : elle fut le levier
pour soulever le poids des contraintes.

   Mais l'Europe s'est aussi aidée elle-même. Pauvre en ressources naturelles, elle disposait d'un capital de ressources
humaines : une main-d'œuvre qualifiée, des traditions séculaires de compétence technique, un niveau relativement

élevé d'instruction, de grandes capacités d'invention et d'organisation. Nous avons mentionné son rajeunissement démographique. Les Européens ont travaillé d'arrache-pied : pendant des années Allemands, Français, Italiens ont travaillé 50 ou 60 heures par semaine, acceptant de lourds sacrifices pour la reconstruction. Dans une mesure très large le miracle européen a été le fruit du travail et de l'ingéniosité des Européens. Il y eut aussi une volonté politique, particulièrement nette en France en raison d'une longue tradition d'intervention étatique ; elle s'exprima par une planification souple qui fixa des priorités, définit des objectifs et fit servir à une stratégie modernisatrice les moyens considérables que la nationalisation des sources d'énergie, des transports, d'une partie du crédit mettait à la disposition des pouvoirs publics. Il y eut enfin – nous y reviendrons – le commencement d'un processus d'unification de l'Europe occidentale et un début de concertation qui évita aux pays de retomber dans les erreurs de l'avant-guerre en se retranchant derrière des frontières économiques ou en consacrant une partie de leur énergie à se combattre.

Mais depuis 1973 le vent a tourné : la tendance s'est à nouveau inversée. L'économie européenne a été rudement malmenée par la crise mondiale : les deux chocs pétroliers de 1973-1974 et de 1979 ont relancé l'inflation. La crise de l'énergie lui a fait prendre une conscience aiguë de sa dépendance à l'égard de ses approvisionnements extérieurs et, pour les prix auxquels elle achète son pétrole, des décisions des pays producteurs ainsi que du cours du dollar pour le paiement de la facture énergétique. Le système monétaire européen et les progrès de la concertation entre ministres des Finances et gouverneurs des banques centrales européennes ont atténué les incidences des variations de la monnaie américaine. Plus grave pour l'avenir : l'émergence sur le marché international des nouveaux pays industriels d'Asie ou d'Amérique latine dont la concurrence ruine des pans entiers de l'appareil industriel de la vieille Europe. La sidérurgie, les constructions navales ne peuvent plus soutenir la compétition avec la Corée du Sud ou le Japon. Le chômage poursuit une progression qu'aucune politique n'a encore réussi à enrayer et les pays de l'Union européenne comptent aujourd'hui quelque 17 ou 18 millions d'individus à la recherche d'un emploi. C'est un effet entre autres de la mondialisation.

L'effondrement de la natalité menace à terme de rayer l'Europe de la carte du globe, alors que les autres continents continuent de croître à un rythme élevé : l'Allemagne de l'Ouest, mais aussi l'Italie ou l'Espagne ont un taux de fécondité de 1,2 ou 1,3 alors que le chiffre de 2,1 est le minimum pour assurer le simple remplacement homme pour homme ; déjà les effets de la diminution et du vieillissement qui en est le corollaire commencent à se faire sentir en Allemagne occidentale. Alors qu'au XIXᵉ siècle la démographie européenne était assez forte pour exporter 60 millions d'hommes sans entraver la croissance des peuples européens. Des essayistes parlent d'un suicide collectif de l'Occident. L'instinct de mort aurait-il pris le dessus sur l'instinct de vie et de conservation ? On a pu le penser quand, devant la menace suspendue sur la sécurité de l'Europe de l'Ouest par l'implantation des missiles soviétiques SS 20, une vague de pacifisme déferla sur la plupart des pays pour faire obstacle à la mise en place des fusées américaines Pershing qui rétablissaient un certain équilibre entre les armements des deux moitiés de l'Europe, préférant être rouges que morts. Des secteurs étendus de l'opinion publique paraissaient renoncer à défendre leur existence indépendante comme nation. L'embellie des années 1950-1970 n'aurait-elle donc été qu'un été de la Saint-Martin, la rémission qui précède la mort ? L'Europe a déjà perdu la direction du monde du fait de la décolonisation : a-t-elle perdu jusqu'au sentiment de sa propre existence et à la volonté de survivre ? Et plus généralement l'histoire du monde sera-t-elle désormais écrite exclusivement par d'autres ? La conclusion serait aussi excessive que si l'on avait extrapolé du redressement des années 60 à une restauration de la puissance européenne.

Les pays d'Europe occidentale ont au cours des trois dernières décennies surmonté heureusement les épreuves qui les ont assaillis et fait montre d'une sagesse politique qui est peut-être le fruit des expériences malheureuses de l'entre-deux-guerres. La démocratie y paraît mieux affermie : les deux peuples qui avaient subi des régimes totalitaires, l'Allemagne et l'Italie, ont fait face au défi du terrorisme, de droite ou de gauche, sans trahir les principes fondamentaux de la démocratie ni suspendre les garanties essentielles d'un État de droit. Et ceux qui vivaient depuis plus ou moins long-temps sous des régimes de dictature militaire en sont sortis sans convulsions ni effusion de sang : la Grèce des colonels, l'Espagne après un tiers de siècle de franquisme et le Portugal après environ un demi-siècle du régime Salazar ; et depuis l'effondrement du communisme tous les pays d'Europe centrale et orientale. La démocratie est le régime du continent européen tout entier. Les retardataires, Roumanie, Bulgarie et même Albanie, ont rejoint les autres. Cette universalité qui concourt à singulariser cette région du monde facilite le rapprochement de peuples qui se sont si souvent et si longuement combattus.

3. L'unification européenne

Le mouvement qui pousse à l'unification de l'Europe change aussi radicalement les données de notre problème et autorise une vision moins pessimiste de l'avenir du continent pourvu que le mouvement se poursuive.

Le programme par lequel s'édifie une Communauté européenne est, tant par son inspiration que par la façon dont il s'accomplit, radicalement neuf dans l'histoire du continent et même du monde. Certes, l'idée d'une union de l'Europe n'est pas nouvelle et c'est un jeu pour les historiens d'évoquer les théoriciens ou les utopistes qui conçurent au cours des siècles des projets d'union. Mais ils étaient précisément restés à l'état de projet. Les seules entreprises unitaires avaient été dictées par l'ambition d'un homme ou la volonté hégémonique d'une nation : Grand Empire napoléonien, Allemagne bismarckienne ou IIIe Reich national-socialiste. L'Europe a aussi connu des coalitions ou des systèmes d'alliances, mais qui n'étaient que des combinaisons militaires ou diplomatiques en vue de la sécurité ou de la domination. Régis par le souci de maintenir le *statu quo* d'un équilibre à conserver ou, au contraire, d'une révision à imposer, ces systèmes étaient toujours dirigés contre un ennemi désigné ou potentiel. Ce type de préoccupation ne fut pas, il est vrai, totalement absent à ses débuts, du mouvement pour la constitution d'une Europe unie : la crainte de l'Union soviétique a été un facteur déterminant. Et le mouvement a été vivement encouragé par les États-Unis : le plan Marshall subordonnait l'aide américaine à une concertation entre Européens pour recenser les besoins et organiser la répartition des crédits. L'Organisation européenne de coopération économique (OECE), créée à cette fin, a été la première forme d'organisation européenne et la matrice d'autres institutions. Sans la menace soviétique et la pression américaine conjuguées, peut-être l'Europe en serait-elle restée à une juxtaposition inorganisée d'États concurrents.

Mais d'autres motifs que purement négatifs ou défensifs et d'autres facteurs que les contraintes externes ont travaillé pour l'Europe unie. Au sortir d'une guerre qu'une meilleure entente entre nations aurait peut-être permis d'éviter et qui avait été le fruit de l'exaspération des nationalismes, les esprits étaient préparés à accepter d'autres solutions pour prévenir la répétition de telles erreurs. Puisque l'autarcie dans laquelle la plupart des États s'étaient jetés à corps perdu avait eu une part à la naissance du conflit, il fallait abaisser les barrières douanières. Dans la Résistance, beaucoup avaient aussi pris conscience d'une solidarité à travers tout le continent et de valeurs communes qui définissaient une civilisation européenne. La nouveauté de ce qui s'ébauche alors et qui s'est développé depuis est que l'unification, au lieu de se faire par la force et sous la contrainte, s'opère par la négociation sur pied d'égalité entre tous les partenaires, indépendamment de leur taille ou de leur puissance, et aboutit à des textes soumis à la ratification des Parlements et qui reçoivent l'assentiment des opinions publiques. Procédure nécessairement lente, qui appelle des concessions réciproques, mais dont l'acquis est irrévocable. Ce processus ne ressemble pas à la façon dont se sont constitués les États-Unis d'Amérique, en dépit de la confusion qu'engendre l'appellation d'États-Unis d'Europe qui semble impliquer que l'Europe reproduirait avec deux cents ans de retard la démarche suivie de l'autre côté de l'Atlantique : même si les treize colonies avaient un certain passé, l'Union américaine s'est formée à partir de rien ou presque, dans un espace à peu près vide et surtout sans histoire. Au contraire en Europe – et c'est bien la difficulté majeure qui obère l'entreprise –, il s'agit de réaliser une union à partir de nations dont chacune a une identité fortement affirmée, à laquelle elle n'entend pas renoncer, et une histoire principalement faite des antagonismes et des affrontements entre ces nations ainsi que des souvenirs qu'elles en gardent et qu'elles entretiennent pieusement. Et pourtant l'opération est en passe de réussir : elle a déjà franchi des étapes décisives. Dès mai 1948, la volonté de travailler à l'union s'affirme au congrès de La Haye où se retrouvent la plupart des hommes d'État. En procède en 1949 le Conseil de l'Europe qui a temporairement incarné une grande espérance avant que celle-ci se reporte sur d'autres institutions. En mai 1950, cinq ans après la capitulation du Reich, le ministre des Affaires étrangères français, Robert Schuman, reprenant une idée de Jean Monnet, propose aux pays européens de mettre en commun leurs ressources de charbon et d'acier et d'en confier la gestion à une autorité supranationale : les pourparlers aboutissent en 1952 à la signature du traité qui institue la Communauté européenne du charbon et de l'acier (CECA) : six pays ont accepté d'en faire partie : France, Allemagne occidentale, Italie, et les trois pays du Benelux, première ébauche de regroupement. Cette petite Europe va devenir le noyau intégrateur. Après l'échec du projet de Communauté européenne de défense (CED), imaginé pour résoudre le problème du réarmement allemand et qui aurait, à l'instar du charbon et de l'acier, intégré les contingents nationaux dans une armée supranationale – et qui est abandonné à la suite du rejet par le Parlement français en août 1954 –, le processus reprend avec la constitution de l'Euratom qui devait gérer l'utilisation pacifique de l'énergie nucléaire et surtout la signature, en mars 1957, des traités de Rome qui créent une Communauté économique européenne (CEE). Ils entrent en vigueur le 1er janvier 1959. Leur application a été coupée de crises, mais le mouvement était lancé et depuis n'a guère cessé de progresser. Les délais prévus pour le désarmement douanier ont été abrégés. Une politique agricole commune a été élaborée. En d'autres secteurs aussi une politique concertée a coordonné les activités des pays membres. La Communauté s'est élargie par l'entrée de nouveaux partenaires : en 1972, la Grande-Bretagne, le Danemark et l'Irlande ; puis la Grèce, plus tard l'Espagne et le Portugal ; dernièrement l'Autriche, la Finlande et la Suède. Les Six sont aujourd'hui Quinze. Ils seront selon toute probabilité demain vingt-cinq ou davantage encore.

Parallèlement à cet élargissement qui ne laisse pas de poser des problèmes – ne serait-ce qu'à cause de la disparité des revenus nationaux –, l'union s'est développée sur deux autres lignes. Elle a peu à peu étendu le champ de ses compétences qui déborde aujourd'hui largement l'économie, par une logique qui obéit plus à des nécessités pratiques qu'à une vision théorique et qui fait que l'appellation de Communauté économique ne désignait déjà qu'une partie des attributions déléguées et des activités mises en commun, après une politique agricole commune qui a été le premier grand chantier, une politique des pêcheries ou de la sidérurgie, pour remédier au suréquipement. Mais aussi la formation des hommes, l'enseignement supérieur, la diffusion des langues, la culture, la recherche. Un système monétaire européen institué à la fin des années 70, en attendant une monnaie unique, a établi une zone de stabilité et réduit les inconvénients des variations de change. L'entrée en vigueur de l'Acte dit unique, le 1er janvier 1993 a réalisé l'unification complète pour les échanges, la circulation des personnes et des biens, ce qui conduit les gouvernements à harmoniser leur fiscalité pour réduire les écarts. En 1994, le traité de Maastricht programmait pour le 1er janvier 1999 une monnaie unique et inscrivait aussi la perspective d'une défense et d'une politique étrangère communes. La Communauté, rebaptisée Union européenne, intervient de plus en plus dans la législation des États : selon certains calculs ce serait près de la moitié de la matière législative qui ferait déjà l'objet des directives de la Commission et les États sont tous, de bon ou de mauvais gré, tenus d'admettre que les décisions communautaires ont le pas sur le droit national : les arrêts de la Cour européenne de justice de Luxembourg ont force de loi sur toute l'étendue de l'Union.

Progressivement, avec le même empirisme, la Communauté adapte ses institutions et se dote d'organes, de règles, de pratiques. Depuis 1975, sur proposition de la France, les chefs d'État et de gouvernement se retrouvent régulièrement plusieurs fois par an pour se concerter sur toutes les questions posées par l'application des traités et envisager de nouvelles étapes. Dans l'intervalle entre ces sommets, le chef du gouvernement qui assure pour six mois la présidence de la Commission fait fonction de président de la Communauté : il la représente à l'extérieur. Dans les relations avec le reste du monde le président de la Commission parle en son nom et la Communauté existe comme partenaire à part entière dans les grandes négociations commerciales. De même, il assiste aux réunions du groupe des sept pays les plus riches de la planète. Depuis 1979, le Parlement européen, issu de la fusion des diverses assemblées, qui siège alternativement à Bruxelles et à Strasbourg, est élu tous les cinq ans par la totalité des citoyens des quinze États. Certes ces institutions sont encore fragiles, leurs compétences restreintes, et on peut dire de la Communauté ce qu'on disait naguère de l'Allemagne : qu'elle est un nain politique. Mais même si l'opinion a plus le sentiment de la lenteur des progrès que la conscience du chemin déjà parcouru, celui-ci est considérable. L'Europe est entrée dans les mœurs et dans les usages. Personne n'a proposé de revenir en arrière ou n'a songé à se retirer. Cette Communauté dispose d'un potentiel qui en fait d'ores et déjà un des pôles dominants dans le monde ; 360 millions d'hommes depuis l'incorporation de l'ancienne République démocratique dans l'Allemagne réunifiée et l'entrée récente de trois nouveaux États, des traditions de savoir-faire, une main-d'œuvre expérimentée, des industries performantes, une agriculture exportatrice. Dans le groupe des sept pays industrialisés, il n'y a pas moins de quatre pays qui font partie de la Communauté européenne. Si elle compte quelque dix-sept millions de chômeurs, elle a aussi créé ces dernières années plusieurs millions d'emplois.

La construction est déjà assez avancée pour qu'on ait pu penser qu'elle avait dépassé le point de non-retour : elle a fort bien résisté dans les années 70 à la tentation du repli de chacun derrière ses frontières qu'auraient pu faire naître les deux chocs pétroliers, comme la grande crise avait naguère conduit les pays à se retrancher dans une autarcie précautionneuse. De chaque épreuve où elle aurait pu sombrer la construction est sortie renforcée. La question a cependant resurgi, avec une force et une acuité extrêmes en 1989, quand se sont effondrés les régimes communistes qui avaient tenu quarante ans éloignés les peuples de l'autre Europe. On a pu craindre alors pour le processus de la construction de l'Europe : l'Allemagne réunifiée s'intéresserait-elle encore à la Communauté et, si tel était le cas, ne pèserait-elle pas trop lourd avec ses 80 millions d'habitants rassemblés, sa puissance économique et sa monnaie, la plus forte du continent ? D'autre part, les demandes des peuples qui venaient de s'émanciper et se tournaient vers l'Europe occidentale pour solliciter son aide ne rendraient-elles pas caduque l'idée d'une petite Europe qui était de surcroît celle des riches ? Pour relever ce double défi, les Douze ont, à l'initiative conjointe du chancelier Kohl et du président Mitterrand, franchi une étape de plus en signant le traité de Maastricht qui prévoit de substituer à terme une monnaie unique aux monnaies nationales, d'instituer une Banque centrale commune, élargi le champ des compétences de la Communauté bien au-delà des domaines définis par le traité de Rome et affirmé l'intention des partenaires de parvenir à une politique étrangère et à une défense communes. Mais, de façon inattendue, la ratification du traité a rencontré des résistances et buté sur l'opposition d'une partie de l'opinion : le Danemark a rejeté le traité à une très courte majorité, en France le référendum a suscité une controverse passionnée et le « oui » ne l'a emporté que d'une courte tête. Mais à la périphérie, l'Union exerce une attraction qu'illustre le nombre des États candidats à y être admis : tous les pays récemment libérés du communisme y voient une protection contre un éventuel retour en force de l'impérialisme russe et une garantie de stabilité pour les institutions démocratiques, sans oublier les postulants plus anciens, Malte, Chypre, la Turquie. La Commission est engagée depuis plusieurs années dans des négociations préparatoires à leur admission avec dix pays. Parallèlement, l'Union s'efforce de réformer ses institutions pour éviter que l'élargissement n'entraîne affaiblissement et dilution, en étendant le champ du vote à la majorité, en restreignant le nombre des commissaires. Les gouvernements n'y ont à ce jour réussi que sur des points limités. La conférence de Nice en décembre 2001 s'est séparée sur un demi-échec du fait du raidissement des petits pays qui redoutent la suprématie des plus grands et de la résistance des pouvoirs d'État. On s'en est remis à une convention composée d'une centaine de personnes désignées par les instances européennes, les gouvernements et les Parlements nationaux, et que préside l'ancien président de la République française, Valéry Giscard d'Estaing, chargé d'élaborer un projet de Constitution qui devrait clarifier la répartition des compétences et organiser les pouvoirs.

L'effondrement du communisme et la dislocation du bloc qui s'était constitué sous sa férule, s'ils privent la construction du stimulant qu'étaient la menace soviétique et la nécessité de lui opposer une parade, en modifiant radicalement la carte et le rapport des forces, donnent aussi à l'Europe une chance de retrouver un grand rôle dans le monde. Aussi longtemps que le système des relations internationales était dominé par le duopole de deux superpuissances, qui étaient extra-européennes, l'Europe, en dépit de ses efforts, ne pouvait être qu'un champ de bataille et un enjeu. Aujourd'hui, tout est modifié. Si pendant quatre décennies l'Europe occidentale a vécu dans la crainte de l'Est et si de bons esprits comme l'opinion se demandaient si elle pourrait échapper à la fascination idéologique, à la subversion ou à l'invasion, c'est dans le sens inverse que jouent aujourd'hui les attractions. Les hautes pressions ne sont plus centrées sur Moscou mais sur les démocraties libérales. Les capitales de l'Est regardent vers l'Ouest et tous les États récemment émancipés, à peine leur autonomie recouvrée, sollicitent leur admission au Conseil de l'Europe et posent leur candidature à l'admission dans l'Union.

La constitution de l'Europe en un pôle autonome qui serait à la fois un acteur majeur de la vie économique et un partenaire dans les relations internationales implique qu'elle prenne une certaine distance par rapport aux États-Unis. Or l'effacement de la puissance russe érige les États-Unis en pouvoir prépondérant qui exerce avec une parfaite bonne conscience une hégémonie sur le monde entier et qui n'entend pas desserrer sa tutelle sur l'Europe, en particulier dans le domaine de la défense : jusqu'à ce jour les efforts pour constituer un pilier européen n'ont produit que des résultats fort modestes. Les membres de l'Union européenne ne sont pas tous également désireux de se soustraire à cette tutelle, soucieux qu'ils sont de conserver la garantie de sécurité que leur apporte sa protection. Tous aussi ne souhaitent pas également que l'Union devienne un centre de décision politique et plusieurs s'accommodent fort bien qu'elle reste simplement une zone de libre échange et de libre circulation ouverte sur le monde.

De toute façon, quoi qu'il en soit de l'avenir de la construction européenne, une distinction s'impose qui commande une vue plus juste des choses : entre l'Europe comme puissance, politique ou économique, et l'Europe comme source de culture et foyer de civilisation. Comme puissance, c'est-à-dire comme entité imposant sa domination au monde et l'organisant à son profit, exploitant ses ressources. Comme civilisation, c'est-à-dire apportant ses idées, ses inventions scientifiques et techniques, ses modes de gouvernement, ses valeurs. Pour différents qu'ils soient, les deux aspects étaient confondus depuis l'aube de la colonisation. Comment aurait-on conçu de les dissocier ? Ils étaient historiquement liés : c'est bien parce que l'Europe détenait une supériorité matérielle, technique, militaire, qu'elle a inculqué aux autres ses idées et ses valeurs. Aujourd'hui la dissociation est consommée. L'Europe a dû renoncer à la domination mondiale. L'hégémonie est passée en d'autres mains. Elle ne compte plus comme grande puissance, encore que son poids pourrait être parfois déterminant si elle s'unissait pour parler d'une même voix.

S'ensuit-il pour autant qu'elle ait cessé d'exister comme foyer de civilisation et d'avoir quelque influence sur les autres continents ? Son rayonnement est-il à ce point lié à sa présence politique et mesuré par le degré de dépendance des autres ? S'il est sans doute trop tôt pour donner à cette question une réponse définitive, il ne l'est pas pour raisonner à partir de l'expérience des trente ou quarante années écoulées depuis la décolonisation : elle suggère que la distinction énoncée entre puissance et civilisation n'est pas déraisonnable ni utopique. Dans les anciennes colonies de l'Europe la fin de la domination n'a pas entraîné à ce jour de recul de l'influence de la culture. Au contraire, libérée de la confusion qui résultait de l'assujettissement politique et qui conduisait les nationalistes à rejeter en bloc tout apport étranger à leur culture propre, celle de l'Europe, en plus d'un pays, a progressé : il n'y avait plus à choisir entre la dépendance et l'affirmation de soi. Les langues de l'Europe connaissent une plus large diffusion : l'effort des gouvernements indépendants pour scolariser la population a généralement pour effet d'accroître le nombre de ceux qui parlent une des grandes langues européennes : la langue du colonisateur est en Asie et en Afrique noire la seule à unifier des populations diverses. L'anglais n'a pas reculé en Inde depuis 1947 et le français est aujourd'hui parlé par un nombre plus élevé d'Africains qu'au temps de la colonisation. L'anglais, le français, l'espagnol sont aujourd'hui parlés dans les organisations internationales par les représentants de plusieurs dizaines de pays. Or si l'on admet qu'une langue n'est pas seulement un moyen neutre de communication, un instrument indifférent, mais une structure mentale, un mode de pensée, et que de ce fait elle instaure et développe entre tous ceux qui la parlent une parenté, on est conduit à penser que la diffusion linguistique fraie la voie à une influence culturelle profonde.

Idées, systèmes philosophiques, modèles d'organisation politique, économique ou sociale continuent d'être empruntés à l'Europe ou aux pays qui en sont les héritiers directs, tels les États-Unis. Dans l'ordre politique, les peuples qui viennent d'accéder à l'indépendance et leurs gouvernements aspirent tous à créer un État conçu sur le modèle de l'Occident qui en fut l'inventeur. Les notions auxquelles ils se réfèrent, d'État, de nation, de peuple, de démocratie, ont été élaborés et expérimentés par l'Europe. Les principes de gouvernement, les idéaux de liberté, d'égalité, de souveraineté viennent pareillement de l'Occident. Les idéologies aussi : les deux grands systèmes qui se sont disputé l'adhésion des esprits et l'empire du monde après la Seconde Guerre – la démocratie libérale et pluraliste, la démocratie socialiste et populaire – sont des produits de l'intelligence européenne ; à cet égard le triomphe en Chine du communisme, s'il est d'une certaine manière une défaite pour l'Europe comme puissance, fut aussi une victoire de la pensée européenne, le marxisme étant une combinaison de philosophie allemande, d'économie politique britannique et de politique française. L'effondrement des régimes communistes à travers le monde laisse le champ libre à la démocratie libérale et pluraliste, à la philosophie des droits de l'homme, qui ont pris naissance en Europe. Si le monde devait s'acheminer vers une civilisation commune, celle-ci emprunterait beaucoup assurément aux idées qui ont vu le jour en Europe et aux expériences faites sur ce continent depuis quelques siècles.

Le monde de demain :
facteurs d'unité, ferments de division

Cette dernière réflexion nous achemine, au terme de ce parcours, vers une ultime interrogation qui se dégage d'un regard rétrospectif sur les grands changements qui ont affecté le monde et son histoire dans les deux ou trois cents dernières années : que sera le monde de demain ? Assistons-nous à l'émergence, pour la première fois, d'une civilisation unique pour toute l'humanité et allons-nous vers une unification progressive ou, au contraire, vers une perpétuation des divisions traditionnelles et le surgissement de nouveaux antagonismes ?

A pareilles questions l'histoire ne donne pas de réponse assurée : il n'y a pas de sens de l'histoire si cette expression signifie que la marche de l'humanité serait orientée vers un but défini à l'avance. L'histoire n'est pas programmée : la contingence y a une part considérable qui se joue des prévisions raisonnables. Ce qui ne veut pas dire que l'histoire ne soit pas intelligible, qu'elle n'ait pas un sens si l'expression signifie cette fois que la raison est capable de déchiffrer une certaine logique dans la succession des événements. Mais elle ne peut percer le secret de l'avenir. L'analyse historique peut seulement s'attacher à dégager du présent, à la lumière du passé, quelques grandes lignes d'évolution qu'il reste loisible à chacun de prolonger. En tout cas, s'il y a une certitude, c'est bien qu'il n'y a pas d'idée plus chimérique que celle d'une fin de l'histoire : s'imaginer que nous serions parvenus au terme de l'histoire et que nos sociétés auraient atteint le stade ultime de leur développement, c'est aller au-devant du démenti des événements.

L'observation discerne à la fois des facteurs qui travaillent à rapprocher les peuples, à effacer les différences, à dessiner des convergences et des forces qui, en sens inverse, entretiennent les dissensions, accentuent les écarts, valorisent les différences. De ces deux ensembles contradictoires lequel prendra le pas, à supposer que le dernier mot doive revenir à l'un d'eux ? La réponse est d'autant plus hasardeuse que nombre de phénomènes sociaux qui caractérisent la situation présente et son évolution sont ambivalents et portent en eux le germe de l'unification comme de la désunion. Il en sera ce qu'en définitive les hommes en feront.

Les facteurs d'unification.

Les changements les plus manifestes des dernières décennies s'inscrivent plutôt dans le sens de l'unification. Commençons par énoncer ceux des facteurs que l'analyse relève sur ce versant de la réalité, en allant des données les plus étrangères à l'initiative de l'homme vers celles qui reflètent le plus son intelligence et sa volonté.

D'abord un ensemble de données d'ordre matériel résulte du progrès technique. La révolution des transports commencée au XIXᵉ siècle, relayée au XXᵉ par une profusion d'inventions, a prodigieusement raccourci les distances, réduit les délais, resserré le monde, rapproché physiquement les humanités éparses à la surface du globe. Quelques heures suffisent aujourd'hui pour joindre des points que séparaient jadis des semaines ou des mois de chevauchée ou de navigation. Cette révolution a été prolongée, complétée par celle qui a touché les moyens de communication, la diffusion de l'information : aujourd'hui l'instantanéité de la transmission et sa simultanéité sur la planète entière font que chaque pays peut vivre à l'heure des autres. A cet égard, la formule est juste qui compare le monde à un grand village planétaire où tout se sait dans l'instant. Le succès d'Internet constitue de ce point de vue le couronnement de cette évolution et un symbole. L'expansion de l'audiovisuel accroît l'impact de cette révolution : si le mot constitue un obstacle parfois insurmontable à la communication du fait de la différence des langues, l'image, elle, est un langage universel, immédiatement compris de tous. L'eurovision, la mondovision rendent possible à des milliards d'hommes de vivre ensemble un événement.

En dépit de ce que nous venons de dire à l'instant de l'obstacle linguistique, la diffusion de quelques grandes langues, devenues de fait universelles, est un facteur de compréhension et de rapprochement. Il y a cent ou cent cinquante ans, les langues européennes n'étaient guère parlées en dehors de leur aire d'origine : les Européens pour se faire comprendre des indigènes devaient recourir au service d'interprètes, de truchements, de drogmans. Aujourd'hui, où que l'on aille, avec l'usage de quelques grandes langues on se fait comprendre d'un bout à l'autre du monde. Sans perdre de vue qu'elles ont aussi permis aux indigènes de se comprendre entre eux : l'arabe a établi une commune civilisation à tout le monde musulman. L'anglais, depuis la Seconde Guerre mondiale, à cause de la supériorité financière et de l'avance technique des États-Unis, est devenu la *lingua franca* de notre temps : c'est en anglais que les pilotes communiquent avec les tours de contrôle ; dans les organisations internationales la tendance est de plus en plus affirmée à faire de la langue parlée aux États-Unis le dialecte universel.

Un troisième trait touche déjà davantage au fond des choses : le principe identique de l'évolution des sociétés modernes. Elles évoluent toutes à partir des mêmes causes : le progrès des techniques de production d'abord, d'organisation et de gestion ensuite. Or, par nature, le progrès technique est uniforme : ce sont les mêmes inventions que tous les pays mettent en pratique ; ils appliquent tous, avec plus ou moins de bonheur, les mêmes procédés d'utilisation de l'énergie et de transformation de la matière. Les plastiques, les textiles artificiels, l'énergie nucléaire se sont propagés des pays qui les ont inventés ou mis au point à ceux qui entendent entrer dans la compétition. Or il n'est plus guère possible aujourd'hui de rester en dehors de la course, alors qu'autrefois des peuples et des continents pouvaient, du fait de la distance et de l'ignorance réciproque, demeurer à des stades de développement très inégaux. Les révolutions industrielles dont l'Europe a été le foyer se sont étendues aux autres continents et le processus s'est reproduit trait pour trait dans tous les pays qui se sont à leur tour industrialisés : ce fut la même succession d'industries textiles, puis d'industries lourdes et métallurgiques. Partout aussi ces révolutions successives ont engendré les mêmes bouleversements sociaux : le passage de sociétés presque exclusivement agraires, compartimentées en milliers de petites cellules villageoises repliées sur elles-mêmes, à des sociétés urbanisées. Ce processus pose à toutes les sociétés, à des moments décalés, un même problème : celui de la rupture des cadres traditionnels et des conditions habituelles avec des tensions sociales entre villes et campagnes et des conflits de classes. Le problème est plus aigu dans les sociétés non occidentales à cause de la brutalité du choc et du fait que, à la différence de l'Europe, le mouvement est exogène. Mais les vieux pays d'Europe ne sont pas non plus à l'abri des conséquences sociales de mutations rapides : l'explosion urbaine entraîne délinquance, recrudescence de la criminalité, marginalisation des exclus. Mais, du point de vue de l'unité du genre humain, l'identité du phénomène et l'analogie de ses effets ne devraient-elles pas permettre à des sociétés différentes de se mieux comprendre et de se rapprocher ?

Les économies nationales et même continentales sont de plus en plus interdépendantes, et plus seulement celles des pays moins avancés, comme au temps du système colonial. Sans doute la dépendance de ceux-ci est plus entière : le Fonds monétaire international exerce sur eux une tutelle vigilante et leur dicte des plans d'assainissement avant de leur délivrer les crédits dont l'octroi leur est indispensable pour survivre. Mais les autres pays, même les plus développés et les plus riches, n'échappent point à l'interdépendance : le relèvement des taux d'intérêt aux États-Unis relance l'inflation en Europe occidentale ; la France subit les contrecoups des décisions des pays producteurs de pétrole dans sa facture énergétique. Les entreprises les plus performantes tendent à devenir multinationales pour diversifier leurs productions et leurs débouchés. Les industriels des pays les plus évolués sous-traitent une part croissante de leur fabrication à ceux en voie de développement dont les salaires sont plus bas. Les aciéries de l'Europe subissent de plein fouet la concurrence des nouveaux pays industriels. Le chômage s'exporte d'un pays à l'autre tandis que les courants migratoires fournissent une main-d'œuvre étrangère. Même les pays ayant choisi une autre voie que capitaliste et qui se sont longtemps crus à l'abri des vicissitudes éprouvant l'économie libérale, ne peuvent plus échapper aux conséquences de l'évolution générale : ainsi, même les pays qui faisaient partie du bloc communiste ont souffert aussi du ralentissement de l'activité et de la contraction du commerce international. Le monde économique ne constitue plus aujourd'hui qu'un ensemble unique. C'est le phénomène de la mondialisation – les Anglo-Saxons parlent plutôt de globalisation – dont les effets s'étendent à tous les aspects de l'activité humaine.

Les mœurs aussi, les goûts, les loisirs tendent à s'uniformiser et donc à rapprocher les hommes. Cinéma et télévision, qui sont de loin les divertissements les plus prisés et les plus suivis, modèlent des sensibilités semblables et nourrissent l'imaginaire des mêmes rêves : ils contribuent puissamment au brassage des cultures. Les voyages, rares au début de ce siècle, sont devenus une activité de masse : réservés hier à une élite sociale, ils se sont démocratisés. Mais s'ils étaient jadis dépaysement, occasion de découvrir la diversité des cultures et des coutumes, ils font aujourd'hui retrouver sous toutes les latitudes les mêmes phénomènes culturels. Le décor même de l'existence s'uniformise : le vêtement s'est internationalisé en empruntant à l'Occident le complet-veston ; le jean habille toute la jeunesse du monde, de plus âgés aussi. L'architecture reproduit des canons universels : il y a un même style fonctionnel pour l'habitat ou les bâtiments administratifs. Toutes les grandes villes du monde sont ceinturées d'ensembles immobiliers interchangeables. Les jeux et les sports concourent à cette uniformisation : hier, on pouvait mesurer la pénétration occidentale et identifier le colonisateur à la nature des sports que pratiquaient les indigènes : cricket ou polo dans les colonies britanniques, football dans les possessions françaises. Aujourd'hui, tous ces sports ont conquis la planète entière et les championnats du monde, les coupes de toutes sortes consacrent leur universalisation : les tournois de tennis, le « Mondial » de football, ou les Jeux olympiques sont suivis à la télévision avec passion par le monde entier.

Si nous nous élevons encore d'un degré dans l'échelle des créations du génie humain, nous constatons l'existence d'un fonds commun d'idées, largement fait d'emprunts à l'Occident. Les dirigeants politiques de tous les pays parlent un même langage : que ce soient le président des États-Unis, le président russe, ou les dirigeants des nouveaux États d'Afrique ou d'Asie, ils parlent tous de démocratie, d'indépendance, de progrès, de liberté, d'expansion, quitte à ce que leur pratique trahisse ces idéaux C'est le signe que s'est constituée une vulgate qui bénéficie d'une sorte de consentement universel, l'hommage que l'erreur rend à la vérité. Il y a bien un patrimoine commun à l'humanité de valeurs que les Nations unies ont du reste proclamées en 1948 dans la Déclaration universelle des droits de l'homme qui est comme la charte de ce nouvel Évangile.

Certains esprits ont même cru discerner des signes d'une convergence des deux grands types de régimes qui se disputaient depuis 1945 l'hégémonie mondiale. Avant le reaganisme, ils prenaient argument du renforcement continu du pouvoir fédéral aux États-Unis et de son intervention croissante dans la vie des États et des citoyens américains pour soutenir que même les sociétés les plus attachées au dogme libéral ne pouvaient échapper au mouvement qui conduisait la puissance publique à réglementer davantage. Réciproquement, les observateurs de la société soviétique faisaient état d'une certaine libéralisation : avec la déstalinisation la terreur cessait d'être le mode de gouvernement habituel ; les camps s'ouvraient et relâchaient leurs prisonniers. Depuis l'accession de Gorbatchev au pouvoir suprême l'évolution s'était précipitée, séparant l'État du parti, introduisant l'économie de marché, le pluralisme des partis, la libre expression des opinions même les plus hostiles au communisme. Loin que les deux types de régime se soient progressivement rapprochés pour se fondre en un modèle commun, comme l'avaient pronostiqué quelques esprits, la disparition de l'antagonisme entre les deux systèmes s'est opérée par l'abandon du communisme et la reddition de l'Union soviétique aux postulats de la société occidentale. Gorbatchev a proclamé la supériorité de certaines valeurs communes sur les idéologies. Et les deux grandes puissances de se découvrir solidaires dans la défense du droit et l'instauration de la paix dans le monde.

Enfin des courants intellectuels, des communautés spirituelles, des forces idéologiques travaillent à faire de l'unité du genre humain une réalité consciente et institutionnelle. C'est en particulier le fait des grandes religions universelles, christianisme ou islam. Si en Occident, au vu de la régression de la pratique, on peut avoir le sentiment que les Églises ont perdu de leur influence, à l'échelle du globe il n'en est rien : le facteur religieux demeure une composante majeure de la vie de l'humanité et les Églises se sont engagées beaucoup plus directement depuis une trentaine d'années, en particulier l'Église catholique depuis Vatican II, pour le rapprochement entre les peuples et le développement. Les Journées mondiales de la jeunesse sont le plus grand rassemblement de jeunes de toute race et de toute nation. Par deux fois, le pape Jean-Paul II a pris l'initiative de réunir à Assise des représentants de toutes les religions pour prier pour la paix et unir leurs efforts en ce sens.

Les ferments de division.

Cette présentation, pour exacte qu'elle soit, ne décrit qu'une face de la réalité. D'autres observations obligent à nuancer le tableau et à réserver tout pronostic. Pour cet envers il suffit, à peu de chose près, de reprendre, et presque dans le même ordre, les mêmes éléments pour découvrir des effets contraires. Telle est l'ambivalence de la plupart des faits sociaux et, partant, l'ambiguïté des jugements qu'ils appellent. Contrairement à ce qu'on s'imagine ou qu'affirment les systèmes idéologiques, ils ne sont généralement ni bienfaisants ni malfaisants par eux-mêmes. Leurs effets dépendent de l'usage que les hommes savent ou décident d'en faire : selon le parti qu'ils en tirent, ils confortent l'unité ou aiguisent les divisions. Les mêmes facteurs, techniques, économiques, linguistiques, politiques, idéologiques, culturels, peuvent ainsi tourner aussi bien au rapprochement des sociétés humaines qu'à l'antagonisme des peuples et des continents.

Ainsi le processus d'évolution des sociétés modernes est le

même, mais cette identité n'engendre pas nécessairement une plus grande compréhension : la diffusion du progrès technique suscite de nouvelles divisions, introduit des luttes de classes là où elles n'existaient pas, sans supprimer pour autant les conflits plus anciens ; par exemple, dans les pays d'Amérique latine, la lutte du prolétariat urbain et industriel se surimpose à la question agraire qui oppose depuis des siècles les grands propriétaires aux fermiers misérables. De la juxtaposition de ces deux grands conflits viennent en partie l'instabilité des régimes et la violence chronique qui secoue ces pays.

De même pour l'interdépendance croissante des économies : elle ne réduit pas les écarts entre les plus riches et les plus démunis. Au contraire, à l'encontre de ce qu'on espérait au début des années 60, dans l'euphorie de l'expansion qui emportait l'économie mondiale, le décalage entre les extrêmes, loin de se résorber, va s'accentuant. Il s'aggrave objectivement, car les pays les plus développés disposent des moyens de poursuivre leur progression alors que ce qui définit les autres, c'est précisément qu'ils n'en disposent point : aussi chaque année le hiatus entre les uns et les autres tend à se creuser. De surcroît, la conscience de ce décalage et le sentiment de leur impuissance s'aiguisent chez les autres dont la population croît rapidement, alors que celle des pays avancés tend à décroître. C'est dire que le rapport numérique entre les plus riches et les autres évolue dans un sens opposé au rapprochement et à l'unification du monde.

Quant à la diffusion des langues, s'il est vrai qu'elle facilite la communication entre des groupes humains jusque-là séparés, elle dresse aussi de nouvelles barrières : en Afrique, le fossé se creuse entre une Afrique francophone et une Afrique anglophone aux habitudes mentales différentes. Deux groupes d'États se constituent qui prolongent les divisions de l'Europe coloniale : ce n'est pas le moindre héritage de la colonisation.

Les idéologies ? Elles sont responsables d'une partie des guerres qui ont déchiré le monde en ce XXe siècle. Même les plus universalistes, tel le marxisme qui aspire à réconcilier l'humanité avec elle-même en supprimant la lutte des classes et se donne comme objectif la réalisation d'un univers sans classes et sans frontières, recréent des divisions inexpiables. Les religions ? Si le christianisme est sans doute aujourd'hui un facteur puissant de dépassement des égoïsmes nationaux, les guerres de religion qui ensanglantèrent jadis l'Europe entre confessions chrétiennes ne sont pas toutes éteintes : en Irlande, après trois siècles, le conflit entre protestants et catholiques est la composante majeure de la guerre qui ravage l'Ulster. Dans le monde musulman, l'islamisme suscite un terrorisme aveugle et relance l'intolérance. Il engendre des conflits : une des guerres les plus meurtrières de ce dernier demi-siècle est celle qui a opposé l'Irak à l'Iran et dont les motifs religieux n'étaient pas absents.

Il y a aussi les progrès insidieux du relativisme culturel : dans certaines régions du globe on n'accepte plus la référence aux principes énoncés et propagés par l'Europe. On en conteste l'universalité : ce ne serait que des idées occidentales et leur affirmation, une façon sournoise de maintenir les autres continents dans une sorte de dépendance coloniale. Les pays d'Islam ont songé à opposer à la Déclaration universelle des droits de l'homme, adoptée par l'ONU en 1948, une autre déclaration qui se référerait à la tradition musulmane. En Asie, l'asiatisme répond au même souci. Ce débat, qui est probablement appelé à se développer, comporte un enjeu capital qui n'est rien moins que la possibilité pour tous les hommes de constituer une seule et même humanité.

Aussi, compte tenu de la complexité d'une situation qui associe des données aussi dissemblables et de l'ambivalence des mouvements qui travaillent notre monde, l'historien n'est pas en mesure de décider des deux éventualités contraires – unification progressive de l'humanité et constitution d'une commune civilisation ou, au contraire, aggravation des divisions et exaspération des conflits – laquelle a le plus de chances de s'accomplir. A vrai dire, il incline à répondre que ni l'une ni l'autre de ces deux hypothèses ne se réalisera, mais que l'avenir du monde sera plus vraisemblablement un compromis précaire, constamment remis en question, mais tout aussi souvent restauré entre aspirations unitaires et ferments de division. Mais l'historien aura rempli son rôle s'il a aidé à une meilleure intelligence du présent, s'il a fourni quelques repères pour une analyse sans préjugés, s'il a su donner le goût de l'observation et inspirer la sympathie pour le monde où nous vivons.

Table

I. D'une guerre à l'autre
1914-1939

II. La Seconde Guerre mondiale et l'après-guerre

Sommaire du tome 1

L'Ancien Régime et la Révolution

I. L'Ancien Régime

1. L'homme et l'espace. Monde connu et monde ignoré
2. Le peuplement
3. L'organisation sociale de l'Ancien Régime
4. Les formes politiques de l'Ancien Régime
5. Les relations internationales

II. La Révolution, 1789-1815

1. Les origines de la Révolution
2. Le processus révolutionnaire et ses rebondissements
3. L'œuvre de la Révolution
4. Le continent américain, 1783-1825
5. La marche des États-Unis vers la démocratie

Sommaire du tome 2

Le XIXᵉ siècle

Introduction. Les composantes successives

1. L'Europe en 1815
2. L'âge du libéralisme
3. L'ère de la démocratie

Du même auteur

AUX MÊMES ÉDITIONS

Pour une histoire politique
(direction)
« L'Univers historique », 1988
et « Points Histoire » n° 199, 1996

Histoire de la France religieuse
(codirection avec Jacques Le Goff)
« L'Univers historique », 4 vol., 1988-1992
3. Du très chrétien roi à la laïcité républicaine, XVIIIe-XIXe siècle
« Points Histoire » n° 293, 2001

Les Crises du catholicisme en France dans les années trente
« Points Histoire » n° 227, 1996

Religion et Société en Europe
« Faire l'Europe », 1998
et « Points Histoire » n° 289, 2001

CHEZ D'AUTRES ÉDITEURS

Histoire des États-Unis
PUF, « Que sais-je ? », 1959 ; 2003
et « Quadriges Grands Textes », 2011

Les États-Unis devant l'opinion française (1815-1852)
Armand Colin, 2 vol., 1962

Les Deux Congrès ecclésiastiques de Reims et Bourges
Sirey, 1964

Forces religieuses et attitudes politiques
dans la France contemporaine depuis 1945
(direction)
Armand Colin, 1965

La Vie politique en France
1. 1789-1848
2. 1848-1879
3. 1879-1939
Armand Colin, 1965, 1969
Pocket, 2005

Atlas historique de la France contemporaine, 1800-1965
(direction)
Armand Colin, 1966

Léon Blum, chef de gouvernement, 1936-1937
(en collaboration avec Pierre Renouvin)
Presses de Sciences-Po, 1967, 1981

Le Gouvernement de Vichy
1940-1942 : Institutions et politiques
(édition)
Presses de Sciences-Po, 1975

L'Anticléricalisme en France de 1815 à nos jours
Fayard, 1976
Complexe, « Historiques », 1985

Vivre notre histoire
(entretiens)
Le Centurion, 1976

Édouard Daladier, chef de gouvernement
Presses de Sciences-Po, 1977

La France et les Français
Presses de Sciences-Po, 1978

Les Catholiques dans la France des années trente
Cana, 1979

La Règle et le Consentement
Fayard, 1979

Les Droites en France
Aubier, 1982

Quarante Ans de cabinets ministériels
(direction)
Presses de Sciences-Po, 1982

Emmanuel d'Alzon dans la société et l'église du XIXᵉ siècle
(codirection avec Émile Poulat)
Bayard Éditions-Centurion, 1982

Prémices et essor de la résistance : Edmond Michelet
SOS, 1983

1958, le retour de De Gaulle
Complexe, 1983, 2008

Notre Siècle
Fayard, 1988, 1996

Cent ans d'histoire de *La Croix*
(codirection avec Émile Poulat)
Bayard Éditions-Centurion, 1988

Âge et Politique
(direction)
Économica, 1991

Valeurs et Politique
(entretiens)
Beauchesne, 1992

Paul Touvier et l'Église
(direction)
Fayard, 1992

La politique n'est plus ce qu'elle était
Calmann-Lévy, 1993
Flammarion, « Champs », 1994

Le Catholicisme français et la Société politique
L'Atelier, 1995

Une laïcité pour tous
(entretien avec Jean Lebrun)
Textuel, 1998

L'Histoire politique du XXᵉ siècle autorise-t-elle
un certain optimisme
ou bien justifie-t-elle quelque catastrophisme ?
Pleins Feux, 1998

L'Anticléricalisme en France de 1815 à nos jours
Fayard, 1999

Les Grandes Inventions du christianisme
(direction)
Bayard Éditions-Centurion, 1999

La Politique est-elle intelligible ?
Complexe, 1999

Regard sur le siècle
Presses de Sciences Po, 2000

Le Christianisme en accusation
(entretiens avec Marc Leboucher)
Desclée de Brouwer, 2000
Albin Michel, « Espaces libres », 2005

La République souveraine
Fayard, 2002
Pocket, 2005
Pluriel, 2013

Du mur de Berlin aux tours de New York
Bayard Éditions-Centurion, 2002

Une mémoire française
(entretiens avec Marc Leboucher)
Desclée de Brouwer, 2002
Le Dernier siècle, 1918-2002
Fayard, 2003

Le Nouvel Antichristianisme
(entretiens avec Marc Leboucher)
Desclée de Brouwer, 2005

Les Droites aujourd'hui
L. Audibert, 2005
Seuil, « Points Histoire » n° 378, 2007

L'Invention de la laïcité française
De 1789 à nos jours
Bayard, 2005

Catholiques en démocratie
(avec Alain-René Michel)
Cerf, 2006

Quand l'État se mêle de l'histoire
Stock, 2006

Vous avez dit catholique ?
Desclée de Brouwer, 2007

Chroniques françaises
(1973-2007)
Bayard, 2007